dtv *galleria*

premium

Claudia Wuttke

# Lackschaden

Roman

Deutscher Taschenbuch Verlag

Originalausgabe
Januar 2005

www.dtv.de
Umschlagkonzept: Balk & Brumshagen
Umschlaggestaltung: Stephanie Weischer unter Verwendung
einer Fotografie von © Zefa / A. Green
Satz: Fotosatz Amann, Aichstetten
Gesetzt aus der Palatino 10,5/13·
Druck und Bindung: Kösel, Krugzell
Gedruckt auf säurefreiem, chlorfrei gebleichtem Papier
Printed in Germany · ISBN 3-423-24435-6

Namen, Personen und Ereignisse
in diesem Buch sind frei erfunden.
Das merkt man schon daran,
dass ein BMW Z3 gar keine Rückbank hat.
Wer also glaubt, sich in einer
der Figuren wiederzuerkennen,
dem kann ich nur sagen:
So stereotyp kommt mir mein Leben
auch oft vor.
*Thelse S.*

Noch während ich redete, wusste ich, dass ich diese Entscheidung später bitter bereuen würde.

»Nein, Ende März ist gar kein Problem. Passt super.«

War ich bescheuert? Was tat ich da? Wieso war Ende März kein Problem? Was könnte ich nicht alles bis Ende März erledigt haben! Ich wollte endlich aus diesem Loch raus, das sich meine Wohnung nannte. Bis Ende März könnte ich prima umgezogen sein. Jetzt war November. Ich könnte mir nach Weihnachten die Zeitungen kaufen oder Makler anrufen, und bis Ende März hätte ich meine neue Zwei-Zimmer-Altbauwohnung. Zum Jahresanfang kündigen sowieso alle Leute ihre Wohnungen. Da gibt es Weihnachtsgeld. Silvester kommt, und ein Haufen Paare trennen sich. Silvester kommt, und ein Haufen Paare wollen zusammenziehen.

Das war meine Zielgruppe, die Paare, die zusammenziehen wollten, denn die gaben ihre kleinen Wohnungen auf. Ich suche eine kleine Wohnung. Das sagte ich ja bereits. Sagte ich auch schon, dass ich kein Paar mehr bin? Seit gut einem Jahr nicht mehr. Ich bin leider immer noch dabei, mich an den Gedanken zu gewöhnen.

»Ja, Herr Meisinger, das finde ich auch. 320 Seiten sollten es schon sein. Man braucht ja auch Platz für die Fotos ... Genau, die wirtschaftliche, politische, gesellschaftliche und kulturelle Entwicklung. Das ist natürlich wichtig.«

Auch für Frauen?, dachte ich. Wieso sollte die politische Entwicklung Mallorcas oder Ibizas für Frauen eine besondere Bedeutung haben, die sich einfach mal wieder verwöhnen lassen und neue Energie tanken wollten? Das könnte man doch gut und gern in einem ganz gewöhnlichen Reiseführer nachlesen. Oder aus einem abschreiben. Der Gedanke gefiel mir. Okay, Herr Meisinger, wenn Sie denn meinen …

»Demnach vielleicht wirklich besser 360, stimmt. Die Ausgeh- und Fashion-Tipps dürfen schließlich nicht zu kurz kommen. Ganz zu schweigen von den Wellnessoasen mit Thalasso, Steinölfango, Balance-Aerobic, Aqua-Training und und und.«

Wer redete da eigentlich? Ich doch wohl nicht? Tja, anscheinend doch: Ich war gerade dabei, den größten Fehler meines Lebens zu begehen.

Ich, Thelse Simon, Alter: einunddreißig. Thelse, weil meine Eltern einen Hau mit norddeutschen Vornamen weghaben. Meine ältere Schwester heißt Siemke, und mein Bruder hätte vermutlich Hauke geheißen. Zum Glück habe ich keinen Bruder.

»Das Honorar?« Ich schluckte. Stimmt, da war doch noch was. Das Honorar.

Nicht dass ich auf den Kopf gefallen wäre, und niemand kann mir nachsagen, besonders bescheiden oder schüchtern zu wirken. Von meiner großen Klappe war eher die Rede als von meiner Tendenz, mich plötzlich hinter einer Litfaßsäule zu verstecken, weil ich in der Menge einen Bekannten ausmache, dem ich in dem Moment partout nicht Hallo sagen will. »Hallo!« (unverfänglich), »Hal-lo …« (burschikos bis jovial) oder doch eher »Hi« (Girlie)? Bevor ich mich für die richtige Formel entschieden hätte, wäre derjenige meistens sowieso schon mit einem freundlichen »Hi, hallo Thelse« an mir vorbeimarschiert, und alles, was mir bis dahin eingefallen wäre, käme einem dumpfen »Äh …!« gleich.

Da ging ich doch lieber vorher hinter einer Litfaßsäule in Deckung.

Was mir niemand glaubte.

Das Honorar also. In Sekundenschnelle überschlug ich, was ich mir wert war; darüber hätte ich mir im Vorhinein eigentlich auch schon Gedanken machen können, stellte ich kritisch fest. Immerhin war ich aber nicht schlecht im Kopfrechnen. Die Krämerseele in mir.

360 Seiten à 1.800 Anschläge machte bei einem Seitenhonorar von ... sagen wir mal 15, nein, besser 20 Euro, eine Summe von 7.200 Euro. Bedachte man, dass die Hälfte des Buchs aus Fotos bestehen sollte, errechnete ich ein Honorar von 3.600 Euro. Zu wenig. Viel zu wenig. So kam ich nicht weiter. Vier Wochen Recherche vor Ort, Flug, Apartment, Kost und Logis, doppelte Haushaltsführung, nicht zu vergessen das Honorar für eine Topjournalistin an sich, und auch der Makler, den ich irgendwann mal für die neue Wohnung bezahlen musste. Jetzt war November. Ende März wurde abgerechnet. Fünf Monate. Fünf Monate und ein exklusiver Frauenreiseführer zu den Balearen sollte entstehen. Fünf Monate, in denen ich quasi nichts anderes machen konnte. Fünf Monate, die mich banden. Ich überschlug die Zahlen noch einmal in meinem Kopf und kam dann zu einem, wie ich fand, korrekten Angebot.

»13.000«, sagte ich selbstbewusst.

Pause.

Nein, nein, Euro, durchaus. Für wen hielt Herr Meisinger mich denn? Es ging eine Weile hin und her, aber wenn mich einmal mein eigener Gerechtigkeitssinn gepackt hatte, war irgendwann auch Schluss.

Mit mir kann man alles machen, wirklich. Ich wette, ich würde auch noch mit vierundfünfzig morgens um vier über den Zaun eines Freibads klettern (falls mein Rücken mir nicht einen Strich durch die Rechnung machte), um mit dem netten Herrn aus der Tanzbar nackt schwimmen zu gehen. Ich nahm den Hund meiner Freundin übers Wochenende in Pension, und wenn sie ihn selbst am Mittwoch noch nicht wieder abgeholt hatte, merkte ich es nicht einmal. Ich würde auch sofort in die nächste Bäckerei stürzen, wenn meine Schwester, die in Italien lebte, mich bitten würde, ihr per Eilkurier ein saftiges 1000-Gramm-Doppelkorn-Schwarzbrot zu schicken, weil ihr das Ciabatta zu den Ohren herauskam. Für so was war ich immer zu haben.

Aber deswegen musste ich mich doch noch lange nicht unter Wert verkaufen!

Wir einigten uns schließlich auf 11.000 Euro, Herr Meisinger und ich. Pauschal. Plus Aufwandsentschädigung, sprich: Sollte ich aus Recherchegründen telefonieren müssen, zahlte er. Gut zu wissen, denn wenn etwas wichtig würde auf den spanischen Mittelmeerinseln, dann das Handy.

Und so kam es zu dem Job, der mein Leben komplett auf den Kopf stellen sollte. Ich war ab sofort damit beauftragt, einen fetzigen Balearen-Guide für die Frau von heute zu verfassen. Aha!

Ich hatte mir im Vorfeld keine Gedanken darüber gemacht, wie wichtig so ein Buch in heutigen Zeiten eigentlich noch sein könnte. Wenn ich jetzt darüber nachdachte, fand ich es eigentlich schwachsinnig, in so ein Projekt 11.000 Euro plus Herstellungs-, Druck-, Werbungskosten und den ganzen Rest zu investieren. Trotzdem war es immer wieder gut zu wissen, dass es noch solche Quellen gab, die man anbohren konnte. Das war einer der Gründe (von mindestens zweien), weshalb ich vor fünf Monaten den Schritt gewagt hatte, meine Stelle bei der ›Niedersächsischen Umschau‹ in Celle zu kündigen, mich nach Hamburg abzuseilen und hier als Journalistin selbstständig zu machen: Ich war nämlich viel zu hasenfüßig, um im redaktionellen Haifischbecken einer Provinzzeitung auf die Dauer wirklich bestehen zu können. Ich konnte meine Ideen nur schlecht verteidigen, weil ich die Argumente der Gegenseite im Kampf um ihre Zeilen meistens schon selbst vorwegnahm. Und sie sogar verstehen konnte. Das war eine ganz schlechte Voraussetzung für eine erfolgreiche Redakteurin. Bei der ›Niedersächsischen Umschau‹ hatte ich, wenn ich mich nicht täusche, in anderthalb Jahren nur eine einzige längere Geschichte im Blatt unterbringen können, die auf meinem ureigenen Mist gewachsen war: ein 120-Zeiler über Geruchskiller mit einer speziellen Edelstahllegierung, ein ziemlich verrücktes Produkt, nach dem ich lange suchen musste, um dem Fußgeruch meines damaligen Freundes, Tim, etwas entgegensetzen zu können. Ansonsten speiste man mich mit langweiligen »Gestern Nacht ereignete sich auf der B3 nahe Peine ein schwerer Verkehrsunfall«-Lokalmeldungen ab. Immerhin: Am Ende war ich so perfekt, dass ich die Unglücksstelle noch nicht mal mehr besichtigen musste.

Im Zuliefern hingegen war ich eine wahre Meisterin, zuverlässig, pünktlich, manchmal originell und meistens kein einziges falsch gesetztes Komma. Das packte mich bei meiner Ehre. Auftragsarbeiten spornten mich an. Wenn mein Chef mich anfeuerte wie einen Marathonläufer auf der Zielgeraden: »Fototapeten sind wieder up to date. Los, Thelse, bastele eine geile Geschichte draus! Die siebziger Jahre erleben gerade ein unglaubliches Revival. Mach eine Umfrage, sei bürgernah!«, dann lief Thelse los wie aufgezogen und ließ nichts unversucht, bevor sie nicht alles über das Comeback dieser Heile-Welt-Bilder herausbekommen hatte.

Man konnte sich denken, dass ich damit keine große Nummer geworden war.

Wie alles anfing? Nun, nach dem Abitur machte ich ein Volontariat bei der ›Niedersächsischen Umschau‹. Danach begann ich in Hannover ein Germanistikstudium, schwenkte dann aber auf Jura um. Was mir ebenso wenig gefiel. Also brach ich im fünften Semester ab. Als eine von vielen. Mit dreiundzwanzig schlüpfte ich dann erneut bei meinen Eltern in Celle unter. Da ein solcher Fehlschlag auch an mir nicht spurlos vorüberging, verabschiedete ich mich für ein Jahr nach Spanien. Um zu überlegen, wie es weitergehen sollte. Mal zu mir kommen. Und nebenher: baden und viel Sonne.

Spanien war mein Glück. Ich glaube nicht, dass ich sonst noch mal bei der ›Umschau‹ hätte einsteigen können. Endlich war ich in etwas fit, was sonst keiner konnte. Ich beherrschte auf einmal eine »exotische« Sprache aus dem Effeff, was mich unvermutet weiterbrachte. Nicht die Projekte wurden für mich interessanter, ich aber durchaus für die Projekte. Plötzlich hob man die Brauen, wenn ich großspurig tönte, dass ich der spanischen Sprache mächtig war. Mir kam das zwar irgendwie banal vor. Meine Umwelt aber, die fand es bewundernswert. Ich lebte in einer Kleinstadt! Deswegen hatte mir die ›Umschau‹ die halbe Redakteursstelle angeboten. Mit der Zeit kamen dann noch hin und wieder Artikelchen über Rioja, Manchego-Käse oder Serrano-Schinken in ernährungswissenschaftlichen Fachmagazinen hinzu, wenn ich mich in einer mutigen Minute doch mal ans Telefon wagte. Und ich schrieb in irrelevanten Medien Rezensionen über literarische Neuerscheinungen aus Spanien. Das war meine Art, in der Hochkultur mitzumischen, und ich kam ganz gut damit über die Runden.

Die Sache mit dem Balearen-Guide hatte ich Babette zu verdanken. Babette ist meine beste Freundin und Chefredakteurin bei dem Hamburger Reisemagazin ›Worldseeing‹. Ein tolles Blatt! Eine tolle Frau! Zwei Jahre älter als ich und verheiratet mit Lars, einem Grafiker und einem der bezauberndsten Männer, die ich kenne. Babette selbst sieht spitze aus, Körbchengröße B und mit 1,72 Meter Kleidergröße 36. So ziemlich das genaue Gegenteil von mir.

Wir, Babette und ich, hatten uns während einer Nachtwanderung auf den Brocken kennen gelernt – das war vor etwa sechs Jahren. Ich war zu jener Zeit gerade mit Tim zusammengezogen. Die Wanderung war eine dieser bescheuerten Event-Ideen einer Werbeagentur aus Hannover gewesen. Ich weiß nicht mal mehr, um welches Produkt es ging. Irgend so ein Hightech-Schrubber, glaube ich. Für mich war es der Ortstermin zu einem 16-Zeiler. Für sie der berufliche Durchbruch. Sie hatte eine wirklich witzige Reportage geschrieben, bei der sie das ganze Agenturwesen hochgenommen und ziemlich kluge Gedanken über Produktmarketing zu Papier gebracht hatte, woraufhin sie ein Jobangebot von einer Hamburger Tageszeitung bekam. Von da an ging es bei ihr flott bergauf. Na ja, und jetzt als Chefredakteurin von ›Worldseeing‹ bekam sie natürlich eine Menge mit. In der Branche war sie ein Star, den man hofierte und bei dem man sich für die bloße Nennung in einem Dreiseiter mit einem Riesenstrauß Blumen bedankte.

Einmal hatte ich auch Blumen bekommen. Vom Verband der Floristen. Damals hatte ich einen ziemlich pathetischen Artikel zum Muttertag geschrieben – den ich selbst mit konsequenter Regelmäßigkeit vergaß. Und an den ich mit konsequenter Regelmäßigkeit drei Tage später vorwurfsvoll von meiner Mutter erinnert wurde. Im Service-Block hatte ich ein paar 24-Stunden-Lieferdienst-Internetadressen angegeben. Das schien gewirkt zu haben. Der Strauß war schön, da gab's nichts zu meckern.

Doch wo war ich stehen geblieben? Ach ja, bei der Goldgrube »Reiseführer-Verlag«. Auf der Präsentation einer neuen Programmlinie von Travel Fun, besagtem Verlag, war Babette mit Herrn Meisinger ins Gespräch gekommen. Herr Meisinger ist der Geschäftsführer, sagte ich das schon? Er hatte Glück, dass Lars an dem Abend Überstunden machen musste. Er hatte Glück, dass Babette Hunger und keine Lust zum Kochen hatte und sich deswegen für die Canapés von Travel Fun entschied. Und er hatte Glück, dass keiner der Gäste spannender war als er, Meisinger, Manfred. Kurzum: Er hatte unglaubliches Glück!

Und damit am Ende wohl vor allen Dingen ich, denn neben der Reiseroman-Schiene, die an diesem Abend im »Due Capricci«, einem edlen Restaurant hinter dem Hamburger Fischmarkt, vorgestellt wurde, erzählte der Geschäftsführer Babette auch von seinem nächsten Großprojekt: den hippen Travelguides für Frauen.

Babette reagierte im Vorhinein genauso skeptisch wie ich im Nachhinein.

»Herr Meisinger, ich bitte Sie! Frauenreiseführer zu Beginn des dritten Jahrtausends! Die Emanzipation haben wir doch längst hinter uns. Wer will denn heute noch auf dem feministischen Fuß erwischt werden?«

Aber der energische Herr Meisinger schien sein Vorhaben mit gewichtigen Gründen verteidigt zu haben. Zumindest hatte Babette es mir später so erzählt. Kaufkraft Frau. Noch besser: Kaufkraft Singlefrau (da war ich sogar Zielgruppe). Da sei ein Markt abzuschöpfen: Sie ahne es ja gar nicht. Unsere Frauen, die toughen, karrierebewussten, die, die einen eigenen Kopf haben, die wollen doch was ganz Besonderes, nur für sie. Nicht diesen Massmarket-Quatsch, Bücher für Jan & Jedermann, Reiseführer, die alle kaufen. Die klugen und gebildeten Frauen, die stellten doch eine eigene Kaste dar.

»Kaste! Er sagte Kaste!«, regte sich Babette auf, als sie mir davon erzählte.

»Und für die wollen wir eine exklusive Marke kreieren: das sexy Seidennachthemdchen zum Reinlesen sozusagen.« Herr Meisinger hätte bei diesem Vergleich ein wenig schlüpfrig gekichert, erzählte Babette später. ›*Sex and the Globus*‹ sei der Projekttitel, ließ er schließlich die Katze aus dem Sack, nachdem man ›*Allie's Travel Fun*‹ wieder geknickt habe, als man hörte, dass die letzte Staffel über Ally McBeal, Singlefrau par excellence, bereits abgedreht war. Den Auftakt, und jetzt kam's, sollte ein Reiseführer über die Balearen machen.

Da hatte Babette sofort geschaltet. Aus purer Freundschaft zu mir, nehme ich an, hatte Babette sich auf einmal ungeheuer interessiert gezeigt und Meisinger, Herrn Manfred Meisinger, wie nebenbei von einer Topjournalistin vorgeschwärmt, von einer viel beschäftigten und nicht ganz billigen natürlich, aber eben auch von einer der besten überhaupt für diese Herausforderung. Sie könne, wenn er wolle, ihr ja einmal seine Nummer geben.

Und ob Herr Meisinger wollte. Schon zu diesem Zeitpunkt lief der Abend für ihn viel besser, als er jemals zu hoffen gewagt hätte.

Der Rest ist bekannt.

Ich hatte also fünf Monate, ein Budget von 11.000 Euro und die Chance vor mir, Tim, den Mann, von dem ich mich seit gut einem Jahr erfolglos zu trennen versuchte, ein für allemal zu vergessen. Konnte man da nein sagen?

Ich stellte das Telefon wieder auf die Station zurück und setzte mich auf meinen 1.500 Euro teuren und diesen Preis durch nichts rechtfertigenden Mies-van-der-Rohe-Stuhl, den ich mir von meinem Ersparten zu Beginn meiner Selbstständigkeit gekauft hatte. Ein psychologischer Trick: Man muss sich nur selbst genug unter Erfolgsdruck setzen, dann wird man von allein reich und berühmt. Das kostete mich natürlich die ersten vier Monate Einkaufen bei Aldi und den Verzicht auf mindestens drei Paar der genialsten Schuhe, die ich so nie, NIE!, wieder finden würde. Aber was sollte ich tun? Ich hatte mich nun einmal in den Stuhl verguckt, und nun stand er da. Bauhausstil mit einem Bezug aus Kuhfellimitat. Chic, aber unbequem, zumal wenn man, wie ich jetzt, die Beine über die zu breite Lehne baumeln ließ und dabei direkt auf seine Füße starrte.

Meine Füße, auch so ein Thema.

»Ich kann Ihnen nur empfehlen, regelmäßig mit dem großen Zeh zu trainieren und das Wurzelgelenk zu massieren. Ihre Füße haben die Tendenz zur Verholzung. Damit werden Sie im Alter Probleme bekommen.«

Diesen dreisten Satz musste ich mir vor etwa anderthalb Jahren von einer Fußpflegerin anhören, die mir von einer eigentlich zuverlässigen Freundin empfohlen worden war. Ich dachte damals natürlich sofort an die Füße meiner Großmutter und sah mich plötzlich sehr real mit siebenundsechzig vor mir: verholzte Füße, dauergewellte weiße Haare, die wie elektrisierte Fusseln in die Luft standen, weiße Stützstrümpfe in viel zu großen Gesundheitstretern, weil nur die dem verholzten großen Zeh ein Luftloch ließen. Bluse gebügelt – die einzige Überraschung in meinem zukünftigen Leben.

Es war das erste Mal, dass ich überhaupt zu einer Fußpflegerin gegangen war. Ich fand, mit neunundzwanzig (knapp dreißig, um genau zu sein, es fehlten lediglich zehn Monate) konnte man so was schon mal machen. Obwohl, vielleicht war genau das der Fehler. Im Grunde wollte ich nämlich nicht, dass sie meinen Füßen gut tat. Ich wollte, dass sie meine Probleme löste. Und so, wie mir diese Frau von meiner Freundin, die eine Menge Probleme hatte, beschrieben worden war, dachte ich, sie wäre genau die Richtige für mich. Doch dann kam der Satz mit der Verholzung.

Aber so war das immer bei mir. Entweder erwartete ich zu viel oder ich löste in anderen Menschen ständig den Verdacht aus, keineswegs hilfsbedürftig, sondern eher im Gegenteil die ideale Kummerkastentante zu sein. »Aua«, schrie ich deshalb auch, als die Fußpflegerin ihre geballte Ladung Wut über die zwanzigprozentige Mieterhöhung über mir ausschüttete und ihr dabei der Hobel an meiner Ferse entglitt.

Ich deckte jetzt meine Füße mit einem Handtuch zu und ließ sie weiter über der teuren Stuhllehne baumeln.

11.000 Euro, dachte ich und konnte mir ein Grinsen nicht verkneifen. Danke, Herr Meisinger. Danke, Babette. Ich sollte sie anrufen. Wie spät war es? 17.06 Uhr. Keine gute Zeit für meine beste Freundin. Sie war garantiert in irgendeinem wichtigen Meeting in der Redaktion oder hing über dem Editorial der nächsten Ausgabe ihres Reisemagazins, so dass sie keinen Sinn für einen Plausch hatte. Um mit Babette zu telefonieren, gab es eigentlich nur zwei Uhrzeiten: morgens zwischen halb neun und zehn, nachdem sie joggen war und bevor alles losging, oder abends zwischen halb elf und elf, wenn sie den Tag abgepellt hatte wie eine gebrauchte Haut und sich gerade mit einem Glas Rotwein zu Lars in die Küche setzen oder faul auf der Couch lümmeln wollte.

Mit mir konnte man immer telefonieren.

17.07 Uhr. Ich fand, mangels sonstiger Unterhaltung wäre jetzt ein Prosecco das Gebot der Stunde. Hatte ich etwa nichts zu feiern? Ich schlich um den Kühlschrank herum. Ich öffnete die Tür und nahm die Flasche heraus, in der ein IKEA-Esslöffel baumelte. Placebo, dachte ich einmal mehr. Ich hatte kein Silber im Haus.

Ich schenkte mir ein Glas ein, das erstaunlich lecker schmeckte. Ich schenkte mir noch ein Glas ein und legte die erste Maxi-Single meines Lebens auf: »Und der Mensch bleibt Mensch, weil er vergisst, weil er verdrängt ...«

O weh, ich stolperte wirklich über jeden emotionalen Fallstrick. Grönemeyers letztes Album. Und wieder sprach es mir so aus dem Herzen. Seit ›Flugzeuge im Bauch‹ war ich nicht älter geworden. Das war locker zwanzig Jahre her. Na ja, knapp.

Ich öffnete die Kühlschranktür erneut. Huch, der Prosecco stand ja gar nicht mehr drin. Aber da entdeckte ich meinen leckeren Käse. Manchego und Appenzeller. Ich konnte mich nicht entscheiden. Belegte mir ein Brot, nein, zwei Brote mit Käse. Und Tomate. Sie fiel runter, oh! Fand den Prosecco auf der Anrichte. Goss mir ein drittes Glas ein. Dann zündete ich mir eine Zigarette an. Ach, Herbert, du verstehst mich wenigstens! Du redest nicht von wirtschaftlichen, politischen, gesellschaftlichen und kulturellen Entwicklungen. Du redest von Liebe. »Und es ist ... es ist okay, es tut gleichmäßig weh.« Ich drückte die Zigarette wieder aus. Kannte mich in dem Zustand. War schwermütig. War ein bisschen beschwipst. Tim!

Das Telefon klingelte. Na so was.

Dachte ich es mir doch. In einer solchen Stimmung bekommt man nie den Anruf, den man sich erhofft.

»Hallo, mein Schatz. Wollte nur mal deine Stimme hören. Und, was gibt's Neues? Wir haben gestern bei Frau Droste eine große Tanne umgehauen. Morgen gehe ich wieder zum Sportabzeichen. 1.000 Meter laufen. Beim letzten Mal habe ich mir ja fast eingepullert. Papa ist zum Singen ...«

Meine Mutter. Unverkennbar.

»... und der Garten, Thelse, kannst dir gar nicht vorstellen, wie die Rosen dieses Jahr geblüht haben. Trotz dem vielen Regen. Unglaublich! Papa überlegt sich schon, den Brunnen zu versetzen und im nächsten Frühjahr noch mehr Georgette-Rosen zu pflanzen. Schön, deine Stimme zu hören, mein Schatz ...«

Meine Stimme?, dachte ich. Die hast du seit Weihnachten nicht mehr gehört. Vielleicht war es aber auch gut, dass ich mal wieder nicht zu Wort kam. Ich hatte eine ziemlich schwere Zunge. Ich leckte den Hals der Prosecco-Flasche. Oooch, alle. Hallo Mutti.

»... morgen gehen wir wieder in den Spar, auspacken. Ich sag' ja immer zu Papa, sei doch froh, wenn die Zahnstocher und Kerzenhalter kommen und in die Regale müssen. Viele kleine Teile, viele kleine Euros. Je größer die Teile, desto schneller geht's, desto weniger *money-money.* Wir werden nach Stück bezahlt, weißt ja. Kann dir morgen dann auch wieder ein Scheinchen schicken, nicht, mein kleiner Schatz. Wie geht es dir denn?«

Diese Frage verlangte nun doch nach einer Antwort. Darauf war ich nicht vorbereitet.

»Gut!«

»Ach, das freut mich aber. Als ich neulich wieder an unserem Stammtisch saß, weißt du, mit Wegmanns, Müllers, Drostes und Klodwercks, da haben wir ja auch über unsere kleine Thelse gesprochen ...«

Unsere kleine Thelse. Sehr witzig. Ich wurde bald 32! Durfte gar nicht dran denken. Mutti, ich gehe stramm auf die 40 zu!

»Und ... ach, du weißt ja, mir fehlen immer die richtigen Worte. Sag mal, isst du auch genug Gemüse?«

Nein. Ich trank zu viel Prosecco.

»Mutti!«

»Ja, Schatz?«

Ich gehe auf die vierzig zu. Was rätst du mir? »Ich muss leider los. Ich habe einen ziemlich großen Auftrag bekommen und soll heute noch den Vertrag abholen.«

»Das ist aber schön. Ja, das sagt Papa auch immer: Von nichts kommt nichts. Wollte auch nur mal wieder deine Stimme hören. Mach's gut. Ich ruf' bald wieder an.«

»Grüß Papa, tschüs.«

Ich legte auf und hielt mir das schnurlose Telefon wie ein feuchtes Tuch vor die Stirn. Meine Mutter. Wie war es möglich, dass manche Menschen selbst die einfachsten Kommunikationsregeln konsequent ignorieren konnten und trotzdem gut durchs Leben kamen? Natürlich musste ich den Vertrag nicht gleich abholen. Aus irgendeinem idiotischen Grund hatte ich gedacht, die 11.000 Euro könnten sie interessieren. Das nächste Mal würde ich sagen, dass ich jetzt leider los müsse, weil der Michel um 18 Uhr schließe und ich mich noch vom Turm stürzen wolle. Wahrscheinlich würde sie auch darauf antworten: »Ach, das ist aber schön. Papa sagt auch immer, von nichts kommt nichts.«

Ich schüttelte den Kopf, um die lästigen Gedanken zu vertreiben. Mutti war kein bösartiger Mensch, tröstete ich mich. Sie war einfach nur ein bisschen verrückt. Und verrückte Menschen waren mir eigentlich grundsätzlich sympathisch.

Vermutlich, weil ich selbst ein bisschen durchgeknallt war. Und ein bisschen zu dick, sagte ich mir, als ich auf dem Weg zur Couch am großen Flurspiegel vorbeikam. Ich musste abnehmen. Ich beschloss, schwimmen zu gehen. Jetzt. Obwohl ... doch besser morgen früh. Man sollte nicht mit vollem Magen schwimmen. Was da alles passieren konnte! Und beschwipst sollte man es erst recht sein lassen! Aber ich konnte ja schon mal alles zusammenpacken. Während ich Badeanzug, Handtuch und Duschgel in meine Sporttasche warf, überlegte ich, warum meine Mutter eigentlich angerufen hatte. Am Ende wollte sie wirklich nur meine Stimme hören.

Schläfrig legte ich mich danach auf die Couch. Das Dumme am Prosecco war, dass es einen hundemüde machte, wenn man zu früh damit anfing. Ab 18 Uhr war das kein Problem mehr. Da schaltete mein Körper aus einem mir unerfindlichen Grund irgendwie um, aber vorher ...

Angenehm benebelt schloss ich die Augen ...

... um sie eine Sekunde später sofort wieder aufzureißen.

Es ist wie verhext, aber es passiert mir immer wieder: Kaum mache ich die Augen zu, habe ich Tims Gesicht vor mir. Und wenn ich ein Gesicht auf der Couch ganz bestimmt nicht vor mir haben wollte, dann wohl seins. Es war aus. Schluss. Vorbei. Seit 372 Tagen. Aber wenn es schon einmal so weit war, konnte ich es auch nicht mehr ändern. Also dachte ich zum x-ten Mal daran, wie wir uns kennen gelernt hatten. Ich kann mich noch immer nicht entscheiden, ob er mir von meinem wohlmeinenden Schutzengel oder einer verkaterten Laune des Schicksals gesandt worden war. Fest steht jedenfalls, dass ich ihn vor sieben Jahren und sieben Monaten (schicksalhaft, so viele Sieben, finde ich) zum ersten Mal gesehen und er sich vor sieben Jahren und sechs Komma neun Monaten auf eine Affäre mit meiner damals besten Freundin Eli eingelassen hatte.

Nach meinen gescheiterten Versuchen, in der Wissenschaft meine Bestimmung zu finden, war ich, wie gesagt, wieder nach Celle gezogen. Vielleicht kennt ja jemand Celle. Wer häufig auf der Autobahn Hamburg–Hannover unterwegs ist, erinnert sich womöglich an das braune Schild, auf dem man für die »Alte Residenzstadt« wirbt. Das Celler Schloss ist darauf abgebildet. Die Geschichte mit dem Celler Loch ging ja auch mal durch die überregionalen Medien. Damals wurden zur Unterstreichung der terroristischen Gefahr von Regierungsseite Löcher in die Justizvollzugsanstalt gebombt. Heute kommt man von Norden nach Celle, indem man zunächst das Hermann-Löns-Denkmal in der Lüneburger Heide, dann den Truppenübungsplatz der britischen Alliierten in Bergen und schließlich die KZ-Gedenkstätte Bergen-Belsen passiert. Viel Geschichte rund um Celle.

Ich jedenfalls hoffte, nach meinen verunglückten Semestern in Hannover und dem traumhaften Jahr in Barcelona in Celle nicht intellektuell zu versauern. Und da war ich natürlich begeistert, von meinem Freund Harald zu hören, der es inzwischen zum Gymnasiallehrer gebracht hatte, dass ein versprengtes Häuflein kluger und alternativ denkender Menschen eine Kulturzeitschrift namens ›Visionen‹ ins Leben rufen wollte und Unterstützer gut gebrauchen konnte. Ich beratschlagte mich mit Eli darüber, die sich in ihrem Job bei der Touristeninformation auch nur langweilte und von daher sofort begeistert war.

Ich weiß es noch, als ob es gestern gewesen wäre. Es war Sommer. Es war ein Dienstag. Es war 19 Uhr und außer Eli und mir war noch niemand im »Bistrot«, der Kneipe mit dem extravaganten »t« am Ende, in die man sich nur traute, wenn man sich in irgendeiner Hinsicht für auserwählt hielt. Wir setzten uns an einen der Resopaltische und bestellten einen Kaffee. Der Erste, der nach dem Wirt auftauchte, war Tim. Was mir sofort an ihm auffiel, war sein offenes Lachen und die Fältchen um die Augen. Total sympathisch. Egal, was Eli und ich vorher gedacht hatten, dass wir an einen Lügendetektor angeschlossen und auf unsere Eignung für ›Visionen‹ geprüft würden: Alles war mit Tims entwaffnendem Lächeln im Nu wie weggeblasen. Ich kam mir nicht mehr so bescheuert deplatziert vor. In seiner Gesellschaft fühlte ich mich wohl. Sofort.

Wie Eli sich fühlte, weiß ich nicht zu sagen. Wenn sie flirtet, scheint bei ihr irgendetwas auszusetzen. Sie machte sich jedenfalls mächtig interessant, zeigte ihren emanzipiertesten Augenaufschlag, köderte ihn, ließ ihn dann aber auflaufen, lachte lasziv auf und machte zu allem Überfluss auch noch so kluge Bemerkungen, dass ich anfing, nachdenklich die verkrusteten Milchreste aus meiner Kaffeeschale zu lecken. Neben so einem intellektuellen Vamp blieb mir nichts anderes übrig als zu schweigen und hin und wieder ein zustimmendes Lächeln zum Besten zu geben, das sich im Laufe des Abends mehr und mehr versteifte.

Irgendwann kamen auch Harald, Norbert, Lisa, Heinz und eine seltsame Frau namens Maren ins »Bistrot«. Sie war mir gleich aufgefallen, weil sie wunderschöne grüne Augen hatte, die sie zudem auf merkwürdige Art verdrehte, wenn ihr etwas nicht in den Kram passte. Und weil sie mir von allen am natürlichsten erschien. Wenn es nicht von vornherein überflüssig gewesen wäre, hätte ich sicher ihr zuerst das Du angeboten.

Man diskutierte, argumentierte, ereiferte sich, stritt – wenn ich mich recht erinnerte, so drehte man sich im Kreis. Klar vor Augen steht mir nur noch, dass Eli mir gegen halb eins unauffällig einen Schubs unter dem Tisch gab. Sie wolle gehen, hieß das. Mir war das längst recht. Tim küsste sie zum Abschied flüchtig auf den Mund, bevor wir unsere Fahrräder aufschlossen und uns ohne ein Wort auf den Heimweg machten.

Irgendwann fragte ich sie dann doch: »Und, wie fandest du's?«

»Wie soll ich es schon gefunden haben?«, erwiderte sie knapp. »Unstrukturiertes Gewäsch ohne jede Basis.«

Auch das war Eli. Sie wollte immer gleich Nägel mit Köpfen machen. Aber ich hatte nicht den Arbeitskreis gemeint. Ich wollte wissen, wie sie es mit Tim hielt. Und so bohrte ich dann auch nach.

Sie lachte hell auf. »Tim? Kann man mal so mitnehmen.«

Wieder schwiegen wir. Ich empfand ein wachsendes Unbehagen. Aber was ging es mich an? Ich mochte Eli. Nur: Die Lachfalten um Tims Augen mochte ich auch …

Eli und Tim sahen sich zwei Tage nach dem ersten Treffen wieder und landeten, wie bei Eli nicht anders zu erwarten, auch direkt im Bett. An ihrer Einschätzung, dass man Tim »mal so mitnehmen kann«, schien sich auch nach dem dritten, vierten und fünften Treffen nicht viel geändert zu haben. Kurz und gut: Eli hatte eine Affäre mit Tim. Was Tim mit Eli hatte, wusste ich nicht. Bis zu dem Tag von Haralds Party, etwa drei Wochen, nachdem die beiden sich kennen gelernt hatten. Mir gegenüber sprach Eli bereits davon, dass sie die Geschichte demnächst beenden würde. Aber davon wollte sie später natürlich nichts mehr wissen.

Es war schon relativ spät, als Tim bei Harald auftauchte. O Gott, man stelle sich vor, die Tür ging auf, und hereingestürmt kam ein Tim, der, an Eli vorbei, auf mich, ich wiederhole: *auf mich* zueilte. Er baute sich vor mir auf, und es folgte der bis heute unvergessene Satz. O-Ton: »Thelse, ich komme geradewegs mit dem Auto aus Hannover. Ich bin also noch nüchtern. Thelse, ich bin nur aus einem einzigen Grund noch nüchtern: Ich musste dich unbedingt sehen. Ich wollte nur zu dir!«

Schweigen. Ich starrte ihn ungläubig an. Ich musste nachdenken. Ich war ganz durcheinander.

»Du hast aber was mit Eli!«

»Ich hatte!«

»Ich muss mal.« Um Zeit zu schinden, rannte ich aufs Klo,

schloss mich dort zum Missfallen vieler Partygäste zwanzig Minuten lang ein und versuchte meine Gedanken zu sortieren.

Tim hatte eine Affäre mit meiner besten Freundin. Selbiger Tim hatte mir aber soeben zu verstehen gegeben, dass er in mich verliebt war. Weil Tim eine Affäre mit meiner besten Freundin hatte, hatte ich mir nie überlegt, ob mir außer den Lachfältchen noch mehr an ihm gefiel. Das Einzige, was ich immer wieder merkte, war, dass ich mich in seiner Gegenwart wohl fühlte. Sauwohl. Wollte ich ihn näher kennen lernen?, fragte ich mich auf dem Klo, während draußen mindestens drei unterschiedliche Fäuste gegen die Tür hämmerten. Natürlich, hörte ich mich antworten. Ich war seit zwei Jahren solo, und Tim war ein interessanter, netter, gut aussehender Mann. War ich bereit, meine Freundschaft mit Eli aufs Spiel zu setzen? Eine blöde Überlegung vielleicht, aber ich kannte Eli und ihre feministischen Besitzansprüche. Die Frage erübrigte sich jedoch in dem Moment, als ich die Toilette unter Applaus wieder verließ. Eli war verschwunden. Stocksauer, wie ich hörte. Kindergarten.

Meine erste Nacht mit Tim endete morgens um neun mit einem Spaziergang im Nussbaumwäldchen – meinem liebsten Rückzugsort in Kindertagen. Als ich mich müde und irgendwie glücklich in mein Bett fallen ließ, hatte ich a) keine beste Freundin mehr, b) einen neuen Freund und c) vor mir selbst den Eid geleistet, mit Tim mindestens vier Wochen durchzuhalten, damit Eli nicht denken konnte, ich wäre nur mit ihm ins Bett gegangen, um ihr eins auszuwischen. Aus den vier Wochen wurden fast sieben Jahre. Sieben Jahre des Liebens, des Streitens, des Geschirr-Zerschmetterns, des Fernreisens, des Bangens, des Hoffens, des Sich-Verlobens, des Sich-Trennens, des Heiraten-Wollens.

Tim hatte sich getrennt. Vor gut einem Jahr.

Ich musste wohl auf dem Sofa eingeschlafen sein, denn als ich mit reichlich verquollenen Augen (ich hatte doch wohl nicht geheult?) auf die Uhr schaute, war es schon halb eins. Definitiv zu spät, um bei Babette anzurufen, also schickte ich ihr schnell noch eine SMS: »Danke, hat geklappt. 11.000 Euro. Habe einen Plan. Kuss, Th.« Ohne mir die Zähne zu putzen, wankte ich dann ins Bett, mit dem festen Vorsatz, den nächsten Tag etwas sinnvoller zu beginnen, als ich diesen beendet hatte.

Es klingelte.

»Komm, mach du auf«, murmelte ich.

Es klingelte erneut.

»Geh schon, es ist der Postbote. Ich hab ihn doch eben noch mit der Nachbarin reden hören. Es ist der Vertrag ...«

Schrill und penetrant klingelte der Apparat weiter, bis er mich aus meinen Träumen riss. Darin hatte ich neben Tim in Celle im Bett gelegen; wir warteten schon seit Tagen auf den Vertrag aus New York, weil unser gemeinsames Buch ›Kreatives Leben. Willkommen in der Provinz Europa!‹ tatsächlich ins Englische übersetzt werden sollte. Erst nach einer Weile begriff ich, dass es *mein* Telefon war. Ich sah auf den Wecker. O Gott, 7.14 Uhr. Wer konnte es wagen? Wusste nicht jeder, dass ein schöpferischer Geist wie ich erst am späten Vormittag und nach einer Kanne Kaffee gestört werden durfte? Ich zog mir die Bettdecke über den Kopf. *Neinneinnein.* Das penetrante Klingeln hörte nicht auf, weil ich den Anrufbeantworter ausgemacht hatte. Inzwischen hellwach, nahm ich in meiner dumpfen Höhle zwölf Klingeltöne wahr. Dann herrschte Stille – bis ich etwa fünf Minuten später den durchdringenden Ton meines Handys hörte. Ich hielt mir die Ohren zu und zählte bis fünfzig. Als ich die Hände wieder wegnahm und die Decke zurückschlug, war alles ruhig. Na also, dachte ich mir, geht doch. An Weiterschlafen war jetzt allerdings nicht mehr zu denken. Also stand ich mürrisch auf, schlurfte barfuß ins Badezimmer, ging aufs Klo, doch kaum dass ich saß, ging das Gebimmel von vorne los.

Kann sich jemand einen handlungsunfähigeren Menschen vorstellen?

Zum Glück konnte ich mich auf die Hartnäckigkeit des Anrufers verlassen (ich war mir sicher, es war derselbe wie eben). Beim siebten Klingeln hob ich ab.

»Thelse Simon.«

»Thelse … du alte Schlafmütze. Habe ich dich geweckt?«

Jedem anderen hätte ich erst mal etwas gehustet, aber in dem Fall war ich bereit, eine Ausnahme zu machen. »Babette! Wie kommst du denn da drauf? Ich komme gerade vom Joggen.«

Sie lachte. Putzmunter. Das war allerdings auch nicht normal. »Tatsächlich? So hörst du dich aber gar nicht an.«

»Geschenkt«, sagte ich, »was gibt's?«

»Du bist witzig! Hast du mir gestern noch eine SMS geschickt oder war das deine Zwillingsschwester?«

Ach so, das meinte sie. So langsam dämmerte mir, dass ich vor vierzehn Stunden um 11.000 Euro reicher geworden war. Ich erzählte ihr also ausführlich von dem Deal mit Meisinger, erwähnte ganz beiläufig mein grandioses Verhandlungsgeschick und machte auch aus meinen verkürzten Rechercheabsichten keinen Hehl.

»Du willst *was? Einfach abschreiben?*«

Für meinen Geschmack klang das eine Spur zu entsetzt. »Na ja, nicht nur«, verteidigte ich mich. »Für Januar plane ich einen längeren Wellnessurlaub auf einer der Inseln. In einem von diesen schicken Hotels, so mit Unterwassermassagen, Ganzkörperpeeling, Ziegenbuttermilch-Aromatherapien und solchen Sachen. Das ist wichtig für das Buch.« Von einer Fußreflexzonenmassage sagte ich bewusst nichts. Meine Füße waren ein wirklich sensibles Thema.

Babette seufzte. »In erster Linie ist das wohl eher wichtig für dich. Also, wenn du meine Meinung hören willst, so hast du sie nicht mehr alle. Denk daran: Ich habe dich weiterempfohlen. Lass dich bloß nicht beim Mogeln erwischen.«

Wo denkst du hin?, dachte ich. Ich bin doch Thelse!

»Geht ja gar nicht«, sagte ich. »Ich glaube nämlich nicht, dass sich die Kathedrale von Palma dem weiblichen Betrachter heute anders darstellt als vor zwei Jahren einem männlichen Touristen.« Da Babette offensichtlich nicht in der Stimmung war, mich überschwänglich zu meinem genialen Einfall zu beglückwünschen, wechselte ich das Thema. »Sag mal, gibt es sonst noch einen Grund, warum du in aller Herrgottsfrühe schon zum Hörer greifst? Das kenne ich so gar nicht von dir.«

Kichern.

»Babette?«

Erneutes Kichern. Nanu?

»Alles in Ordnung?«

»Ja«, gluckste sie.

»Was ist denn?«

»Nichts.« Kichern. Glucksen.

»Nun sag schon! Haben Sie dich zur Geschäftsführerin von ›Worldseeing‹ gemacht? Will euch einer deiner Verehrer ein Haus an der Elbe schenken? Was ist los?«

»Es ist wirklich nichts. Ich habe einfach nur … gute Laune.«

»Aha. Das freut mich aber! Bewahr sie dir. Kommt schließlich selten genug vor, dass man von seinem eigenen Lachen geweckt wird.«

Ich fand den Spruch eigentlich nicht besonders lustig, aber Babette lachte schon wieder lauthals los.

»Hör mal, Süße, nichts für ungut, aber ich glaube, ich lege jetzt doch besser auf. Ich will nämlich zum Schwimmen.«

Das Letzte, was ich vor dem Klacken hörte, war schallendes Gelächter. Kopfschüttelnd machte ich mich auf den Weg ins Bad. Ich hatte schließlich einiges vor heute.

Ich liebe es, meine Bahnen durch das hellblaue Wasser zu ziehen. Vor allem in Situationen wie dieser, wenn das Becken noch so leer ist, dass man weder pubertierende Vierzehnjährige fürchten muss, die einem vom Beckenrand einfach auf den Kopf springen, noch kraulende Wichtigtuer, die rücksichtslos so nah an einem vorbeizischen, dass man sich in den Wellen erst mal neu sortieren muss. Jedenfalls schön, wenn man morgens um halb neun schon so fit ist wie ich!

Ich zählte acht weitere Schwimmer. Durch die Glaswände an drei Seiten der Halle schaute ich nach draußen in das graue Licht. Das war definitiv einer jener Tage, an denen es nicht richtig hell werden würde. Drinnen gab es keine Deckenbeleuchtung. Dafür waren unter Wasser alle zwei Meter Spots angeschaltet, die einem das Gefühl gaben, friedlich in einem Aquarium herumzupaddeln. Die Wasseroberfläche war beinahe glatt. Um mich herum sanftes Plätschern. Manchmal frage ich mich, ob ich in meinem letzten Leben wohl ein Goldfisch gewesen bin. Ich genieße dieses Element, die Geräusche, das Licht, alles. Für mich ist das Yoga hoch drei, dieses ruhige, fast schwerelose Dahingleiten. Meine Arme und Beine taten automatisch, was man ihnen seit dem Freischwimmer beigebracht hatte. Ich tauchte ab, und wie sich auflösende Badeperlen sprudelten meine Gedanken mit der Luft durch das Wasser nach oben.

Ich träumte von meinem bevorstehenden Urlaub auf den Balearen. Vom eleganten Hotel, das ich mir dank des größten Auftrags meines Lebens würde leisten können. In dem geölte Hände meinen Rücken entlangfuhren, mir die Verspannungen aus den Muskeln strichen und meine Haut mit einem samtenen Duft verwöhnen würden. Man würde mich für mein Spanisch loben, und ich würde schnell Kontakt zu den Einheimischen bekommen, die mir ihre Lieblingsbars zeigten – wenn das keine akribische Recherche war! – und mit denen ich bis morgens um drei abtanzen würde, bis Pablo und Juan und José sich fast um die Gunst der schnuckeligen Teutonin prügelten. Ich grinste glücklich in mich hinein. Wahrscheinlich würde ich mich für keinen von ihnen entscheiden, jedenfalls nicht in der ersten Nacht, aber wenn ich nach ein paar Tagen erst braungebrannt wäre und meine Beine aufgrund des stundenlangen Yogas straff und formvollendet aus dem knappen Kleidchen hervorschauen würden, wenn ich erst fünf Kilo Fett in wohl konturierte Muskelmasse verwandelt hätte ... dann, ja dann würde ich bestimmt bei dem einen oder anderen »Bésame« dahinschmelzen, so unwiderstehlich wie ich dann wäre. Die Frage war nur, ob Pablo oder Juan oder ...

O nein! »Mann, du Arsch! Kannst du nicht aufpassen?«, brüllte ich und verschluckte dabei natürlich gleich eine ganze Ladung Wasser.

Nun war es doch passiert! Irgend so ein Idiot von Werbefuzzi oder was auch immer hielt in seiner Bewegung kurz inne, machte eine Geste, die man vielleicht als entschuldigendes Handheben hätte interpretieren können, für mich aber eher ein gleichgültiges Schulterzucken war, und legte sich danach erneut schnittig ins Wasser. Das war doch wohl wirklich die Höhe! In langen, eleganten Zügen pflügte dieser unverschämte Kerl die Bahn, und wenn eine arme Brustschwimmerin, die, zugegeben, ein wenig auf schiefem Kurs unterwegs war – meine Güte, ich hatte wichtige Dinge zu bedenken –, plötzlich seinen Weg kreuzte, hatte er doch wirklich nichts Besseres zu tun, als mich selbstgerecht umzunieten. Einfach so! Ich hätte das Bewusstsein verlieren und untergehen können! Ich hätte STERBEN können, und dieser Schwachkopf wäre dennoch pünktlich um zehn in sein Büro am Jungfernstieg geschlendert, nicht ahnend, dass er soeben zum MÖRDER geworden war. Mein Gott, was waren mir solche Männer zuwider!

Ich schaute auf die Uhr und stellte fest, dass ich schon gut eine halbe Stunde im Wasser war. Okay, das reichte. Ich wollte nicht noch einmal aus der Bahn gedrängt werden. Genervt schwamm ich zur Treppe und ging zu den Umkleidekabinen, um mein Handtuch und ein Buch zu holen. Ich würde mich jetzt noch schön auf eine Liege legen und ein bisschen dösen, schließlich war ich zu nachtschlafender Zeit aufgestanden. Da war ein Buch genau die richtige Tarnung!

Einen Platz in meinem Lieblingsschwimmbad mochte ich besonders. Er lag gegenüber den Sprungtürmen, zwei Stufen höher als der Rest der Halle, so dass man sie gut im Blick hatte und sich dennoch etwas abgeschieden fühlte. Vor allem aber lag er quasi im Freien, weil hinter einem und rechts und links nur Glaswände waren und vor einem das blaue Wasser. Ich liebte dieses Fleckchen städtischen Bads, und genau dort wollte ich mein Lager aufschlagen. Zu meinem Verdruss lag jedoch auf *meiner* Liege schon ein Handtuch, ein dunkelblaurot kariertes Vossen-Handtuch noch dazu. Zweimal schaute ich verstohlen nach rechts und links, dann schob ich die Liege unmerklich dreißig Zentimeter zur Seite, holte mir eine zweite und rückte sie auf einen gesunden Sicherheitsabstand von etwa anderthalb Meter an die Vossen-Liege heran. Zufrieden genoss ich die Aussicht von meinem Fast-Lieblingsplatz und erwog sogar schon, doch einen Blick in das Buch zu werfen, als ich hörte, wie sich jemand mit energischen Schritten näherte und sich dann schüttelte wie ein nasser Hund, was zur Folge hatte, dass fremde, kalte, eklige Wassertropfen nach allen Seiten spritzten. Und auch meinen bezaubernden Körper trafen! Ich fuhr erschrocken hoch und sah – natürlich – *ihn!* Mister Macho. Dieses Stinktier von Werbefuzzi!

Ich weiß nicht, ob mich überhaupt schon mal jemand so richtig wütend erlebt hat. Denn eigentlich bin ich, Thelse Simon, die Friedfertigkeit in Person. Aber ich schwöre, in diesem Moment war ich wütend. Ich kochte geradezu vor Wut.

»Entschuldigung!«, sagte ich.

»Hm?« Der Typ drehte sich um. Behaarte Brust. Dunkler Teint. Athletische Figur. Eine nasse Locke hing ihm in seine grünen Augen, von der nun ein Tropfen seine Wange hinunterlief. Ich sagte es doch: ein Vollidiot. Er hatte noch nicht mal gemerkt, dass er seine Umwelt schon wieder belästigte!

»Ist das Ihr Handtuch da?« Ich zeigte auf das blaurote Vossen.

Er sah mich fragend an. »Ja. Wieso?«

»Hat Ihnen noch niemand erklärt, wozu man die benutzen kann?«

Der Mann, der von seiner Schüttelarie noch immer etwas gebeugt vor mir stand, richtete sich nun zu seiner vollen Größe auf. Kampfhaltung, logisch. Sein Blick veränderte sich auf eine Art, die ich nicht recht deuten konnte. Noch mehr machte mir allerdings die Tatsache zu schaffen, dass ich nicht wusste, wie ich meinen gelungenen Anfang zu einem gelungenen Ende bringen sollte. Also sah ich ihn einfach stumm und herausfordernd an.

»Sagen Sie, kennen wir uns?« Wenn mich mein Gedächtnis nicht täuscht, lag in seinen grünen Augen etwas Amüsiertes. Instinktiv wickelte ich mein Handtuch enger um die Hüften. Dazu musste ich allerdings etwas den Po heben, woraufhin mein Buch in eine Wasserlache fiel, da, bevor ich es auffangen konnte, ich selbst fast von der Liege geflogen wäre. Kurzum: Ich machte keine gute Figur.

Was hieß eigentlich »kennen wir uns«? Welche Anmach-Nummer war das denn? Ja, sicher kennen wir uns, denn:

»Sie hätten mich eben fast umgebracht!« O nein, Thelse, spinnst du?

Kopfschüttelnd sah mich der Mann nun an, ließ sich dann wortlos auf seiner Liege – *meinem* Lieblingsplatz – nieder und schloß die Augen.

Ich beschloss, mich jetzt, wo ich noch den Elan hatte, direkt vom Acker zu machen, denn wenn wir hier erst mit dem Spielchen »Wer hält die Spannung länger aus?« anfangen würden, so halb nackt auf 1,5 Meter Entfernung, könnte ich den Tag gleich vergessen. So gesehen war meine Entscheidung klug. Doch das dicke Ende kam noch.

Als ich nämlich eine halbe Stunde später mit feuchtem Haar mein Fahrrad aufschloss, sah ich aus den Augenwinkeln, wie auch der Werbefuzzi das Bad verließ. Er schaute kurz zu mir rüber – zu allem Überfluss musste ich feststellen, dass seine Figur auch in Jeans und Winterjacke noch immer sehr athletisch wirkte –, nickte eher dem Nichts als mir zu und ging dann mit schwungvollem Schritt zu seinem Auto. Ich sag' jetzt nicht, was für eins.

Was dann geschah, ist nicht so leicht zu rekonstruieren. Sicher, ich hatte diese Stinkwut im Bauch. Ich hatte es einfach satt, dass alle Welt meinte, mich übersehen, überfahren oder überschwimmen zu können. Nicht so wie Babette, der man im Herbst noch den Weg mit Laubblättern pflasterte, um irgendwie von ihr beachtet zu werden, und sei es nur, weil sie dann weicher ging. Ich war ein Mensch, der ständig übersehen wurde. Aber ich glaube trotzdem nicht, dass ich es absichtlich getan habe.

Als ich mich auf mein Fahrrad setzte, hatte ich den Schlüsselbund noch in der Hand. Schwerfällig trat ich in die Pedale, weil meine Shimano-Schaltung leider so eingerostet war, dass ich nur noch auf dem dritten Zahnrad im sechsten Gang fahren konnte. Ich war also nicht so wendig, wie ich es vielleicht hätte sein sollen. Das ist wichtig bei der Geschichte. Ich war schon in den Autoparkplatz eingebogen, als ich mich – eine Gewohnheit von mir – zu meiner Sporttasche umdrehte, um die Schlüssel darin zu verstauen. Dabei kam ich ein wenig aus dem Gleichgewicht, und zwar ziemlich genau auf der Höhe, wo dieser Typ in seinem Auto gerade ausparken wollte. Vielleicht hätte ich noch schnell eine Faust um meinen Schlüsselbund machen können. Vielleicht. Ich weiß es nicht. Aber ich hatte, wie gesagt, diese Stinkwut im Bauch, und vielleicht ging einfach auch alles viel zu schnell. Jedenfalls schwankte ich mit meinem Fahrrad an seiner Seite entlang, konnte mich nicht mehr halten und kippte gegen seinen Kotflügel, den Schlüsselbund noch immer fest umklammert. Solange ich fiel, solange kratzten auch meine Schlüssel über die schwarze Lackierung. Ich stieß mir dabei den Kopf, was verdammt wehtat … aber irgendwie spürte ich in diesem Moment doch bereits eine gewisse Zufriedenheit.

Mühsam versuchte ich mich aufzurappeln, wobei ich den

Schlüsselbund unauffällig in meiner Jackentasche verschwinden ließ.

Überraschenderweise war der Typ erstaunlich besorgt aus seinem Wagen gesprungen. Ich hatte eigentlich geglaubt, er würde mich jetzt direkt überfahren oder sonst irgendwie wie eine lästige Mücke aus dem Weg scheuchen. Aber nein, er schien richtig erschrocken zu sein. Eilte zu mir, legte seinen Arm um meine Schultern – huch, dieser Kerl roch verdammt gut, frisch und maskulin ... nach was nur? – und versuchte, mich unter seinem Kotflügel herauszuziehen. Ein bisschen benommen war ich wirklich, das muss ich zugeben, aber bevor ich aufstöhnte, fasste ich mir lieber erst mal vorsichtshalber an den Kopf.

»Haben Sie sich verletzt?«, fragte der besorgte Werbefachmann.

»Nein ... nein, ich glaube, es ist alles in Ordnung«, stammelte ich gekonnt. Den Kratzer an seinem Kotflügel schätzte ich auf gute vierzig Zentimeter. Ich freute mich ein bisschen, wirklich nur ein bisschen ...

... und lächelte ihn aus Versehen an.

Er lächelte zurück. »Soll ich Sie nicht lieber zu einem Arzt bringen?«

»Nein. Nicht nötig. Es geht schon. War ja auch meine Schuld; war in Gedanken«, sagte ich einlenkend mit Blick auf sein Auto.

Da entdeckte er den Kratzer. Runzelte die Stirn. Entspannte sich komischerweise aber gleich wieder. »Ist schon okay. Es gibt Schlimmeres: Ihr Fahrrad zum Beispiel. Im Gegensatz zu Ihnen kann ich nämlich noch nach Hause fahren.« Er lächelte schelmisch, dieses Aas.

Irritiert folgte ich dem Blick seiner dunklen Augen. Stimmt. Mein Vorderrad hatte eine Acht, und mein Schutzblech hatte sich dermaßen verbogen, dass ich es noch nicht mal mehr würde schieben können. Glückwunsch, Thelse. Tolle Nummer.

»Darf ich Sie dann wenigstens nach Hause fahren, wenn Sie schon zu keinem Arzt wollen?«

Wie bitte? »Wie denn?«, fragte ich begriffsstutzig, wie ich immer wieder bin in solchen Situationen. Vielleicht sollte ich es jetzt endlich sagen: Er fuhr einen BMW Z3.

Cabriolet. Dieser Zusatz ist wichtig, denn nur mit offenem Verdeck war es möglich, mein Fahrrad in diesem eleganten, begehrenswerten Fahrzeug zu verstauen. Ja, auch Frauen können bei Autos schwach werden.

Zwar war es November. Und es herrschte leichter Nieselregen über Hamburg. Aber kann sich jemand vorstellen, was es mit einer Frau von einunddreißig Jahren machte, ihr kaputtes Fahrrad auf der Rückbank eines Z3 zu wissen und von einem gut aussehenden, wenn auch rüden Exemplar der männlichen Schöpfung die entscheidenden fünf Kilometer durch die City kutschiert zu werden? Und der Zufall es zudem wollte, dass Grönemeyer im Auto-CD-Player lief, den sie auf Lautstärke 12 drehen durfte? Kann man sich etwas Schöneres vorstellen? Da musste man doch einfach jauchzen vor Vergnügen!

Dass der Krauler Moritz Göhrken hieß und siebenunddreißig Jahre alt war, wusste ich nach dem ersten Lied. Zu Hause angekommen, lud ich ihn noch auf einen Kaffee bei mir ein; das war ich meinem schlechten Gewissen schuldig. Er lehnte ab. Er müsse ins Büro. Sicher, sagte ich, und verstand. Nicht jeder führte ein so luxuriöses Freiberuflerdasein wie ich. Dafür fuhr auch nicht jeder so ein schrottreifes Fahrrad. Auf den Kratzer kam er nicht mehr zu sprechen. Auf meine komischen Bemerkungen im Schwimmbad ebenso wenig.

Als ich meine Wohnung betrat, war es erst kurz nach zehn, weshalb ich beschloss, erst einmal ein Nickerchen zu halten. Kein weiterer Anruf bei der lachgasinfizierten Babette. Ich schlief auch tatsächlich sofort ein, und im Traum schwammen lauter BMWs um mich herum, die in mörderischem Tempo meine Bahn kreuzten und dann einer nach dem anderen untergingen. Deshalb versuchte ich, die Hotline bei der BMW-Zentrale in München zu erreichen, damit sie endlich etwas unternahmen, aber da war ständig besetzt.

Und so begann mein neues Leben.

In den letzten zwei Wochen hatte ich mächtig was weggeschafft. Von Wladimir, meinem russischen Nachbarn, den ich für einen untergetauchten Mafioso hielt, der aber netterweise immer wieder mit kleinen Präsenten versuchte, mir seine Kultur näher zu bringen, hatte ich mir einen Gartentisch ausgeliehen, auf dem ich sorgsam alle auf dem Markt erhältlichen Reiseführer über die Balearen gestapelt hatte. Insgesamt zweiundzwanzig, da war selbst ich baff. Ich konnte nur froh sein, dass mein Etat mir einen kleinen Spielraum ließ. Es war schon ein merkwürdiges Gefühl gewesen, eine Plastiktüte mit Sonne, Strand und Sommer nach Hause zu tragen, während in der nassgrauen Innenstadt die ersten Weihnachtsbeleuchtungen über die Straße gespannt wurden und man die Auslagen der Geschäfte mit Styroporschneemännern, goldenen und roten Kugeln sowie künstlichen Tannenzweigen dekorierte.

Da ich es aus mir unerfindlichen Gründen noch nicht geschafft hatte, auch nur einen Billigflieger nach Mallorca zu buchen, blätterte ich zunächst wahllos in den Führern über die einzelnen Inseln – einen Sammelband gab es leider nicht –, bis ich die gefunden hatte, die mir am informativsten schienen, und da las ich mich dann erst mal richtig ein. Ich machte mir Stichworte und Notizen, spickte die Reiseführer mit Post-its, und nach fünf Tagen hatte ich mich entschieden: Sobald die Weihnachtsfeiertage hinter mir lagen, würde ich mich für drei Wochen nach Formentera absetzen. Die Insel, die als die blaue Perle des Mittelmeers beschrieben wurde, wirkte im Gegensatz zu den anderen noch irgendwie sympathisch und unberührt. Kein Diskorummel und Promille-Trubel, keine Schickis und Betonbettenburgen, sondern schroffe Küsten, viel

Natur, das reinste Wanderparadies. Und außerdem würden dort die schönsten Strände des Mittelmeers die Küste säumen und das Wasser changiere von Türkis bis Tintenblau. Zumindest behaupteten das meine schlauen Travelguide-Autoren. Formentera war die kleinste der Inseln und als südlichste immerhin ein halbes Grad wärmer als die anderen, wenngleich ich mich temperaturtechnisch lieber auf den Kanaren eingemietet hätte. Trotzdem schien sie mir ideal, um mir endlich mal den verdienten Urlaub zu gönnen und, na gut, ein bisschen an dem Reiseführer zu arbeiten. Aber da war ich ganz optimistisch. Die Kollegen hatten wertvolle Vorarbeit geleistet. Mit Ibiza – der Insel, über die es neben Mallorca am meisten Material gab – könnte ich locker innerhalb einer Woche fertig sein. Viele der Informationen überschnitten und wiederholten sich, so dass es nicht auffallen dürfte, wenn ich die Angaben einfach leicht variiert abschreiben würde.

Damit wir uns richtig verstehen: Ich hatte nicht vor, jede Insel auf ihre frauenspezifischen Besonderheiten hin zu überprüfen. Das wäre ja ein wahnsinniger Aufwand. Anreisen musste ich sowieso schon über Ibiza, mit der Fähre, da Formentera keinen eigenen Flughafen besaß. Und dann das Ganze wieder zurück? Koffer auspacken Koffer einpacken, auf die Fähre und dann rein in den Flieger und ab nach Malle? Koffer auspacken, Koffer einpacken und auf Menorca wieder ein Apartment suchen? So ein Stress. War ich verrückt? Nö. Wozu gab's denn all die anderen Reiseführer? Und wozu war ich ein phantasiebegabter Mensch? Wenn ich schrieb, dass die Pre-Club-Bar X auf Malle ein supergeiler Szeneladen für liebeshungrige Mitzwanzigerinnen war, und am Ende stellte sich aufgrund der Leserbriefe heraus, dass diese Bar eher nach Käthchens Tanztee anmutete, nun, dann hatte eben gerade der Besitzer gewechselt. Und überhaupt: Solche Einschätzungen waren doch ohnehin sehr subjektiv. Da würde ich auch bei ›Marco Polo‹ darauf achten müssen: Was die als »sehr elegant, aber nicht ganz billig« kategorisierten, würde bei mir garantiert »versnobt und überteuert«. Aber wenn man das erst mal wusste, war der Rest ein Kinderspiel. Außerdem *würde* ich mir ja eine Insel anschauen und stellvertretend für die anderen alles genau unter die Lupe nehmen. Wenn Babette sich darüber wirklich aufregte, sollte sie ein bisschen aufpassen, dass sie nicht verspießerte!

So gesehen fühlte ich mich hervorragend gerüstet, um an diesem Tag, wie mit Herrn Meisinger verabredet, zu Travel Fun zu gehen und mein Konzept abzuliefern und – dann doch – den Vertrag gleich mitzunehmen. Pfeifend hüpfte ich die Stufen hinunter in den Fahrradkeller. Pfeifend, bis ich meinen Verschlag aufschloss. »120 Euro«, murmelte ich etwa zum siebzehnten Mal mürrisch, seit ich das Rad eine Woche zuvor aus der Reparatur geholt hatte. 120 Euro, und das nur, weil ich groß war in Sachen Selbstjustiz. Verärgert dachte ich an die Z3-Flosse. Während Mister Göhrken die Lackierung für seinen Kotflügel vermutlich gedankenlos aus der Portokasse bezahlt hatte und mein Gesicht schon wieder mit dem der Kassiererin vom Aldi verwechselte, musste ich mir im Sinne meines Steuerberaters einmal mehr in den Kopf bimsen, auch noch die gerechtesten Rachepläne in Zukunft sorgfältiger zu kalkulieren, bevor ich wieder mal meine Schlüssel für etwas anderes als zum Öffnen meiner Haustür benutzen sollte. Unwillkürlich dachte ich an Tim. Wenn es ihn in meinem Leben noch geben würde, wäre ich jetzt nicht um 120 Euro ärmer. Tim hätte einen Weg gefunden, die Acht aus dem Rad zu biegen. Handwerklich war Tim total geschickt. Und trotzdem ein Intellektueller. Eine seltene Mischung, die ich sehr an ihm geliebt hatte, stellte ich zum x-ten Mal wehmütig fest. Moment mal, hatte ich gerade gesagt, geliebt *hatte*? Konnte es sein, dass ich doch endlich über ihn hinweg war? Memo: Baldmöglichst mal mit Babette bekakeln!

Als ich bei Travel Fun ankam, war der nächste freie Laternenpfahl natürlich gute hundert Meter vom Eingang entfernt. Brummelnd schloss ich mein Fahrrad an, holte dann tief Luft und betrat stolz das Foyer.

Nach einem kurzen Telefonat winkte mich der Pförtner durch: »Vierter Stock, links den Gang entlang, Zimmer 401.«

»Danke!«, sagte ich und beglückte ihn mit einem charmanten Lächeln, bevor ich mit dem Fahrstuhl das Atrium des geschmackvoll eingerichteten Gebäudes hinauffuhr und dort seiner Wegbeschreibung folgte. Vor der Tür blieb ich noch einmal stehen und prüfte meine Klamotten: schwarze Hose, 7/8-tel lang, pink-, flieder- und beigegemustertes Shirt des Barceloniner Stardesigners Custo, mittelhohe Stiefeletten, enger, schwarzer Wollmantel. Das Gesicht konnte ich nicht sehen, aber mit dem Rest war ich zufrieden. Ich straffte meine Schultern, räusperte mich, doch bevor ich noch anklopfen konnte, ging die Tür auch schon auf.

»Frau Simon, ich grüße Sie! Meisinger mein Name«, rief der Mann mit dem Röntgenblick erfreut, den ich mir irgendwie imposanter vorgestellt habe. Herr Meisinger war kaum größer als ich und hatte auf dem Hals eine kleine Kugel und unter dem Hals eine dicke Kugel sitzen, an die sich seine Beine wie kleine Eichenstämme anschlossen.

Er bat mich herein und trat dazu einen Schritt zur Seite, wobei er den Blick auf eine zweite Person freigab: Mein selbstbewusstes Lächeln erstarrte zur Maske, und ich wurde rot bis über beide Ohren. Puter-dunkel-rot!

»Darf ich vorstellen: Moritz Göhrken, unser Marketingleiter und stellvertretender Geschäftsführer. Ich dachte, es wäre sinnvoll, ihn bei unserer Besprechung dabeizuhaben.«

Herr Göhrken, unser Marketingleiter, ließ sich natürlich nichts anmerken. Oder er hatte mich wirklich schon mit der Aldi-Kassiererin in einen Topf geworfen.

Freundlich lächelnd kam er auf mich zu und streckte mir seine Hand entgegen.

»Es freut mich, Sie wiederzusehen!«

Scheinheiliger Werbefuzzi. Wusste ich es doch, dachte ich und stand noch immer da wie versteinert.

»Sie kennen sich?«, fragte Herr Meisinger, an seinen Spitzensportler gewandt. Und dann besorgt zu mir: »Frau Simon?«

Ich reagierte nicht.

»Frau Simon, ist Ihnen nicht gut?«

»120 Euro«, presste ich schmallippig hervor.

»Bitte?« – Herr Meisinger.

»Bitte?« – Moritz Göhrken.

»Die Reparatur hat mich 120 Euro gekostet«, wiederholte ich gedehnt.

Und dann passierte etwas, womit ich im Leben nicht gerechnet hätte und worüber ich auch noch eine Weile würde nachdenken müssen, um herauszufinden, ob es arrogant-unverschämt oder sympathisch-menschlich gemeint war: Moritz Göhrken fing unvermutet an, schallend zu lachen. Er lachte! Richtig laut. Und richtig aus seinem tiefsten Innern. Er lachte regelrecht Tränen. Das dauerte bestimmt vier, fünf Minuten, und der arme Herr Meisinger, der nichts verstand, begann schon, sich mit einem Taschentuch die Stirn abzutupfen. Mir ließ das die notwendige Atempause, meine Fassung zurückzugewinnen. Meine dunklen Augen funkelten.

»Kann ich mir denken, dass Sie das lustig finden. Wenn ich so Geld verdienen würde wie Sie schwimmen, so kaltblütig und gewissenlos, hätte ich mir auch gleich ein neues Fahrrad gekauft. Dem ist aber leider nicht so.«

Göhrken hatte sich wieder eingekriegt und versuchte nun, ein ernstes Gesicht zu machen. »Schicken Sie mir die Rechnung!«

Ich war in Gegenwart dieses Mannes zu oft sprachlos, stellte ich unzufrieden fest.

»Bitte?« – Thelse Simon.

»Schicken Sie mir die Rechnung.«

»Es war doch gar nicht Ihre Schuld.«

»Stimmt. Aber ich verdiene mein Geld etwas straighter als *Sie* schwimmen. Von daher kann ich es mir leisten.« Jetzt grinste er. Richtig breit, der Arsch.

»Danke, nicht nötig«, entgegnete ich hoheitsvoll. Schließlich hatte ich auch meinen Stolz. Und wenn ich noch so sehr in den Miesen war: Ich ließ mich doch nicht vom Besitzer eines Z3 aushalten! 120 Euro. Ich seufzte innerlich.

»Für meine Unachtsamkeit stehe ich schon selbst ein. Ich bin nicht käuflich. Herzlichen Dank.«

Ich wurde unnötig dramatisch, merkte ich, aber der Marketingleiter schien Gefallen an dem Spiel zu finden. Mehr noch: Er schien mich peinlicherweise zu durchschauen.

»Auch nicht für eine Million?« Wie er grinste, das war doch wohl die Höhe! Blöderweise zitierte er aus meinem Lieblingsfilm. Der arme Herr Meisinger: Mit Augen so groß wie Tennisbälle folgte er unserem Schlagabtausch und bekam den Mund nicht mehr zu.

»Ist das ein unmoralisches Angebot?«, entgegnete ich mit verführerischem Augenaufschlag. War ich jetzt völlig durchgeknallt? Ich liebte Demi Moore, und manchmal bildete ich mir ein, auch so auszusehen wie sie. Zumindest um die Hüften. Demi Moore hat breite Hüften. Ist das schon mal jemandem aufgefallen?

Moritz Göhrken lachte amüsiert. »Lassen wir das. Schicken Sie mir die Rechnung. Wollen wir jetzt über das Projekt reden?«, fragte er mit Blick auf seinen Chef, der nun heftig mit der runden Kugel auf seinem Hals nickte.

Natürlich. Der Rückzieher. Wie immer. Feigling. Marketing-Affe. Aber warum, verdammt, riechst du nur so sportlich, frisch und männlich? Und warum siehst du so gut aus und fährst ein so geiles Auto? Und vor allem: Warum bist du so souverän?

Wir setzten uns an den Tisch und nach zwei Stunden hatten wir eine mit meinen geheimen Plänen kompatible Marschroute festgelegt. Zum Abschied drückte ich beiden meine tolle neue Visitenkarte in die Hand, die ich mir unterwegs noch an einem dieser praktischen Automaten gezogen hatte. Die Tinte war zwar etwas verschmiert – meine Güte, ich hatte es eilig gehabt und für die Qualität waren selbst die zehn Euro noch zu viel, die ich fluchend dreimal in den Schlitz geschoben hatte, bevor das Gerät dann endlich den Schein schluckte. Aber was sollte ich tun? Ich brauchte Visitenkarten und genau die überreichte ich den beiden gelackten Geschäftsmännern mit lässiger Eleganz. Ein gewandtes Auftreten, gepaart mit einem gekonnt charmanten Lächeln: Was wollte man mehr?

Kurz darauf stand ich wieder auf der Straße, nachdem ich den Pförtner von Travel Fun noch mit einem freundlichen »Auf Wiedersehen!« bedacht hatte. Ich war verwirrt, ein bisschen durcheinander, aber im Grunde war es für mich super gelaufen. Herr Meisinger und auch der bescheuerte Moritz Göhrken hatten mein Konzept geschluckt. Überzeugend und ernsthaft, wie ich durchaus auch sein konnte, hatte ich ihnen nicht nur stichwortartig Daten und Fakten zu der wirtschaftlichen, politischen, gesellschaftlichen und kulturellen Entwicklung der Inseln vermittelt, sondern ihnen auch die frauenrelevanten Aspekte erläutert, auf die ich bei diesem Projekt besonders eingehen würde. Klug wie ich war, schmückte ich meinen Vortrag mit einem kleinen Exkurs zu den Besonderheiten der Reiseservice-Infos aus, mit denen Meisinger schon Babette hatte beeindrucken wollen, so dass der gute Mann sich so verstanden fühlte, als hätte er selbst das komplette Konzept für den Balearen-Guide ausgearbeitet. Er war eitel genug, um nicht zu merken, dass ich ihn lediglich zitierte. Nun und zum Schluss, als Sahnetupfer obendrauf, hatte ich noch ganz nebenbei ein paar Sätze zu Cabrera einfließen lassen, der völlig unbekannten, direkt vor der Südküste Mallorcas gelegenen kleinen Insel, auf der man sich tatsächlich noch so fühlen könne wie Robinson Crusoe, da man zu ihrem Besuch eine Bewilligung des *Instituto Nacional para la Conservación de la Naturaleza* (an dieser Stelle konnte ich natürlich mit meinem Spanisch glänzen) benötige. Abgesehen von den Naturschönheiten wie den einsamen Stränden oder der *Cova Blanca*, einer Höhle, in deren Innerem es einzigartige Lichtspiegelungen gebe, sei dort auch eine Piratenfestung aus dem 14. Jahrhundert zu bestaunen, und mit etwas Glück könne frau von der Küste aus Delphine beobachten. Es lebe das Internet, das einem solche Insider-Tipps auf den heimischen Schreibtisch lieferte! Spätestens mit dieser Information hatte ich die beiden Herren wohl restlos davon überzeugt, sich für ihr Pilotprojekt wirklich *die* Topjournalistin geangelt zu haben. Den Vertrag hatte ich also in der Tasche, 11.000 Euro plus Recherchespesen. Mehr wollte ich nicht. Dann würde ich die 120 Euro fürs Fahrrad eben vertelefonieren. Ich würde schon meinen Schnitt machen. Auf meine bescheidene Art und Weise war mir das noch immer gelungen.

Gut gelaunt schwang ich mich auf meinen Drahtesel und fuhr zum nächsten Reisebüro.

Gut gelaunt verließ ich es eine halbe Stunde später wieder. Hapag Lloyd, 28. Dezember, Flug nach Ibiza, die Fähre inklusive, und dann drei Wochen Formentera. Gebongt. Nach Meinung der Reiseverkehrskauffrau war die kleinere der beiden Pitiusen-Inseln – so nannte man Ibiza und Formentera wegen ihrer vielen Pinien, klärte sie mich auf; schade, dass ich das erst jetzt erfuhr – und das »Royal Paradise Spa« im Südosten der Insel mit seinem mediterranen Flair, den 340 Betten und den im Preis inbegriffenen fünf »Harmonietagen« genau das Richtige für eine Alleinreisende wie mich.

Wie sich das anhörte! *Eine Alleinreisende wie mich.*

Sei's drum. Ich hatte gebucht.

Gut gelaunt betrat ich eine Bäckerei, und weil ich mich nicht entscheiden konnte, kaufte ich eine Laugenbrezel und ein

Stück Kranzkuchen. Während ich dann mein Fahrrad schob, ging ich gut gelaunt mit mir zurate, ob ich zuerst in den Kranzkuchen in meiner rechten oder in die Laugenbrezel in meiner linken Hand beißen sollte, als ich plötzlich ein lautes »Stopp!« vernahm und merkte, wie sich meinem Vorderrad ein weicher Widerstand bot. Ich verdrehte die Augen. Gehörten Fahrradzusammenstöße jetzt zu meinem Standardprogramm, dachte ich noch, bevor mir der Kranzkuchen herunterfiel und ich mir instinktiv die Laugenbrezel in den Mund schob.

»*Pfduuuu?*«, platzte es ziemlich undeutlich aus mir heraus.

Ich nehme an, ich habe in diesem Moment ziemlich blöd ausgesehen. Vor Tim sah ich im ersten Moment irgendwie immer ziemlich blöd aus. Warum erhob sich nicht spontan eine Litfaßsäule vor mir?

»Hi, Thelse. Wie geht es dir?«

Tim! TimTimTim. Ich sondierte sein Umfeld. Er war allein. Ich nahm die Laugenbrezel aus dem Mund.

»Hallo! Was machst *du* denn hier?«

Seitdem ich vor fünf Monaten nach Hamburg gezogen war, hatte ich von Tim nichts mehr gehört. Solange ich ihn kannte, wollte er immer raus aus Celle, aber solange ich ihn kannte, hatte er den Absprung auch nie geschafft.

Er lächelte mich an. Dieses schrecklich sympathische Augenfältchenlächeln. Ich fiel noch immer darauf herein ... Fiel ich wirklich immer noch darauf herein?

»Gut siehst du aus«, sagte er und musterte mich von Kopf bis Fuß.

»Danke«, erwiderte ich und schielte nach dem Stück Kranzkuchen auf dem Boden. Ob ich es aufheben sollte? »Auf Sightseeing unterwegs?«, versuchte ich zu scherzen und gleichzeitig herauszufinden, was er denn nun hier in *meinem* Hamburg verloren hatte. Er wirkte müde, fand ich. Blass, überanstrengt. Er tat mir Leid, wie immer.

»Termin bei der Kulturbehörde«, sagte er knapp und selbstbewusst, als hätte die Kulturbehörde dankbar zu sein, dass er sich ihretwegen nach Hamburg bemüht hatte; als wäre nicht er derjenige, der versuchte, Gelder zu beschaffen, wie ich vermutete.

»Wegen ›Visionen‹?«, fragte ich so neutral wie möglich.

»Nicht direkt«, entgegnete er ausweichend. Er habe ein Literaturzentrum gegründet und sei dabei, es als gemeinnützigen Verein eintragen zu lassen. Er wolle versuchen, die Hamburger mit ins Boot zu holen, sie könnten so ihren Aktionsradius über die Stadtgrenzen hinaus auf Niedersachsen ausweiten. Außerdem sei man auf der konstitutiven Sitzung des Vereins auf die Idee gekommen ...

Ich hörte Tim nicht mehr zu. Ich kannte die endlosen Debatten, die zu nichts führten, in- und auswendig, und irgendwie hatte ich zum ersten Mal das Gefühl, dass sie mich nichts mehr angingen, dass ich den Elan und auch das Verständnis dafür verloren hatte. Zum ersten Mal hatte ich das Gefühl, Tim war das, was er vielleicht schon immer gewesen war: ein selbstverliebter Provinzaktionist.

Trotzdem erlag ich einmal mehr seinem Charme. Trotzdem hörte ich nicht auf, mich irgendwie verpflichtet zu fühlen, als er mich fragte, was ich am Abend vorhabe, auch wenn ich so tat, als würde ich länger überlegen müssen. Nach einer Weile sagte ich: »Nichts Wichtiges. Wo übernachtest du?«

»Schlag was vor. Ich folge dir bis ans Ende der Welt«, sagte der alte Schmeichler. Im Bruchteil einer Sekunde merkte ich, dass Tim lediglich einen Platz zum Schlafen suchte und schlicht das Glück hatte, mich mit Kranzkuchen und Laugenbrezel auf der Straße getroffen zu haben.

Aus Neugier und, zugegeben, aus Sentimentalität hörte ich jedoch nicht auf meine warnende innere Stimme und lächelte ihn offen an. »Okay, um acht in der ›Amphore‹. Direkt gegenüber von Dock 11 von Blohm & Voss. Wirst du schon finden. Ich muss jetzt los.«

»Wunderbar! Ich freu' mich. Und heute Abend erzählst du mir, wie es dir geht, versprochen?«

»Klar«, sagte ich viel unbefangener, als ich mich fühlte. »Ciao.«

»Bis später.«

Als ich nach Hause kam, legte ich mich erst mal aufs Sofa. Ich war fix und fertig. Schon wieder so ein Tag! Erst die Überraschung bei Travel Fun und dann auch noch Tim! Und ich mit einem Stück Laugenbrezel im Mund und einem Teilchen zu meinen Füßen. Ich wollte, dass man mich ernst nahm? Vielleicht sollte ich dann langsam anfangen zu üben.

Es war schon wieder nicht das richtige Timing für einen Anruf bei Babette, aber schließlich hatte auch sie mich vor kurzem zu Unzeiten angerufen.

Ich drückte auf die oberste Speicherwahltaste.

»Bertram«, meldete sie sich nach dem dritten Klingeln.

»Babette, ich bin's, Thelse. Hast du 'ne Sekunde?«

»Eigentlich nicht. Was gibt's denn so Dringendes?«

»Weißt du, wen ich eben getroffen habe?«

»Nein.«

»Weißt du, mit wem ich heute Abend in der ›Amphore‹ verabredet bin?«

»Nein.«

»Tim!«

»Nein!«

»Doch.«

»Wie ist das denn passiert?«, fragte sie in rügendem Ton, was mir ganz und gar nicht gefiel.

Da erzählte ich ihr die ganze unglückliche Geschichte.

»Sag mal, bist du von allen guten Geistern verlassen? Hast du etwa alles schon vergessen? Die Bindehautentzündung, weil du dir die Augen monatelang mit Tausenden von Taschentüchern wund gerieben hast? Die Schuldgefühle, die dich nicht haben schlafen lassen? Seine Affären, wonach du dich jedes Mal am liebsten aus dem Fenster gestürzt hättest, weil du dir selbst die Schuld gegeben hast, dass er fremdging? All die Monate, in denen du unausstehlich warst, bis du dich endlich aufgerafft hattest, den überfälligen Schritt zu tun und nach Hamburg zu kommen? Hey, Thelse, ab und an höre ich dich hier mal wieder lachen. Ich sehe, dass du deinen ewigen Diätwahn zu den Akten gelegt hast und dir wieder ohne allzu großes schlechtes Gewissen eine Currywurst genehmigst, wenn dir danach ist. Und kaum warst du hier, hast du im Sommer etwas Farbe bekommen und deine Augenringe stechen nicht mehr ganz so dunkel hervor. Ich kriege inzwischen sogar mit, dass du dir über deine Auftragslage mehr Gedanken machst als über die Frage, ob dir jemals wieder ein Mann in die Augen schauen wird. Und das alles schmeißt du so mir nichts, dir nichts über den Haufen, bloß weil so ein Penner aus der Provinz nicht weiß, auf welches Kissen er heute Nacht sein Haupt betten soll?«

Babette hatte sich in Rage geredet. Tim war kein Penner. Babette übertrieb maßlos. War es wirklich nötig, mich an all die Verletzungen aus der Vergangenheit zu erinnern? Ich hatte schließlich genug gelitten. Der einzige Grund, weswegen ich nicht widersprach, war, dass sie Recht hatte. Kleinlaut nagte ich an meiner Unterlippe. Was sollte ich denn machen?

»Was soll ich denn deiner Meinung nach machen?«

Ich hörte förmlich, wie sie wütend mit den Augen rollte.

»Thelse, du kennst die Antwort besser als ich, aber das ändert nichts. Wenn du hier was gelernt hast – und ich gebe dir den freundschaftlichen Rat: Vergiss keine Sekunde, wie selbstbewusst du in den letzten Monaten geworden bist! –, dann bringst du den Abend souverän hinter dich. Ihr quatscht ein bisschen, trinkt einen Wein zusammen und zahlt getrennt. Bitte, Thelse, versprich mir, dass ihr getrennt bezahlt! Dann bringst du ihn zur U-Bahn oder du lässt dich von ihm nach Hause begleiten und verabschiedest dich vor deiner Tür, hörst du, *vor* deiner Tür! Es wird dir vielleicht übermenschliche Kräfte abverlangen, aber stelle dir schon jetzt das gute Gefühl vor, das dich überkommen wird, wenn du *allein* deine Wohnung betrittst. Alles andere hieße Katzenjammer.« Sie machte eine Pause. »Glaub mir, du läufst einem Gespenst hinterher, Thelse. Und irgendwann ist mal Schluss.«

Es gab Situationen, da redete Babette in letzten Sätzen. Diese war so eine.

»Babette?«, murmelte ich kleinlaut.

»Hm?«

»Und wenn der Abend total schön wird?«

»Die Frage stell dir mal selbst. Du musst was begreifen, nicht ich.«

Babette hat gut reden, dachte ich eine halbe Stunde später, während ich auf meinem Stuhl mit Kuhfellimitat saß und darauf wartete, dass der Nagellack auf meinen unseligen Füßen trocknete. Sie war seit Jahren glücklich verheiratet. Sie musste nie über vergeigte Affären, misslungene Trennungsgeschichten, olle Kamellen und neue Fauxpas nachdenken. Ich war es, die mit unscheinbaren 1,64 Meter Körpergröße und 59 Kilo ihr Liebesleben neu anzugehen hatte, die sich fragte, was sie eigentlich falsch machte, wenn sie auf einer Party fremde Menschen offen anlächelte und nicht gleich merkte, dass denen die Kontaktaufnahme unangenehm war, weshalb sie panisch oder unauffällig das Weite suchten. Irgendwie geriet Opfer-Thelse immer an die Falschen. Und das war ungerecht!

Das Flaggschiff der Opferfraktion war also gerade so schlechter Laune, dass es sowieso nur den falschen Griff in den Kleiderschrank tun konnte. Missmutig entschied ich mich für die seit meinem Umzug nach Hamburg in der hintersten Ecke vergammelnde Jeanslatzhose, ein weißes T-Shirt und braune Boots. Aus Trotz nietete ich mir den Hirschkopfmagneten meines Kühlschranks an den Hosenlatz, der nur mit dem Schweinchenmagneten mit Ringelsocken auf der Innenseite zu fixieren war. Ein fragiles Kunstwerk in Küchendesign machte sich missmutig auf den Weg zu einem Date, das diesen Namen noch nicht mal verdiente. Ich zog die Tür hinter mir ins Schloss und war selbst gespannt, wann, wie und mit wem ich sie wieder öffnen würde.

Ich greife nicht vor. Ich sage nur, dass ich schon genau weiß, wie diese Geschichte ausgeht, aber ich bin mir ziemlich sicher, dass mir das Ende so niemand abnehmen würde. Deshalb lasse ich mir Zeit. Außerdem war schon der Hinweg so grauenhaft Unheil verkündend, dass es schade wäre, ihn unter den Tisch fallen zu lassen.

Kurz zur Orientierung: Ich wohne – wenn man mein Dasein in diesem hellhörigen, quadratischen Sozialpalast denn »wohnen« nennen konnte – in der Nähe des Michels, Hamburgs Wahrzeichen, auf dessen Turm sich eine Aussichtsplattform befindet, die einen wunderbaren Blick über den Hafen und die Innenstadt eröffnet. Zu Fuß – ich brauchte frische Luft – würde ich die Elbe entlang über die Sankt-Pauli-Landungsbrücken spazieren, die Hafenstraße hinunter und kurz bevor der Fischmarkt anfing, müsste ich die Treppe bei den Kasematten wieder hochsteigen und wäre auch schon bei der ›Amphore‹ angelangt. So gesehen kein langer Weg. Keine wirklich fiese Meile. In Hundescheiße konnte man überall treten, aber das war nicht mein Problem.

Mein Problem war eher mein Outfit. Mein Problem waren die letzten Tage. Mein Problem war meine schlechte Laune. Mein Problem war ein saudummer Zufall, der dazu führte, dass mein Hirschkopfmagnet vorne sich von dem Ringelsöckchenschwein hinten verabschiedete, mir das Schweinchen in die Hose rutschte und der Hirsch auf den Boden fiel, wo er sofort von einer gertenschlanken Frau mit High Heels auf die Straße gekickt und von einem Opel Ascona knirschend platt gewalzt wurde. Das war mein Problem. Ich kam mir natürlich ziemlich blöd vor, als ich da so mitten auf dem Bürgersteig in Tränen ausbrach. Die Frau fragte, ob mir was fehle (sie hatte noch nicht einmal gemerkt, was ihr elegantes Schuhwerk angerichtet hatte), ging dann aber kopfschüttelnd weiter, als ich nur noch lauter zu schluchzen begann; sie dachte wohl, dass sie es mit einer Verrückten zu tun hätte, der man nicht über den Weg trauen konnte. Irgendwie stand der Abend also unter einem ganz schlechten Stern. Plötzlich fühlte ich mich wie eine Elfe ohne Zauberstab. Verloren, deplatziert. Keine gute Voraussetzung, um mit dem Ex einen zwanglosen Abend zu verbringen.

Nach dem gewaltsamen Tod meines Hirschmaskottchens verlangsamte ich meinen Schritt. Es war nicht mehr weit, aber diese fünfhundert Meter wollte ich ganz für mich haben, um ein paar Mal tief durchzuatmen und mich zu beruhigen. Um wenigstens ein bisschen zur Besinnung zu kommen und mich daran zu erinnern, dass mein Singleleben doch so schlecht gar nicht war.

Ich hatte Hamburg schon immer gemocht. Als mittelmäßig erfolgreiche Provinzschreiberin aus einer Stadt wie Celle kommend, war das vermutlich auch kein Kunststück. Es hört sich vielleicht etwas naiv an, aber für mich war Hamburg von jeher der Inbegriff der mondänen, aufregenden Welt. Nachbarn meiner Eltern, er Anwalt, sie Ärztin, reisten regelmäßig hierher, um sich bei einem Weinhändler mit edlen Tropfen zu versorgen. Und der Eigentümer einer ziemlich gut laufenden Yuppie-Kneipe, in der ich nebenher lange gejobbt hatte, fuhr mit seiner Frau zu den Tennistournieren am Rothenbaum. Die Drostes hatten den Spielplan der Hamburger Bühnen bei sich zu Hause an der Pinnwand hängen und Abokarten vom Schauspielhaus. Das war für mich Hamburg, zumindest am Anfang: Dort wohnten kultivierte Leute mit Geschmack und dem nötigen Kleingeld, die ihren Wein nicht wie ich im Supermarkt, sondern bei einem vornehmen Händler kauften, deren Auffahrt nicht gepflastert war wie unsere, sondern die einen Kiesweg hatten, der sich durch mannshohes Farnkraut schlängelte und in dessen Dickicht geschmackvolle Lampen standen, die per Lichtmelder auf Besucher reagierten.

Damals war ich von dem mir noch unbekannten Hamburg fasziniert und beeindruckt; ich saß einer Welt auf, von der ich erst viel später begriff, dass sie, aus ganz anderen Gründen, niemals meine werden würde. Erst in den letzten Jahren hörte ich von meiner Mutter – die jeden Abgrund des Lebens mit beschönigenden Bezeichnungen zu übertünchen versucht –, wie »hässlich« Herr Droste Frau Droste behandelte, wenn die Lichter in den Fenstern erloschen waren, und dass es der Frau des Anwalts lange Zeit »gar nicht gut ging« bei all den vielen Schnapsflaschen, die sie jede Woche heimlich in drei unterschiedliche Altglascontainer trug. Erst da verstand ich, dass der Yuppie-Kneipier sein enges Celle brauchte, weil er nur dort damit Eindruck schinden konnte, den salzigen Duft der großen weiten Welt zu kennen.

Also wie gesagt: Ich hatte Hamburg schon immer sehr gemocht. Aber aus genau den Gründen, aus denen ich glaubte, auf der sozialen Skala etliche Stufen unter einem Anwalt zu stehen und kein Recht auf einen Platz in einer Welt zu haben, nach der ich mich eigentlich sehnte, aus genau diesen Gründen hatte ich mich auch vor der Stadt gefürchtet.

Jeder Mensch hat so seine Träume. Manche wollen unbedingt einmal ein Jahr nach Australien ziehen oder sich eine Auszeit in einem tibetischen Kloster nehmen. Wieder andere können sich nichts Größeres vorstellen, als ein Häuschen in der Provence oder einen Schrebergarten in Reinickendorf ihr Eigen zu nennen. Nun, mein Traum war es, die 118 Kilometer zu überwinden, die Celle von Hamburg trennten. Keine große Sache. Ich brauchte nur gut dreißig Jahre, um sie zu verwirklichen.

Nach sechseinhalb Jahren Beziehung und damals schon sechsmonatiger Trennung war es Tims jüngste Gespielin, der ich diesen letzten, alles entscheidenden Schritt indirekt zu verdanken hatte. Und Babette natürlich. Immer wieder Babette. Ein bisschen allerdings auch meiner Schwester. Also, bevor ich durcheinander gerate: Tim und ich hatten eine Beziehung gehabt. So viel stand fest. Er hatte sich getrennt. Dem würde er sofort widersprechen, aber das tut gerade nichts zur Sache. Es folgten ein paar entsetzliche Wochen. Da er mich verlassen hatte, behielt ich die Wohnung und er zog aus, was fast egal war, denn in unseren Kreisen, unseren kulturhungrigen, verspätet rebellischen Kreisen traf man sich sowieso ständig wieder und kam nicht ungesehen aneinander vorbei. Das war auch bei Tim und mir nicht anders.

Dumm war nur, dass wir intellektuell wirklich ziemlich ähnlich tickten. Auf Lesungen, während der Redaktionssitzungen von ›Visionen‹, bei Veranstaltungen, die unser Grüppchen zu organisieren versuchte, waren wir eigentlich bis auf zwei Stellen hinter dem Komma immer derselben Meinung. Nun kannten wir uns ja auch schon ein halbes Leben (zumindest kam es mir so vor, sechseinhalb Jahre sind für Twentysomethings schließlich kein Pappenstiel), das schweißte zusammen. So fiel es mir verdammt schwer, ihn zu hassen, zu verfluchen, zu verteufeln, in Grund und Boden zu stampfen. Mit zwanzig hätte man das vielleicht gekonnt. Mir jedenfalls gelang es mit Anfang dreißig nicht mehr. Das machte die Sache für alle Beteiligten nicht wirklich einfacher. Ich nämlich verstand jede Diskussion, die wir mit unseren messerscharfen Argumenten gewonnen hatten, als neue Beziehungschance. Ich war es, die immer noch von ewiger Liebe träumte, wenn er von der »gemeinsamen Sache« sprach. Er hingegen freute sich schlicht über die Durchsetzung seiner Position und dass *ihm* jemand den Rücken stärkte.

Umso unverständlicher war es ihm, dass ich ihm nach der Trennung meinen Milchkaffee »aus Versehen« über die Hose schüttete oder wortlos den Raum verließ, wenn er mal wieder mit einer neuen Frau im Arm im »Bistrot« auftauchte, was in regelmäßiger Folge alle paar Wochen passierte.

Vor gut sechs Monaten war es dann so weit. Sie hieß Chris oder so ähnlich, Psychologin. Hatte in Hamburg, auch das noch!, studiert und sich jüngst in Celle niedergelassen. Ein gefundenes Fressen für den Frauenversteher Tim. Natürlich bemerkte sie meine giftigen Blicke. Und lächelte milde. Der Liebreiz in Person, meinte sie, uns von ›Visionen‹ weismachen zu können, wie wir mit besserer Taktik und Kommunikation unsere Ziele wirkungsvoller durchsetzen könnten, denn bisher, das müsse sie leider anmerken, mangele es uns an einer gewissen Professionalität. Ganz vorsichtig sagte sie das. Tim war fasziniert. Der Rest ... verwundert. Und ich? Wütend. STINKWÜTEND! Dementsprechend hatte ich mich dann wohl auch geäußert, und das Letzte, was ich hörte, bevor ich das »Bistrot« verließ, war ein verständnisvolles »Lass' sie nur. Sie braucht das jetzt«, mit dem das rothaarige Aas Tim davon zurückhielt, seiner politischen Weggefährtin nachzulaufen.

Tränenüberströmt, schluchzend, mit Schluckauf und wirklich am Ende versuchte ich dann Babette mitten in der Nacht die Ereignisse des Abends zu schildern, worauf sie jedoch nur lapidar meinte: »Jetzt reicht's!«, bevor sie ohne ein weiteres Wort rigoros auflegte.

Das brachte mich irgendwie zur Besinnung.

Ich schleppte mich in mein Bett, da um 1.40 Uhr von keiner Seite mehr Trost zu erwarten war, quälte mich jedoch am nächsten Morgen, als der Wecker klingelte, sofort aus den Federn. Ich hatte ihn auf halb neun gestellt, da ich unbedingt meine Schwester in Rom anrufen wollte. Um diese Zeit gingen ihre zwei Töchter, sieben und acht Jahre alt, zur Schule, und ähnlich wie bei Babette war es eine ganz gute Zeit, um mich in aller Ruhe bei ihr ausheulen zu können.

»*Pronto*«, meldete sich Siemke auf Italienisch, was für mich auch nach zwölf Jahren noch ungewohnt klang.

Ich erzählte ihr die jüngsten Vorfälle mit Tim, wir sprachen lange und ausführlich, und kurioserweise gab sie am Ende fast dasselbe Urteil ab wie Babette: »Es reicht.«

Und es reichte wirklich. Auf einmal schien jemand einen Schalter in meinem Gehirn betätigt zu haben, der durch den Liebeskummer wohl geklemmt hatte, so dass mein gesunder Menschenverstand nicht mehr funktionieren konnte. Ich fragte mich, warum die zwei Menschen, denen ich beinahe blind vertraute, meinten, dass ich den Bogen längst überspannt hatte, von dem ich gar nicht wusste, dass er existierte. Und nichts anderes hieß es wohl, wenn einem gesagt wurde, dass es nun wirklich genug sei. Übermüdet tigerte ich an jenem Morgen in meiner Celler Wohnung, die noch immer von Tims Geruch imprägniert schien, auf und ab, und da fiel es mir wie Schuppen von den Augen: Sie hatten Recht, es brachte mich nicht weiter, mich in diesen schnuckeligen drei Zimmern einzuigeln, in der Gewissheit, dass ich hier nichts zu fürchten, sicher aber auch nichts zu gewinnen hatte.

Tims Psychologin würde es freuen zu erfahren, dass ich ausgerechnet ihr diese Erkenntnis verdankte. Das Kündigen meines Jobs bei der ›Niedersächsischen Umschau‹ und der Umzug waren dann nur noch ein Klacks. Und wie leicht ich in Hamburg Fuß gefasst hatte, begriff ich erst, als ich Tim an diesem Abend gegenübersaß. Der Spaziergang hatte mir gut getan. Definitiv.

Tim war schon da, als ich die »Amphore« betrat. Er lächelte. Das Fatale an Begegnungen mit Menschen, die man seit geraumer Zeit kannte und zu allem Überfluss auch noch geliebt hatte, war, dass einen leicht das Gefühl überkam, man käme nach Hause. Egal, wie Tim lebte, egal, was uns trennte, egal, was er morgens und abends und nachts mit seinem Schwanz machte, ich sah ihn und fühlte mich geborgen. Ich wusste um seine Gedanken. Ich verstand ihn. Und da saß er. Ich nehme an, dass es das war, wovor Babette mich warnen wollte. *Lass dich nicht von ihm einlullen. Begreif endlich, dass eure Geschichte längst Geschichte ist.* Aber ich sah Tim und fühlte mich zu

Hause. War bei mir. Draußen war es dunkel, kühl und nass. Ich hatte meinen Hirsch verloren und jetzt saß mir jemand gegenüber, vor dem ich die Latzhose, das T-Shirt und auch noch die Boots ausziehen könnte, ohne mich nackt und schutzlos zu fühlen.

»Hi.« Auch das noch. Wie aus einem Munde.

So fing der Abend an.

Tim hatte sich schon ein Bier bestellt und stand jetzt ungefragt auf, um mich auf die Bank durchrutschen zu lassen. Von jeher saß ich in Kneipen lieber auf Bänken als auf Stühlen. Das hatte er offensichtlich nicht vergessen.

»Und? Wie geht's?« Wir lachten. Schon wieder unisono geredet.

»Du bist zuerst dran«, sagte ich. »Du bist der Besucher hier. Wie war der Termin bei der Kulturbehörde?«

»Gut«, antwortete Tim, was nichts hieß, denn selbst wenn ihn der Verwaltungsmensch versetzt hätte, würde Tim noch einen Weg finden, das als Triumph zu feiern.

»Gut? Wie gut?«, fragte ich und sah ihn auffordernd an.

»War es wirklich.« Langatmig und mit unzähligen Details, von denen ich die Hälfte schon wieder vergessen habe, erzählte er mir dann, was genau er mit seinem Literaturzentrum plante, welche Synergien er mit den Hamburgern nutzen, sprich welche Quellen er anzapfen wollte, welchen Vorteil die hiesige Literaturszene von einer Kooperation hätte und was er sich für Celles Kulturlandschaft davon versprach. Ich hörte ihm aufmerksam zu und versuchte herauszufinden, wie die Worte klingen mochten, die er nicht aussprach. *Du fehlst mir?*, überlegte ich, verwarf es aber sogleich wieder. *Chris und ich wollen heiraten?* Auch danach sah es nicht aus. Außer dass er müde und blass war, wirkte er einfach nur wie der Tim, den ich ganz genau kannte: Was er tat, tat er aus Überzeugung. Ein in sich selbst ruhender Streiter.

Mein Blick musste ziemlich versonnen gewesen sein, denn irgendwann brach er unvermittelt ab, machte eine Pause, während der er mit dem Zeigefinger über den Rand seines Bierglases strich, und fragte dann: »Und dir, wie geht es dir?«

Damit hatte ich so schnell nicht gerechnet. Normalerweise brauchte Tim mindestens eine, wenn nicht anderthalb Stunden, um seine Gedanken unter die Leute zu bringen.

»Na ja ... ich ... ich ... es geht mir ganz gut. Was soll ich sagen?«, stammelte ich. Es war schwierig, sich auf vermintem Gebiet zu bewegen, weil die versteckten Bomben so leicht hochgehen konnten. Und Tim war vermintes Gebiet. Ich meine, Trennung hin oder her, wie oft traf man sich danach noch mit Männern, mit denen man eigentlich hatte alt werden wollen? Männer, die einstmals nachts um drei zur Tankstelle liefen, um noch ein Bier zu holen, weil ihre Liebste (ich) unbedingt noch eins haben wollte, und wenn sie zurückkamen, war sie (ich) nackt auf dem Sofa eingeschlafen, denn der Sex, den man und frau (wir) vorher gehabt hatten, war gut und erschöpfend gewesen. Tim war auch der Mann gewesen, der Silvester '99, oder war es 2000?, kurz bevor unsere Gäste kamen, einen Zettel an die Tür klebte: »Kommen gleich wieder!« und mit mir ins Krankenhaus fuhr, weil ich glaubte, keine Luft mehr zu kriegen. Damals hatte der nette Arzt ihn zur Seite genommen und gefragt, ob ich öfter unter Angstzuständen leide, denn das sei eindeutig ein Fall von Hyperventilation. Hyperventilation ist in über 95 Prozent der Fälle psychisch bedingt. Ich hätte mich damals fragen sollen, was mir die Brust so eng machte, stattdessen kreisten meine Gedanken nur darum, was für ein großartiger Mensch er doch war, mein Tim, der sogar seine lang geplante Silvesterfete sausen ließ, um mir das Leben zu retten.

Um von mir abzulenken, fragte ich nach den anderen, nach Harald, nach Maren. Bei Harald habe sich nicht viel verändert, sagte Tim. Er unterrichte nach wie vor am Gymnasium, klinke sich aber doch mehr und mehr bei ›Visionen‹ aus, weil er an den Wochenenden verstärkt in seinem Wochenendhäuschen an der mecklenburg-vorpommerischen Ostseeküste rumwerkele. Er habe kaum noch Kontakt zu ihm – eine Entwicklung, die sich auch für mich längst abgezeichnet hatte. Umso überraschter war ich, als ich merkte, dass ich im Grunde Wunder erwartete, die er mir zu erzählen hatte. Ich kannte die ganze Bande seit gut sieben Jahren. Und seit gerade mal einem halben war ich selbst kein Teil mehr davon. Was glaubte ich denn, was ich hören würde? Aber genau das war der Punkt: Nicht die anderen hatten sich verändert. Ich war gegangen.

Die Sache mit Maren hingegen erwischte mich kalt. Wir hatten es in der ganzen Zeit aus irgendwelchen Gründen nie geschafft, privaten Kontakt aufzubauen. Sie war mir von der ersten Sekunde an sympathisch gewesen. Aber das war auch alles. Außer bei den Redaktionssitzungen trafen wir uns nie. Und jetzt erzählte Tim mir von ihrem Gehirntumor. Eines Morgens sei sie nicht zur Arbeit gekommen. Maren arbeitete in der Drogenberatung in Hannover. Und während die Fixer auf ihr Methadon, ein herzliches Wort oder eine warme Decke von ihr warteten, lag sie, beinahe erstickt an ihrem eigenen Erbrochenen, vor ihrem Bett und konnte den Hörer nicht abnehmen, als die Kolleginnen besorgt bei ihr anriefen. Weil eine solche Unerreichbarkeit extrem untypisch für Maren war, alarmierte irgendwer den Hausmeister, der dann zusammen mit der Polizei ihre Wohnungstür aufschloss. Und da fand man sie dann. Nachdem man ihren Kreislauf stabilisiert und die Ursache für den Zusammenbruch erkannt hatte, kam sie sofort unters Messer. Die Operation sei wohl sehr gut verlaufen, sagte Tim. Jetzt fahre sie alle vierzehn Tage zur Chemo nach Hamburg.

»Nach Hamburg?«, fragte ich erstaunt. »Wieso denn das?« Er wusste es auch nicht.

Kurios, wie ein Thema das nächste ablösen, eine Stimmung in die andere übergehen konnte, denn nach einer Weile des bedrückten Schweigens saßen wir dann doch wieder kichernd beieinander, schwatzten über alte Zeiten, tauschten Anekdoten aus und kamen uns unweigerlich irgendwie – nah.

Die Hände um mein Gesicht gelegt, stellte Tim deshalb auch zwei Stunden später noch einmal dieselbe Frage: »Und, *Turtle,* wie geht es dir nun?«

*Turtle!* So hatte er mich immer genannt: ich, die Schildkröte, trotz dickem Panzer total empfindlich; liegt sie einmal auf dem Rücken, ist es vorbei, wenn es eng wird, zieht sie den Kopf ein, ansonsten geht sie konsequent ihren Weg – der ganze Schmus halt. Ich lächelte verlegen, wie immer, wenn mich die Unbeschwertheit verließ und Intimität an ihre Stelle trat. Wie sollte ich es ihm bloß kurz und knapp sagen?

»Mein Hirsch ist tot.«

Entgeistert sah er mich an und zog seine Hände zurück. Schade. Falscher Satz. »Dein *was* ist tot?«

Nun erzählte ich sie doch, die Geschichte von meinem neuen Leben in Hamburg, von der verunglückten Kühlschrankdeko, von meinem Reiseführerprojekt, von dem Markt, den ich jeden Samstag aufsuche, vom Bötchen, in das ich hier einsteige wie in einen Linienbus, um in mein Lieblingscafé zu schippern, von meiner Wohnung, in der ein 1.500 Euro teurer Stuhl steht, auf dem man unbequem sitzt, vom Schwimmbad, das ich liebe, wenn keine selbstverliebten Schwimmer unterwegs sind.

Moritz Göhrken erwähnte ich kein einziges Mal.

Aber das würde noch kommen.

Tim fand das alles klasse. Er freue sich, dass es mir so gut ginge (hatte ich behauptet, es gehe mir gut?), sei beeindruckt von meinem Erfolg (Vorschusslorbeeren? Von ihm?). Er lobte mich für meinen Mut, schlug mir auf die Schulter vor lauter Euphorie über meinen Aufstieg … mir wurde dabei ganz schwummerig, denn die Frau, der er so bereitwillig applaudierte, war nicht die, die ich kannte.

Gegen 0.30 Uhr musste ich zum dritten Mal an diesem Abend aufs Klo. Ich rutschte also, inzwischen geübt-elegant, aus der Bank, hatte Glück mit der freien Kabine und dachte dann, dass das Problem zwischen Tim und mir war, dass ich Gefühlen nachzuspüren versuchte, wenn er Fakten verlangte. Das war schon immer so gewesen. Erleichtert ob dieser Erkenntnis zog ich an der Kette, wusch mir die Hände, zog mir die Lippen nach und ging zurück an unseren Tisch.

»Dein Handy hat sich bewegt«, sagte Tim lächelnd.

Fragezeichen auf meiner Stirn.

»Ich glaube, du hast eine SMS.«

Ich griff nach meinem Telefon und sah in der Tat ein verschlossenes Kuvert, öffnete es mit geübten Fingern und las:

»S.O.S. Ruf mich an. Sofort. Dringender Notfall ...«

Was noch folgte, war die Nummer. Ich begriff rein gar nichts. Wie, Notfall? Der Notfall konnte nicht aus meinem Adressbuch stammen, sonst wäre ein Name aufgetaucht. Wer aber sollte mich in höchster Not um Beistand bitten, der nicht in meinem Adressbuch gespeichert war? Irgendeine Werbefalle, dachte ich. Für arme, naive Geschöpfe wie mich, die sich in ihrer Hilfsbereitschaft sofort bei einem Unbekannten melden würden, um ihn mit dem Rückruf reich zu machen. Man weiß doch, wie so was läuft. Allein, es war keine 0190-Nummer. Es war eine schnöde 0172er. Ratlos las ich Tim die Mail laut vor. Der grinste.

»Ruf an!«, meinte er dann lapidar.

»Was soll das heißen: *Ruf an?* Vielleicht ist das einer von diesen schlechten Werbegags, nur zehn Euro die Minute. Ich kenne diese Nummer nicht! Weiß ich doch nicht, wer sich da verirrt hat.«

»RUF AN!«

»Meinst du wirklich?«

Tim grinste noch immer. »Was soll schon passieren?«

Ja, was sollte schon passieren? Tim, mein Tim, war ja da.

Also drückte ich die grüne Taste. Ich hatte keine Ahnung,

was sich in den nächsten Sekunden abspielen würde, aber hätte ich sie gehabt, dann hätte ich mein Handy auf der Stelle ins Klo gespült.

Es klingelte vier-, fünf-, sechsmal, bis sich am anderen Ende tatsächlich jemand meldete und, bevor ich auch nur ein Wort gesagt hatte, in den Hörer brüllte: »Thelse!!! Na endlich. Gott sei Dank.«

Zwischen jenem »Thelse!!! Na endlich« und meiner Rückkehr an den Schreibtisch liegen inzwischen zwölf Stunden. Einen halben Tag früher hatte ich noch keine Ahnung, wie steigerbar das Wort »fassungslos« sein konnte. Im Grunde war ich in den vergangenen zwölf Stunden von einer Fassungslosigkeit in die nächste gestolpert, bis ich das Stadium der Sprachlosigkeit erreicht hatte. In diesem Zustand verharre ich noch immer und bin mir nicht sicher, ob ich das jemals wieder zu ändern wünsche.

Ich versuche, die Ereignisse zusammenzufassen: Wie schon erwähnt, hatte mich diese eigentümliche Begrüßung in gewisser Hinsicht aus dem Konzept gebracht, weshalb ich – sehr zur Freude des Menschen am anderen Ende der Leitung – nicht recht wusste, wie ich reagieren sollte. Dementsprechend schwieg ich, und der mir unbekannte Mann nutzte seine Chance, um wirr auf mich einzureden.

»Ich habe mir schon solche Sorgen um dich gemacht.«

Danke, dachte ich, das ist nett, aber warum denn? Wer ist der Spinner? Und warum löste seine Stimme in mir instinktiv einen diffusen Panikschub aus?

»Ich dachte wirklich schon, du hättest dir etwas angetan!« *Bitte???* »Nachdem du mir heute Mittag was von Tabletten erzählt hast … sicher, ich kenne solche Situationen, man faselt eine Menge, wenn man plötzlich verlassen wird …«

*Hallo???*

»… aber du hast wirklich so verstört gewirkt, so am Ende, und als du dann den ganzen Abend auch nicht ans Telefon gegangen bist und vorher die Tür nicht aufgemacht hast … Julia ist auch schon ganz beunruhigt. Ach, ich bin verdammt froh, deine Stimme zu hören.«

Schön, dachte ich, viele freuen sich, meine Stimme zu hören, obwohl ich kein Wort sage, meine Mutter zum Beispiel. Aber da ich es entschieden leid war, nur stimmtechnisch gefragt zu sein, fühlte ich mich offensichtlich motiviert genug, mein Schweigen dann doch endlich zu brechen.

»Entschuldigung, wer sind Sie denn eigentlich? Ich glaube, Sie verwechseln mich mit jemandem. Ich verstehe nicht ...«

»Thelse, das muss dir doch nicht unangenehm sein. Wenn du deinen alten Freund Moritz um Hilfe bittest, eile ich doch sofort zu dir. Wozu hat man denn Freunde?! Natürlich komme ich ... Was meinst du? ... Ja, das ist okay. Sagen wir also in einer halben Stunde im ›Pearl Harbor‹. Ich weiß, direkt an den Landungsbrücken ... Nein, das ist kein Problem für mich. Nein, mach dir keinen Kopf. Völlig in Ordnung ...«

Er schien sich an seine Begleiterin zu wenden, während ich in Fassungslos-Stufe-2 katapultiert wurde und Tim über mein Bierglas hinweg ausdruckslos anstarrte.

»Was ist denn los?«, fragte der Mann mir gegenüber.

Ich sperrte Mund und Augen auf.

Und hörte von links: »Ich muss dringend weg, Julia, tut mir Leid, eine gute Freundin ...«

Meine Augen blickten ins Leere. Und auf einmal fiel mir ein, warum mir diese Stimme so vage bekannt vorkam. Sie gehörte Moritz Göhrken. Meinem redegewandten Marketingleiter, der nun endgültig durchgeknallt war. *Burn out.* Zu hoch gepokert, mein Lieber. Irgendwann erwischt es jeden. Aber was hatte ich damit zu tun? Was *wollte* er eigentlich von mir? An einem Abend, an dem ich auf dem besten Weg war, meine monatelange sexuelle Abstinenz mit einem Häppchen Tim kurzfristig zu unterbrechen? Ich starrte Tim aus großen Augen an. Tim starrte zurück. Da vernahm ich wieder Moritz Göhrkens Stimme an meinem linken Ohr:

»Okay, Thelse. So machen wir's also. Ich treffe dich in einer halben Stunde. Nimm dir ein Taxi! Du wirst sehen, es wird alles wieder gut. Ich versprech's dir.«

In diesen letzten Satz legte er so viel Nachdruck, dass ich ihn als dringenden Appell verstand, Göhrken in seiner wie auch immer gearteten Notlage nicht im Stich zu lassen. Für mich erst im Nachhinein überraschend, leistete ich meinem Helfersyndrom Gehorsam und sagte schlicht: »Okay, ›Pearl Harbor‹. In einer halben Stunde.« Ohne seine Reaktion abzuwarten, drückte ich auf die rote Off-Taste, packte das Handy in die Tasche, griff nach meinen Zigaretten, trank das halb volle Glas Wein in einem Zug aus und sah Tim an: »Ich muss los.«

»Das merke ich. Was ist denn passiert?«

»Keine Ahnung!«

»Wie, keine Ahnung? Wer war das denn?«

»Moritz Göhrken.«

»Wer ist Moritz Göhrken?« Tim blickte mich noch immer verständnislos an. Wie sollte es auch anders sein? Ich begriff es ja selbst nicht. Trotzdem verdrehte ich die Augen.

»Ich kann es dir jetzt nicht erklären. Eine absurde Geschichte. Der Typ ist verrückt und kreuzt seit geraumer Zeit andauernd meinen Weg. So ein ausgepowerter Manager, arrogant bis in die Haarspitzen und jetzt offensichtlich richtig durchgeknallt. Ein Idiot ... aber du kennst mich ja ... er scheint dringend Hilfe zu brauchen ... tut mir Leid ...«

»Aber ich dachte, wir ...« Jetzt hatte auch Tim die Fassungslos-Stufe-2 erreicht, denn er war offensichtlich fest davon ausgegangen, die Nacht, wenn schon nicht direkt mit mir, so doch wenigstens in meinem Bett zu verbringen. Den Schlüssel zu diesem Bett aber hatte ich, und ich war im Aufbruch. »Was ist denn jetzt mit mir?«, fragte er folgerichtig.

Ich überlegte einen Moment. Sollte ich ihn mit ins »Pearl Harbour« nehmen? Aus einem unerfindlichen Grund entschied ich mich dagegen. Zwar war Moritz Göhrken ein Vollidiot. Aber auch Vollidioten traf man nachts um eins nach einem solchen Anruf besser allein. Sollte ich Tim den Schlüssel zu meiner Wohnung geben? Auch dieser Gedanke missfiel mir. Was, wenn Moritz und ich ... man wusste ja nie. Ich war schließlich auch nur eine Frau, und gewisse unmoralische Angebote hatten durchaus ihren Reiz. Nur konnte ich Tim ja schlecht an die Bahnhofsmission weiterempfehlen, und wenn Moritz und ich wider jede Logik ... dann könnten wir ja auch zu ihm gehen. Oder in ein Hotel. Ich machte also den Schlüssel vom Bund und reichte ihn meinem Ex.

»Wenn du mir versprichst, das Handy neben dein Ohr zu legen und das Klingeln zu hören, wenn ich nach Hause komme, kannst du bei mir übernachten.« Ich lächelte unsicher, er erleichtert.

»Alles klar. Viel Glück mit deinem Manager. Ruf an, wenn was ist ...«

Ich nickte, wir bezahlten – jeder für sich übrigens. Tim schlug sich draußen den Mantelkragen hoch, ich steckte die Hände tief in die Taschen meiner Latzhose. Es war so kalt, dass man den Atem sah.

»Thelse?«

Ich drehte mich um, nicht mehr lächelnd, aber immer noch unsicher. Tim ging auf mich zu, und in dem Moment hatte er wieder diesen Tim-Blick, so ruhig, weich und unangreifbar. Ich schluckte. Scheiße. »Hm?«, meinte ich bloß. Er fasste mich an den Schultern, blickte mir tief in die Augen. Wir sind getrennt, wir sind ge-trennt, schoss es mir durch den Kopf, kein Sex mit dem Ex, kein ...

»Danke. Du bist ein großartiger Mensch.«

Ich nickte wieder. Und schluckte. Na, herzlichen Dank für die Blumen! Ich war also ein *großartiger Mensch!* Das war genau das, was man von dem Mann hören wollte, für den man sein Leben gegeben hätte. Ich in meiner Latzhose spielte mal wieder die Kumpel-Nummer. Man schätzte mich, man fand mich großartig, man konnte auf mich bauen. Nur lieben konnte man mich mal wieder nicht. Wie satt hatte ich doch all die Sprüche, die ich in- und auswendig kannte. Die Frau in mir wollte irgendwie niemand entdecken. Ein toller Mensch war ich also. Pah! So ein Narziss wie er hatte so eine großmütige Königin wie mich gar nicht verdient!

»Bis später!«, brummte ich und stiefelte los, einem Göhrken entgegen, der entweder in großer Not oder komplett verrückt geworden war. Bedauerlicherweise lag das »Pearl Harbor« viel zu nahe, um ein Taxi zu nehmen. Ich hätte mich gern auf seine Kosten durch die halbe Stadt kutschieren lassen.

Als ich die Kneipe betrat, befand ich mich noch immer in Fassungslos-Stufe-2. Moritz Göhrken saß am Tresen. Er wirkte angespannt, kein Wunder. Ich ging auf ihn zu, begrüßte ihn mit einem Handschlag, den er – mich an sich ziehend – zu einer Umarmung erweiterte. Was hätte ich sagen sollen? Die Situation war absurd genug, also wartete ich erst einmal ab, um zu hören, warum er mich als Ausrede für wen oder was auch immer brauchte.

Schweigend ließ ich mich auf dem Barhocker neben ihm nieder, wobei ich gar nicht erst versuchte, mich irgendwie in Positur zu setzen, denn in meinem Outfit und mit ungewaschenem Haar war das ohnehin vergebliche Liebesmüh. Seelenruhig packte ich meine Zigaretten aus, ohne die ich mich sowieso auf nichts konzentrieren konnte, und sah ihn dann erwartungsvoll an.

Ich weiß nicht, womit ich gerechnet hatte. Mit nichts eigentlich, aber dieses Nichts musste unter den gegebenen Umständen schon die Größe haben von: »Thelse, heute ist mir endlich klar geworden, dass ich an keine andere Frau mehr denken kann, seitdem du mir mit deinem Schlüssel mein Auto verkratzt hast.« Oder: »Was hältst du davon, für Travel Fun einen Pärchenreiseführer zu schreiben? Wir zwei könnten dafür nach Südostasien fliegen.« Oder wenigstens: »Thelse, draußen steht ein neues Fahrrad für dich. Tut mir wirklich unendlich Leid, dass ich dich neulich im Schwimmbad nicht weiter beachtet habe. Ich bin ein Trottel.«

Aber nichts von alledem geschah.

Stattdessen sah ich in die warmen Augen dieses Mannes,

der mir schon wieder überlegen vorkam, der sich kurz mit der Hand über das Gesicht fuhr, mich dann müde anlächelte und schließlich sagte:

»Du wirst mich für einen ziemlichen Idioten halten.«

Ich nickte. Eher als Aufmunterung, weiterzusprechen, denn als Bestätigung. In *die* Schublade hatte ich ihn ja ohnehin schon gesteckt.

»Ich hoffe, ich habe dir mit meiner Aktion nicht den Abend verdorben.«

Wenn du wüsstest, dachte ich, und nickte noch einmal.

»Jedenfalls danke, dass du gekommen bist.«

Ich nickte wieder. Wir schwiegen.

»Möchtest du etwas trinken?«

Ich überlegte kurz. Ein Kaffee wäre gut. »Einen Rotwein.«

Moritz bestellte und drehte sich dann wieder zu mir um. Er räusperte sich.

»Ich wäre sie einfach nicht losgeworden.«

Ich hörte auf zu nicken. Ich nehme an, dass ich ihn ziemlich überrascht ansah. Jedenfalls wiederholte er:

»Ich wäre sie wirklich nicht losgeworden. Julia. Sie läuft mir seit einem Jahr hinterher. Sie ist gewissermaßen eine Kollegin, eine freie Grafikerin, die gelegentlich für Travel Fun arbeitet. Wir hatten mal was, keine große Geschichte, aber du weißt ja, wie Frauen so sind. Sie hat sich jedenfalls in mich verliebt und ...«

Wie Frauen so sind?? Okay, Thelse Simon war ein Mann – und ein Kumpel. Was noch?

»Sie hat mich mit Anrufen bombardiert, nächtelang meine Wohnungstür belagert, mir Szenen gemacht. Sie gab einfach keine Ruhe. Lief dauernd bei Travel Fun auf. Sie ist verrückt, irgendwie komplett durchgeknallt, hat da eine fixe Idee im Kopf. Meine Güte, die Frau ist schon fünfunddreißig, da sollte man eigentlich unterscheiden können, was Liebe und was Sex ist. Wenn ich das geahnt hätte! Aber wie hätte ich das auch ahnen können? Mit so was rechnet doch niemand. Kein Mensch rechnet damit, dass eine Frau sich plötzlich in einen verliebt, nur weil man mal eine nette Nacht miteinander hatte. Das heißt doch noch gar nichts. Jedenfalls nicht immer. Das muss sie doch auch wissen … Na ja, jedenfalls habe ich mich dann heute mit ihr getroffen … Was sollte ich denn machen? Sie hat mir förmlich die Bude eingerannt. Meisinger guckt schon ganz komisch, zu Recht, würde ich auch. Ich glaubte, sie heute Abend mit Reden irgendwie zur Vernunft bringen zu können, aber als es schon wieder losging, Moritz, du bist mein Leben, Moritz, wir sind doch ein Dream-Team, du und ich … da wusste ich einfach nicht mehr weiter, hatte nur noch Fluchtgedanken. Tja, und dann, auf der Suche nach den Autoschlüsseln, bin ich zufällig auf deine Visitenkarte in meiner Hosentasche gestoßen. Und plötzlich machte es Klick in meinem Kopf, und ich dachte, du bist mein rettender Engel, und als Julia auf die Toilette ging, habe ich dir dann die SMS geschickt …«

Noch während ich mich in Fassungslos-Stufe-3 einrichtete, registrierte mein reger Geist, dass Julia und ich etwa zur gleichen Zeit auf dem Klo gewesen sein mussten, dass ich in dieser Zeit an Tim dachte und an das, was war, und sie vermutlich an Moritz und an das, was noch kommen sollte.

Ich war ruhig. Erstaunlich ruhig. Er hatte mich geduzt, und nichts anderes wäre auch für mich in Frage gekommen, denn einen Vollidioten siezt man nicht.

»Du hast also gemeint, du könntest mich anrufen, um dich von einer Frau zu befreien, die sich aus welchen Gründen auch immer rettungslos in dich verliebt hat? Ist es das?«

Moritz strahlte. Besser hätte er es nicht zusammenfassen können. »Genau.«

»Und du hast gedacht, dass nur so jemand wie ich blöd genug ist, auf deine Bitte hin sofort herbeizueilen, stimmt's?«

»Genau«, sagte er wieder, wenngleich sein Lächeln langsam erstarb, weil ihm wohl aufging, dass seine vorschnelle Zustimmung eventuell nicht die passende Antwort war.

Ich sah ihn daraufhin lange an, durchbohrte ihn förmlich

mit Blicken; ich versuchte wirklich herauszufinden, ob er schlicht das Yuppie-Arschloch war, das andere selbstverliebt nach Kräften ausnutzte, oder das arme Schwein, das sonst keine Freunde hatte, oder einfach nur ein attraktiver Mann, der wie so viele nach außen glänzte und innerlich nichts weiter war als eine erbärmliche Kreatur.

Ich kam zu keinem Ergebnis, fand die Situation aber alles andere als komisch. Langsam schüttelte ich den Kopf.

»Und was hast du jetzt davon? Heute bist du deiner Julia noch mal entwischt. Und morgen? Wenn sie dich anruft? ›Und, was war mit der Kleinen? Konntest du ihr ihren Lebensmut zurückgeben? Ach Moritz, mein Held, wie sensibel du doch bist!‹ Mal ernsthaft, was war denn das für eine beschissene Idee von dir?« Ich wollte gar nicht mehr aufhören, mit dem Kopf zu schütteln. »Moritz Göhrken, wenn du nicht ein solcher Idiot wärst, würdest du mir einfach nur noch Leid tun, wirklich wahr. Was geht in deinem kranken Kopf bloß vor?« Ich kippte fast meinen ganzen Wein in einem Zug hinunter. »Na ja, was soll's. Jetzt kann ich ja nach Hause gehen. Der Mohr hat seine Schuldigkeit getan.«

Ich ließ mich vom Barhocker gleiten und schlüpfte in meine Jacke. Was für ein beschissener Abend!

»Thelse, ich ...«

Ohne ihn anzusehen, winkte ich ab. »Spar's dir. Du widerst mich an.« Ich war viel zu müde, um ihm den Rest Wein über sein weißes Hemd zu schütten, obwohl ich das verdammt gern getan hätte. Ich war enttäuscht und fühlte mich gedemütigt. Ich hatte keine Lust mehr, keine Lust auf verlogene Erklärungen, kumpelhafte Danksagungen. Ich wollte nur noch nach Hause und wünschte, Tim würde nicht in meinem Bett liegen.

»Thelse, so warte doch, ich ...« In seiner Stimme lag etwas, das mir gar nicht gefiel. Unter anderen Umständen und bei einem anderen Menschen hätte ich auf Zerknirschung getippt. Oder auf aufrichtige Bestürzung. Sollte Moritz es etwa gar nicht so ... Aber was war das? Empfand ich etwa schon wieder Mitleid mit dem Kerl? Wieso wurde ich eigentlich immer so schnell weich? Ich meine, es ist doch absolut unlogisch, über die Gefühle von Menschen nachzudenken, die die eigenen soeben mit Füßen getreten hatten. Ich war echt bescheuert. Aber ich ging. Ohne mich umzudrehen. Ohne tschüs zu sagen.

Als ich draußen in der kühlen Nacht stand, atmete ich tief durch. Tausend Gedanken schossen mir durch den Kopf, aber ich wusste, dass, wenn ich erst anfinge, sie wirklich zu wälzen, dieser Tag in einem tränenreichen, selbstzerfleischenden Drama enden würde. Da ich aber fand, dass er auch so schon beschissen genug war, versuchte ich sie zu verdrängen.

Aus der Ferne hörte man die Hafenkräne vom anderen Elbufer. Wenn die Stadt sich langsam schlafen legte, kam mir das Grollen der Container, die emsig in die riesigen Schiffsbäuche gehievt wurden, schon sehr vertraut vor. Ja, ich mochte diese Stadt, wirklich, konnte sie einem doch auch in dunklen Stunden Trost spenden. Etwas zumindest.

Ich lief am Verlagsgebäude von Gruner + Jahr vorbei, stieg die Treppen zum Vorplatz des Michels hoch, den man so aus der Nähe kaum mit einem Blick erfassen konnte. Er wurde um diese Zeit zwar nicht mehr angestrahlt, aber allein dass er sich in seiner ganzen Pracht und Größe vor mir erhob, als könne er mich beschützen, hatte etwas Beruhigendes für mich.

Vor meiner Haustür kramte ich in den Taschen nach meinem Schlüssel, bis mir einfiel, dass in meinem Bett Tim schlief. Also wühlte ich nach meinem Handy, drückte seine noch nicht gelöschte Nummer und dankte dem Herrn, dass nach dem vierten Klingeln tatsächlich der Türsummer ertönte.

Im zweiten Stock angekommen, öffnete ich die angelehnte Tür und stolperte zuerst über Tims Schuhe. »Shit!«, entfuhr es mir laut fluchend. Ich zog meine eigenen aus und schlich dann auf Zehenspitzen in die Küche. Ich hatte plötzlich unsäglichen Durst. Von Tim, der eben noch den Türöffner gedrückt haben musste, keine Spur. Er schien schon wieder im Tiefschlaf zu liegen. Ich öffnete den Kühlschrank – nicht ohne vorher den Hirsch betrauert und das Schweinchen wieder an die Tür gepappt zu haben – und entdeckte die halb leere Flasche Sekt, an der ein Zettel klebte: *Weck mich, wenn du kommst, Kuss T.*

Guter Witz und für meine Nerven eindeutig zu viel. Ich schloss die Tür wieder, nahm ein Glas aus dem Schrank und füllte es mit Leitungswasser. Dann hockte ich mich vor die Spüle und fing an zu heulen. Die Tränen liefen und liefen, ganz leise, ich bin ein anständiger, ein rücksichtsvoller Mensch. Vielleicht. Sicher war nur, dass ich mich schamlos ausgenutzt und ohne jeglichen inneren Halt fühlte. Wo saß eigentlich das Rückgrat einer Thelse Simon? War sie ein Kopffüßler? Wie konnte es sein, dass Wildfremde glaubten, sie könne ihre Probleme lösen, und ignorant auf den eventuell doch auch vorhandenen Gefühlen dieser Frau herumtrampelten? Wie kam es, dass ihr Ex in *ihre* Stadt kam und blind darauf vertraute, dass sie ihn schon nicht unter den Elbbrücken schlafen ließ? Was hatte sie bloß an sich? Was machte sie falsch? »Wasssss…????«

Das waren die Fragen, die Thelse Simon an diesem Morgen um halb drei beschäftigten, bis ihr vor Müdigkeit das Glas Wasser aus der Hand rutschte – zum Glück keins ihrer besseren, nur ein altes Senfglas, das stabil genug war, um nicht kaputt zu gehen – und sie an die Spüle gelehnt einnickte, vor der sie ein überraschter Tim am nächsten Morgen fand, ein Handtuch wie ein Kissen zwischen Schulter und Gesicht geklemmt, als er sich um halb neun Kaffee aufsetzen wollte.

Tim hatte mich sanft an der Schulter gerüttelt. »Thelse!«, sagte er leise. »Thelse!«, schon etwas lauter. »THEL-SE!«, brüllte er schließlich, als müsste er fürchten, ich würde gar nicht mehr aufwachen. Ich hatte wohl ziemlich erschrocken die Augen aufgerissen und unter heftigem Kopfnicken nachdrücklich behauptet, Formentera sei definitiv die schönste Insel der Balearen, aber ich wolle nicht mehr mit meiner Mutter dorthin, das sei furchtbar gewesen, und da Tim wohl begriff, aus welchem Traum er mich da gerissen hatte, hievte er mich kurz entschlossen in mein noch nach ihm riechendes Bett. Mehr weiß ich nicht mehr. Als ich um zwölf wieder halbwegs zu mir kam, war Tim weg. In der Spüle stand eine leere Kanne Kaffee und seine Tasse, und am Kühlschrank pappte wieder ein Zettel. *Weck mich, wenn du kommst, Kuss T.* war durchgestrichen. Darunter stand nun: *Wir telefonieren. Gruß T.* Und: *Übrigens: Das Päckchen auf der Anrichte hat so ein komischer Typ heute Morgen für dich abgegeben.*

Ich sah mich um. Tatsächlich lag dort ein in braunes Packpapier eingewickeltes, schmales Päckchen. Wollte Moritz Göhrken damit etwa reumütig um Verzeihung bitten? Neugierig riss ich das Papier ab: Es war eine DVD, ›Gorki Park‹. Mal abgesehen davon, dass ich keinen DVD-Player hatte, konnte das nur eine Kultur stiftende Maßnahme von Wladimir, meinem russischen Nachbarn, sein. Wenn ich mich richtig erinnerte, kamen die Russen allerdings nicht besonders gut weg in dem Film. Na ja, immerhin, dachte ich mir. Wenigstens einer, der sich wirklich um dich bemüht. Aber wir wollen uns ja nicht beklagen! Dank Moritz und Tim war mir heute Nacht klar geworden, wie vergänglich das Glück doch ist. Wieder eine Lektion in Bescheidenheit gelernt. Schon begriffen.

Ich stellte den Anrufbeantworter an. Es war eine Macke von mir, dass ich es nicht übers Herz brachte, das Telefon einfach mal ganz auszustöpseln. Das war wie die Sache mit der eigenen Beerdigung: Man wünschte sich nichts mehr als zu beobachten, wie sie alle ganz schrecklich um einen trauerten.

Irgendwie wollte man in seinem Leben eben einfach nichts verpassen. Ich seufzte kurz und fuhr meinen Laptop hoch.

Das war sie also gewesen, die verheißungsvolle Nacht: zwei Männer – einer davon in meinem Bett –, ein toter Hirsch, kein Sex und ein Küchenhandtuch als Kopfkissen. Ich klickte mich durch die Menüleiste und legte dann eine Datei »Balearen.rtf« an. Neben mir lagen die zweiundzwanzig Reiseführer. Der von Polyglott traf den Ton meines Anfangs am besten, fand ich. Ich ärgerte mich mal wieder, dass ich das Zehnfingersystem nicht beherrschte, denn so wanderte mein Blick ständig vom Buch zum Bildschirm und musste danach andauernd die Zeile wiederfinden. *Kaum eine Inselgruppe bietet den Entspannung suchenden Touristen,* den sonnenhungrigen Touristinnen, korrigierte ich, *so viele Möglichkeiten wie die Balearen. Dank des milden Klimas auch im Winter noch ein beliebtes Reiseziel, laden die vier Eilande Mallorca, Menorca, Ibiza und Formentera das ganze Jahr über zu einem spontanen Wochenendtrip oder zu einer längeren kreativen Schaffenspause ein. Land und Leute empfangen den deutschen Gast nach nur zweieinhalb Flugstunden freundlich und mit südeuropäischem Temperament,* jetzt musste ich anders anschließen, *das gerade die allein reisende Frau in vielerlei Hinsicht für sich auskosten kann, wenn sie denn nur gezielt nach dem forscht, was sie sucht!* Und dafür bin ich da!, dachte ich zufrieden. Anja, Barbara, Constanze, Daniela und wie ihr alle heißen mögt: Ich werde euch offenbaren, wo ihr die Erfüllung eurer tiefsten Sehnsüchte findet!

Genau zwei Stunden und siebeneinhalb muntere Seiten weiter konnte ich mich über das Ergebnis in keinster Weise beklagen: a) war ich nun in deutlich besserer Stimmung und b) hatte ich selbst schon das Gefühl, das besondere Etwas für jede Julia, Katinka, Lalia oder Nina gefunden zu haben. Die jungen Alleinreisenden schickte ich nach Mallorca und Formentera. Die Schicksen mussten natürlich nach Ibiza. Die älteren Semester warnte ich vor den Balearen und verwies sie auf die Kanaren. (Vielleicht wurde das mein Folgeauftrag: Gran Canaria, Fuerteventura, Lanzarote ... warum nicht?) Die Frauen auf Selbsterfahrungstrip mit Öko-Touch schickte ich nach Menorca zum Wandern. Die auf dem intellektuellen Selbsterfahrungstrip schickte ich in die hippen Wellnesshotels, von denen es auf jeder Insel inzwischen Dutzende gab. Dabei sparte ich Formentera geschickt aus, denn das war irgendwie *meine* Idee gewesen, und die sollten mich da in Ruhe lassen!, dachte ich ziemlich unlogisch. Angespornt durch meine eigene Phantasie tippte ich also munter vor mich hin, bis das Telefon zum siebten Mal innerhalb von zwei Stunden klingelte.

Das erste Mal hatte es sich so angehört: Ringringring, mein AB springt an: »Hallo, das ist der Anschluss von Thelse Simon, sorry, bin gerade unterwegs, hinterlasst bitte eure Nachricht auf Band. Wenn ich mich nicht innerhalb von 24 Stunden melde, ist was Schwerwiegendes passiert und ihr solltet euch um mich kümmern, ciao.«

Beep.

»Hallo, mein Schatz, hier ist Mutti. Wollte nur mal deine Stimme hören. Papa ist gerade beim Arzt. Verträgt die Tabletten gegen den Bluthochdruck wohl nicht so gut. Na ja, da ist er jetzt wieder bei Doktor Müller. Die Abwasserpumpe im Keller ist auch schon wieder kaputt. Kommt morgen jemand. Und am ersten Advent singt Papa mit den Bäckern in der Union. Müssen wir früh aufstehen, aber dann gibt es auch Frühstück. Jeder Sänger darf jemanden mitbringen. Ich schreibe dir mal wieder einen Brief, mach's gut, mein Schatz. Tschüs, Mutti.«

Na dann. Vielleicht sollte ich bei meiner Mutter grundsätzlich nur den Anrufbeantworter sprechen lassen, dann hört sie meine Stimme wenigstens in einem vollständigen Satz. Die Sache mit meinem Vater registrierte ich – mehr aber auch nicht. Er hatte schon seit Jahren einen zu hohen Blutdruck. Er sang schon seit Jahrzehnten im Chor.

Zehn Minuten später das zweite Mal. Ringringring und so weiter: »Hi, Thelse, wenn du jetzt nicht auf dem Markt bist, dann beweg deinen faulen Hintern aus dem Bett. Es ist Samstagmittag! Ich muss dir ganz dringend etwas erzählen.«

Das war Babette, und ich bin trotzdem nicht drangegangen. Würde ich später nachholen. Sie hörte sich etwas gepresst an, aber nach allem, was passiert war, wollte ich mir den Zeitpunkt lieber selbst aussuchen, um mit ihr zu reden.

Drittes Klingeln, 12.12 Uhr: Klack, Teilnehmer hat aufgelegt.

Aha!

Viertes Klingeln, 12.24 Uhr: Klack, Teilnehmer hat aufgelegt.

Ja, was denn nun?!

Fünftes Klingeln, 12.26 Uhr: »Hi, Tim hier. Na, liegst du immer noch im Koma? Bin gut zu Hause angekommen. Habe mir übrigens ein Buch von dir geliehen, den Jazzroman, vielleicht können wir die Autorin ja mal einladen. Melde dich, wenn du magst ...«

Interessant! Typisch Tim! Knallkopf, erinnere mich nicht an gestern. Gib mir mein Buch zurück.

Sechstes Klingeln, 12.32 Uhr: Klack.

Ich starrte auf das Telefon. Na, Moritz, der Einzige, der in dem Reigen noch fehlt, bist wahrhaftig du.

Das fortwährende Anspringen des Anrufbeantworters zwang mich zu Überlegungen, die ich durch das Abtauchen in balearische Frauenphantasien eigentlich auszuschalten versucht hatte, da mir der Kopf (und das Herz) nicht im Geringsten danach stand, den gestrigen Abend Revue passieren zu lassen. Fassen wir zusammen: Ich hatte zufällig Tim wieder getroffen und vor Schreck gleich ein Stück meines Lieblingskuchens fallen lassen. Das war ja wohl schon schlimm genug! Und dann war da noch mein Quasi-Auftraggeber, der es sich anscheinend zur Lebensaufgabe gemacht hatte, mich aus der Bahn zu schleudern. Er konnte es nicht wissen, allenfalls instinktiv ahnen, doch souveräne Typen wie er waren genau der Grund, warum ich so lange in der Provinz versauert war. Der Druck jener feinen Celler Nachbarn, die mit aller Selbstverständlichkeit in die Großstadt fuhren, weil sie fanden, dort ihren legitimen Platz zu haben, hatte mich lange von einem Umzug abgehalten. Nun endlich war auch *mein* Platz an der Sonne zum Greifen nah, hier in Hamburg, und ich hatte keine Lust, nach einem halben Jahr des mehr oder weniger stabilen inneren Gleichgewichts erneut von den alten Minderwertigkeitsgefühlen heimgesucht zu werden.

Ich sag's mal so rum: Ich hatte ihn mir wahrlich erstritten, meinen Platz. Ich hatte alles hinter mir gelassen. Ich hatte neu angefangen. Es ging mir gut, wirklich, zumindest im Großen und Ganzen, schließlich hat jeder so sein Auf und Ab. Und das alles sollte plötzlich wie weggewischt sein, bloß weil ein attraktiver Mann, mit dem ich nichts zu tun haben wollte, unvermutet meine Bahn kreuzte? Schlimmer noch: Dieser unausstehliche Mensch, der nun wahrlich kein Recht hatte, mein beschauliches Leben durcheinander zu bringen, der sollte am Ende der Grund sein, warum ich seit dem Aufwachen unbewusst an meinen Fingernägeln knabberte und mir die Haare zu raufen begann?

Als ich jetzt auf meine malträtierte Nagelhaut starrte, stieg mir regelrecht die Galle hoch. Ich war es leid, mir andauernd über Menschen, mit denen ich nichts zu schaffen hatte, den Kopf zu zerbrechen!

So gesehen konnte ich es kaum erwarten, dass das Telefon an diesem Morgen endlich ein weiteres Mal klingelte.

Und das tat es auch. Es klingelte. Zum siebten Mal innerhalb von zwei Stunden. Ich war zufrieden mit meinem Einstieg in den Balearen-Guide, und ich freute mich wie verrückt auf Formentera, die kleinste und romantischste der vier Inseln. Mein Herz klopfte wie wild und das Telefon klingelte. Und nun? Sollte ich erst mal so tun, als wäre ich mein eigener Anrufbeantworter: »Guten Tag, das ist der Anschluss von Thelse Simon. Ich bin derzeit auf den Balearen. Ich … hatschi … Entschuldigung, ich war gestern Nacht zu dünn angezogen und …«?

Nein, spätestens da müsste ich auflegen. Aus der Nummer käme ich nicht mehr raus.

Das Telefon klingelte. Na los, darauf hast du doch gewartet, Thelse. Also komm, egal. Früher oder später wollte ich ihm sowieso den Marsch blasen.

Ich setzte mich aufrecht hin, räusperte mich laut und nahm ab. »Simon«, sagte ich streng, knapp, professionell. So weit, so gut.

»Frau Simon? Ach, das ist aber schön, dass ich Sie noch erwische. Ich dachte schon, Sie wären übers Wochenende weggefahren.«

Nanu? Wer war diese Frau, die sich so rührend um meinen Tagesablauf sorgte?

»Entschuldigung, ich habe mich noch gar nicht vorgestellt. Mein Name ist Ina Barth, und ich rufe Sie von der Abonnentenbetreuung des ›Hamburger Abendblatts‹ an. Mit Bedauern mussten wir feststellen, dass Sie Ihr Probeabo nicht verlängern möchten. Dürfte ich Ihnen dazu wohl ein paar Fragen stellen?«

O nein, nur das nicht. Schuldbewusst drehte ich mich, den Hörer in der Hand, zu dem Papierberg um, der sich neben meiner Spüle stapelte. Noch nicht mal die Schnur, mit der die Zeitungen zusammengebunden waren, hatte ich von den Ausgaben gelöst. Was sollte ich der Frau antworten? Dass der tolle dreifarbige Kuli, mit dem sie mich als Stammleserin zu locken versuchten, von Anfang an nicht geschrieben hat? Oder sollte ich sie fragen, ob Moritz Göhrken, der größte selbstverliebte Windhund der Stadt, sie vielleicht auch schon mal als Rettungsanker missbraucht habe? Oder ob sie wisse, was wahrer Liebeskummer war? Auf der Schiene müsste ich sie doch eigentlich ablenken können. Ein vertrauliches Gespräch, so von Frau zu Frau. Stattdessen sagte ich:

»Gern. Schießen Sie los. Ich habe allerdings nicht viel Zeit.«

»Ja, ja«, lachte die Abobetreuerin, »Zeit, davon haben wir alle nicht genug, was, haha?« Hatte Sinn für Humor, diese Ina Barth. Innerlich dankte ich ihr jedoch für die Steilvorlage, denn sie hatte mich auf eine Idee gebracht, wie ich mich geschickt aus der Klemme ziehen könnte. Also sprudelte ich los und erzählte ihr was von beruflich sehr eingespannt (o ja, in der Tat) und dass ich leider doch feststellen müsse, dass ich neben den drei überregionalen Tageszeitungen, die ich ohnehin schon täglich studiere, nicht zu vergessen die ›FTD‹ und die ›New York Times‹, leider nicht mehr richtig dazu käme, mich auch noch über das Geschehen in der Stadt zu informieren und mir über deren kulturelle Angebote einen Überblick zu verschaffen, die ich sowieso nicht wahrnehmen könne, denn vor Mitternacht käme ich selten aus dem Büro, und dass ich jetzt am Wochenende zu Hause wäre, hätte damit zu tun, dass ich gerade über einem wichtigen Auftrag brüte (na, wer sagt's denn, das stimmte sogar); dass ich mir da nicht auch noch die Zeit aus den Rippen schneiden könne, um ihr hochgeschätztes Blatt zu lesen, könne sie gewiss verstehen …

Und wie sie es verstehen konnte. Es herrschte einen Moment betretenes Schweigen, während dessen mich das Gefühl überkam, dass Frau Barth mir gern einen Blumenstrauß oder so was nach Haus geschickt hätte, so Leid schien ich ihr zu tun.

»O weh«, sagte sie. »Sicher, arbeiten müssen wir alle viel, aber bei Ihnen … das hört sich ja schrecklich an. Da hat man irgendwann ja auch gar kein Privatleben mehr. Und eine erfolgreiche Frau, das verträgt auch nicht jeder Mann, finden Sie nicht?« Ich fand, Frau Barth wurde ein wenig zu persönlich.

So souverän wie ich nur konnte, erwiderte ich, dass sie da vermutlich Recht habe, zum Glück sei das aber für mich noch nie ein Problem gewesen. »Meine Lebenspartnerin ist Künstlerin, wissen Sie. Sie ist ebenfalls viel unterwegs. New York, Tokio, Moskau. Wir sind schon seit zehn Jahren sehr glücklich miteinander.«

Frau Barth schluckte, wünschte mir schnell ein schönes Wochenende und legte wie erhofft sofort auf. Das war gut. Schlecht war, dass meine innere Stimme sich nun hinterhältig zu Wort meldete und wissen wollte, warum die Aboabteilung des ›Hamburger Abendblatts‹ mehr Energie darauf verwendete, mich zu bedauern als ein Mensch, der dazu wirklich allen Grund gehabt hätte.

Der Bildschirmschoner meines Laptops verschwand. Das Gerät schaltete auf Stand-by, und ich starrte immer noch ratlos Löcher in die Luft. Was haben andere bloß, was ich nicht habe?, fragte ich mich zum hundertsten Mal, ohne eine Antwort zu finden. Genauso wenig wie auf die andere Frage: Was habe ich an mir, auf das andere aus gutem Grund verzichten? Vielleicht erwarte ich ja doch zu viel? Aber was heißt das eigentlich: »zu viel«? Ohne mit der Wimper zu zucken, hatte ein wohlhabender, zugegeben attraktiver, aber dennoch fremder Kerl mir in kompletter Unkenntnis meiner Lebenssituation den vielleicht entscheidenden, den vielleicht alles entscheidenden Freitagabend meines Lebens zerstört, weil er nicht den Mumm fand, seinem Betthäschen ein für allemal zu erklären, dass es sich zum Teufel scheren solle. Durfte man denn da nicht erwarten, dass dieser Jemand am nächsten Tag anrief, um sich wortreich für seine billige Tour zu entschuldigen? Wenigstens das, bitte schön!

Und dann Tim! Ich hatte vor lauter Nägelkauen bisher nicht genug Zeit gehabt, mich gebührend über Tim zu ärgern, aber wenn man bedachte, was uns alles *nicht* mehr verband, war auch sein Verhalten eine bodenlose Frechheit gewesen …

Fast auf den Tag genau waren wir sechseinhalb Jahre zusammen gewesen. Meine Güte, wie die Zeit verging! Dass auch unsere Beziehung ein Ende finden würde, hätte ich spätestens nach zweieinhalb Jahren wissen müssen. Wenn ich ehrlich war: Ich hätte es vom ersten Tag an wissen müssen. Aber was erkannte man nicht alles, wenn es längst zu spät war! Der Mensch ließ eben nur ungern von seinen Gewohnheiten, wenn die Dinge denn endlich zur Gewohnheit geworden waren.

Was mich anging, so war der Anfang unserer Geschichte wirklich der Abmachung mit mir selbst geschuldet, die ersten vier Wochen durchzuhalten – wegen Eli! Ich verlor keine Freundin, weil ich mit dem Mann ins Bett gehen wollte, mit dem sie auch schon geschlafen hatte. Ich verlor allenfalls eine Freundin, weil deren Stolz es nicht verkraften konnte, dass sie nur eine Affäre für den Mann war, mit dem ich die große Liebe teilte. Wenn es die dann doch nicht sein sollte, nun ja … Aber zumindest ein Minimum an Zeit musste verstreichen, um das herauszufinden. So gesehen hatte es die große Liebe in unserem Fall von der Stunde null an schwer, sich durchzusetzen. Fehler Nummer eins.

Verliebt hatte ich mich erst später, viel später, aber da hatte ich Tim auch schon oft genug mit Füßen getreten, wenn man das so sagen konnte. Meine Gefühle waren irgendwie nicht auf mein Handeln abgestimmt gewesen. Und das ließ ich den anderen auch spüren. Nicht bewusst, meine ich. Tim hatte wirklich mich gemeint, und weil er nicht blöd war, merkte er natürlich, dass ich dachte: Es ist okay mit dir, aber wenn ein Besserer kommt, dann tausche ich dich aus. Hört sich nach Zicke an. War aber das Leben. Und im gleichen Maße wie ich anfing, Tim Schritt für Schritt zu lieben, weil ich immer mehr auch ihn meinte, fing er an, mir zu misstrauen und sich zurückzuziehen. Das nenne ich Ungleichzeitigkeit. Als wir uns dann endlich in der Mitte trafen, so etwa nach anderthalb Jahren, war das Fundament unserer Beziehung schon ziemlich am Wackeln. Nichtsdestotrotz zogen wir zusammen. Für mich war mein Glück damals, so dachte ich, perfekt. Ich liebte ihn. Er war für mich der großartigste Mensch, den ich kannte. Ich wollte keinen anderen als ihn. Und ich wollte nun anfangen, mit ihm die Beziehung zu leben, die er sich vor anderthalb Jahren gewünscht hatte. Und er? Er stand nach wie vor zu mir und machte sich vor, ich sei die Frau seines Lebens. Aber er glaubte mir nicht mehr. Vielleicht wusste er es damals noch nicht. Ich aber bin mir heute sicher: Er glaubte mir nicht mehr. Gesagt hat er es nie. Das war vielleicht sein Fehler. Ganz sicher sogar.

Eine Zeit lang gaben Tim und ich nach außen das strahlende, glückliche Paar ab, nach dem sich jeder Single den Kopf verrenkte. Er war freier Kulturschaffender, ich hatte im Ausland gelebt und war jetzt Journalistin (okay, mittelmäßige Lokalreporterin, aber wie gesagt, wir lebten in einer Kleinstadt und für kleinstädtische Verhältnisse war das ganz schön oho!). Wir hatten eine Menge Freunde, na ja, sagen wir mal Bekannte. Wir konnten miteinander reden, was wir gern taten, und wir konnten hitzig streiten, was wir ebenso gern taten. Wir hatten für die Leute um uns herum stets ein offenes

Ohr. Wir waren für alle da, mit Leib und Seele, immer im Doppelpack. Entsprechend beliebt waren wir. Unsere Außenwirkung war perfekt. Im rein Privaten passten wir ähnlich gut zusammen, wenn man das »gut« in Anführungsstriche setzte. Was Tim und mich verband, war unsere Schüchternheit und vor allem unsere Angst. Keiner von uns hatte wirklich die große Klappe, die alle anderen uns und wir beide uns gegenseitig zuschrieben. Wir suchten das Rampenlicht, weil wir glaubten, selbst keine großen Leuchten zu sein. Wir waren nett, weil wir die Nettigkeit der anderen brauchten. Wir strengten uns an, weil wir ständig zu scheitern glaubten. Wir liebten den anderen, weil wir unbedingt selbst geliebt werden wollten. So einfach war das gewesen. So fatal. Ich hatte keinen wirklichen Partner gesucht, dachte ich später, sondern jemanden, der mich aufbaute, die schützende Rolle übernahm, die ich bei meinen Eltern immer vermisst hatte.

Kein Wunder, dass wir schon bald, so etwa nach zweieinhalb Jahren, aufhörten, miteinander zu schlafen. Man schläft nicht mit seinem großen Bruder. Und auch nicht mit seinem besten Freund. Doch weil wir beide das damals nicht begriffen, gingen die Machtkämpfe los. Erst wollte ich nur reden. Ich redete und redete, und je verbissener er schwieg, desto mehr redete ich auf ihn ein. Dann kamen die vorwurfsvollen Fragen: Fällt dir dazu denn nichts ein? Hast du mir überhaupt zugehört? Und danach seine ersten Affären, gefolgt von Türenknallen, dem einen oder anderen zerdepperten Teller, Heulkrämpfen und einem harmlos, aber effektvoll mit einer Rasierklinge bearbeiteten Arm – ich hatte von jeher ein Händchen für dramatische Einlagen –, die ganze Palette eben. Nach außen hin spielten wir jedoch weiterhin das strahlende Paar, wollten nach guten Tagen sogar noch mal richtig von vorn anfangen, und wie das Leben so ist, wenn man den Karren mit 180 Stundenkilometer in der nächsten Sekunde gegen die Wand fährt, starb auch bei uns die Hoffnung zuletzt.

Erst nach etwa fünf Jahren ließ ich ab und an Babette gegenüber mal ein Wort fallen. Es kam vor, dass ich morgens das Haus nicht verlassen konnte, weil meine Beine wie gelähmt waren, und ich abends Herzklopfen bekam, wenn ich seinen Schlüssel im Schloss hörte. Vor Freude klopfte mir das Herz bis zum Hals. Oder vor Angst? Wer konnte das schon genau unterscheiden? Innerhalb weniger Wochen nahm ich fünf Kilo zu, obwohl ich noch nicht mal Schokolade in mich reinstopfte. Vielleicht trank ich zu viel. Vielleicht bewegte ich mich zu wenig. Reglos lag ich stundenlang auf dem Sofa, machte nicht auf, wenn es klingelte, und zum Einkaufen kam ich irgendwie nie. Klassische Situation, erkannte ich später. Damals klebte ich an meinem häuslichen Nest wie an meinem Schicksal – Glück konnte man es wohl nicht mehr nennen –, weil ich fürchtete, dass ohne Tim alles noch viel schlimmer würde, aber nicht auf die Idee kam, dass es vielleicht auch besser werden könnte. Die Hoffnung stirbt zuletzt. Ich hatte Angst. Vor dem Leben. Vor dem Erwachsenwerden. Was weiß denn ich. Richtig verstehe ich es ja heute noch nicht! Das nicht. Andere Dinge schon.

Wie um weitere fruchtlose Gedanken zu verscheuchen, strich ich mir die Haare aus der Stirn. Vielleicht sollte ich ernsthaft darüber nachdenken, mich bei der Aboabteilung des ›Hamburger Abendblatts‹ zu bewerben. Ina Barth führte bestimmt ein beschauliches Leben. Sie arbeitete hart, motzte über ihre Chefs und über lästige Abonnenten, schlenderte nach Feierabend noch einmal nett durch die Mönckebergstraße, kaufte sich bei Peek & Cloppenburg vielleicht eine hübsche Hose, stieg dann in die U-Bahn nach Wandsbek oder Niendorf, und auf der Fahrt fiel ihr ein, dass sie im Supermarkt noch einen Liter Milch, eine Packung Rigatoni, 250 Gramm Gehacktes halb und halb und eine Flasche Frascati besorgen musste. Passierte Tomaten im Tetrapack und Parmesan hatte sie noch zu Hause. Dort angekommen würde sie zuerst den Schlüssel an das Bord hängen, dann ihren Mantel ausziehen und die Lebensmittel in ihrer zwei Jahre alten Einbauküche verstauen, bevor sie die eine Stunde vollkommener Intimität genoss, die sie hatte, bis ihr Mann nach Hause kam, der sich dann hinter sie stellte, sie flüchtig (zu flüchtig für meinen Geschmack) auf den Nacken küsste und dabei genießerisch die Augen schloss, weil er den Duft des angebratenen Knoblauchs in der Pfanne so mochte. So verlief bestimmt das Leben einer Ina Barth. Ganz anders als meins. Aber so hätte ich es auch gern. Genau so! Und das hatte nichts mit romantischer Verklärung zu tun. Absolut nichts!

Ich seufzte leise (niemand hörte es; die Welt war einfach ungerecht!) und machte Musik an. Zwar fand ich nach wie vor, dass ›Mensch‹ ein großartiges Stück war, aber es gab melancholischere Texte, und nach denen war mir jetzt. Was von Van Morrison vielleicht? Oder Element of Crime? Oder Madredeus? Ich entschied mich für Grönemeyers ›Mensch‹, bis mir was Besseres einfiel.

Da klingelte das Telefon erneut. Das war nicht normal, dass an einem Samstag innerhalb von wenigen Stunden mein Telefon achtmal Laut gab! Ich nahm sofort ab, weil es mir inzwischen egal war, wer mir jetzt wieder meine Hoffnungen zerstören wollte. »Thelse Simon.«

»Hi Thelse, ich bin's.«

Es war Babette. Ihre Stimme klang tatsächlich gepresst. Siedendheiß fiel mir ein, dass ich sie längst hätte zurückrufen sollen.

»Hallo Babette. Ist irgendwas passiert? Du hörst dich so komisch an«, sagte ich aufrichtig besorgt. Dass ich das ehrlich meinte, musste sie allein daran merken, dass ich überhaupt *fragte*, denn nach meinem gestrigen Abend wäre es ein ungeschriebenes Gesetz gewesen, dass *ich* mit dem Erzählen anfing. Wir wussten ja beide, was auf dem Spiel gestanden hatte.

»Das kann man wohl so sagen …«

Ich glaubte sie weinen zu hören. Also setzte ich mich in meinen teuren Mies-van-der-Rohe-Stuhl und rechnete mit dem Schlimmsten: Ihr war gekündigt worden. Oder: Lars hatte sie betrogen. Oder: Ihre Eltern waren bei einem Flugzeugabsturz ums Leben gekommen – was für Katastrophen einem eben so durch den Kopf gehen. Aber das war es alles nicht.

»Ach du Scheiße!«, hatte ich zunächst gestammelt. »Aber das ist doch wunderbar«, entfuhr es mir dann eine Sekunde später.

»Wunderbar? Du hast ja keine Ahnung! Weißt du, was es heißt, in meiner Position schwanger zu werden? Mit einem Kind kann ich meine Karriere knicken, verstehst du? Ich darf bald nicht mehr fliegen, Thelse. Weißt du, was es bedeutet, als Chefredakteurin eines Reisemagazins nicht mehr fliegen zu können? Kannst du dir eine Vorstellung davon machen, wie viele feixende, ehrgeizige Hyänen mich zu meinem ach so wunderbaren Familienglück beglückwünschen werden und dabei schon Strategien im Kopf wälzen, wie sie meinen Job ergattern? Ich sitze hier sechsmal die Woche bis nachts um zehn, meine Liebe ...« Ich hasste es, wenn sie mich »meine Liebe« nannte; ich glaube, Babette konnte auch eine ziemlich arrogante Zicke sein. »Das kannst du mit einem Baby alles vergessen. Ich kann schließlich nicht Lars bitten, es zu stillen. In meiner Position muss man sich nun mal entscheiden, entweder Kind oder Karriere ... und dann passiert mir das ...«

Das »das« musste eigentlich eine ganz natürliche Ursache haben, und nach der fragte ich Babette dann auch.

»Wie, wie es passiert ist? Es ist eben passiert.«

»Hast du die Pille vergessen oder was?«

»Ich nehme die Pille schon seit anderthalb Jahren nicht mehr, wenn ich dich daran erinnern darf. Ab dreißig ist das nun mal eine heikle Angelegenheit und ...«

»... und dann wundert es dich, dass du schwanger wirst? Soviel ich weiß, schlaft ihr nicht nur jede Nacht Löffelchen liegend nebeneinander ein.«

Babette schaltete auf stur. »Verdammt, es ist so lange gut gegangen. Ich war mir sicher, ich könnte keine Kinder kriegen. Oder Lars keine zeugen. Was weiß denn ich! Ich habe nicht darüber nachgedacht.«

Aha! Die ach so perfekte Babette hatte auch nicht alles im Griff.

»In der wievielten Woche bist du denn?«

»In der sechsten.«

»Dann könntest du ja noch abtreiben.«

»Hm.«

Noch mehr Aha!

»Was sagt denn Lars dazu?«

»...«

»Babette! Was sagt Lars dazu?«

»Nun ja, er... also wenn du mich so fragst, ich glaube, er... ja, ich meine, er hat natürlich gut reden, schließlich ...«

»Babette?«

»Er freut sich. Total.«

»Soll ich dir mal was verraten?«

»Was denn?«

»Du freust dich doch auch! Du willst das Kind, Job hin oder her. Du bist total happy, denn trotz deines ganzen Karrieregehampels weißt du, was sonst noch im Leben zählt. Beruflich hast du eine Menge erreicht, ihr habt Geld, du bist glücklich in deiner Beziehung, und du hast das richtige Alter. Was willst du mehr? Worauf willst du noch warten? In deiner Lage ist es wirklich das Größte, was dir passieren konnte ...«

Mir kamen bei meiner Hymne auf die Familie selbst schon die Tränen. Wohl vor allem, weil ich Babette aufgelistet hatte, was ihr perfektes von meinem mittelmäßigen Leben eklatant unterschied.

Wir schwiegen eine Weile; ich ließ Babette Zeit, weil ich regelrecht hören konnte, wie es in ihr arbeitete. Währenddessen versuchte ich mich schon mal an den Gedanken zu gewöhnen, die beste Freundin an eine Kleinfamilie zu verlieren: Babette, die in Kürze nur noch von dem Wunder der Mutterschaft sprechen würde, vom Elternkreis, von Windeln, Wickelkommoden und Babyjäckchen, vom ersten Fieber ihres Kindes, von der eigenen Erschöpfung, von den Vorteilen der Kinderkarre Quinny 2000, davon, dass ich mir nicht vorstellen könne, wie ein Kind das Leben komplett auf den Kopf stelle.

»Meinst du echt?«, fragte sie schließlich mit einem Kloß im Hals.

»Ja, Babette, das meine ich. Euer Baby kann sich jetzt schon auf seine tollen Eltern freuen. Und ein Kind ist keine unheilbare Krankheit. Tu nicht so, als wäre damit alles vorbei. Wer weiß, vielleicht willst du am Ende ja gar nicht wieder fest für ›Worldseeing‹ arbeiten. Oder du organisierst deine Aufgaben anders. Es ist doch alles offen – und so leicht kann man dich nun auch nicht aus dem Sattel werfen. Hey, ich finde es großartig, was da auf euch beide zukommt. Freu dich!«

»Meinst du echt?«, fragte sie wieder.

»Ja.«

»Thelse?«

»Hm?«

»Das ändert doch aber nichts an unserer Freundschaft, oder? Ich meine, nur weil ich Mutter werde, lässt du mich doch nicht im Stich? Und wenn ich dir zu viel über Babybrei quatsche, dann ziehst du mir doch die Ohren lang, oder? Ich bin nun mal eine notorische Rechercheurin, und du kannst schon jetzt sicher sein, dass ich binnen kurzem Spezialistin für Kindernahrung sein werde, aber ... wir verlieren uns doch nicht, Thelse?«

Ich musste innerlich lächeln, wehmütig, versteht sich. Hatte sie also auch schon daran gedacht. Ich zögerte. Was wusste denn ich, was passieren würde? Wieso hatte der Mensch bloß immer so viel Angst vor dem, was er nicht abschätzen konnte?

»Nein, das ändert nichts an unserer Freundschaft. An unserer Beziehung vielleicht, aber nichts an unserer Freundschaft. Kannst mich auch schon mal vormerken: Einmal die Woche verpflichte ich mich als Babysitter, damit du nicht aus den Augen verlierst, was in der Welt sonst noch so passiert!«

»Ach Thel, du bist echt ein Schatz. Lars meinte auch sofort, dass du dich bestimmt riesig freuen würdest. Danke!«

*Riesig freuen* war vielleicht ein wenig übertrieben. Und wieso glaubte Lars überhaupt, dass ich laut Hurra schreien würde? So sinnleer war mein Leben nun auch wieder nicht, dass ich die Aussicht auf Babysitting bei der Freundin brauchte, um mal wieder richtig glücklich zu sein. Ja, sicher, hätte ich einen Mann wie ihn, dürfte es ruhig auch mein Körper sein, der schwanger war. Womit wir wieder beim leidigen Thema wären. Hätte ich wenigstens erst mal wieder einen Mann ... Wie aufs Stichwort riss mich Babette aus meinen trüben Gedanken.

»Sag mal, wie war es denn bei dir gestern? Bist du rückfällig geworden?«

Ich erzählte ihr so knapp und neutral wie möglich den eigenwilligen Verlauf meines *alles entscheidenden* Freitagabends. Sie war mit den Gedanken natürlich woanders, fand es jedoch trotzdem unmöglich von Moritz Göhrken, dass er sich noch nicht bei mir gemeldet hatte, um sich zu entschuldigen. Tims Verhalten erschien ihr typisch. Dass es mir gut ging, glaubte sie mir zwar nicht, aber dass ich mit dem Reiseführer vorankam, freute sie. Ebenso, dass ich den Flug nach Formentera gebucht hatte. Und zum Schluss sagte sie einen Satz, über den ich echt lachen musste: »Verkauf dich nicht unter Wert!«

Trotz des ständigen Bimmelns war ich mit Ibiza schon ziemlich weit gekommen. Die allein reisende Frau war inzwischen darüber im Bilde, was sie an den wilden und naturbelassenen, von Sanddünen umgebenen Stränden von Es Cavallet und Las Salinas erwartete, welche Bars und Geschäfte sie in Ibiza-Stadt unbedingt aufsuchen sollte (ich hoffte inständig, dass es die Läden noch gab, der Reiseführer, aus dem ich die Infos abschrieb, war knapp zwei Jahre alt), dass das beschauliche Örtchen Puerto de San Miguel durchaus auch für eine Frau seine Reize hatte und dass man auf Ibiza nicht nur das Nachtleben, sondern auch Obstgärten und Wälder im Hinterland entdecken konnte. Dann gab ich Tipps für

(1) eine fingierte Reifenpanne während einer Inselspritztour (um den Beschützerinstinkt der attraktiven Insulaner zu testen, die man mit einem lässigen »Hola« und einem kokett-naiven Lächeln anlockt);

und, das fand ich besonders originell:

(2) die Nummer mit dem »Männerfang-Ausflug«: Dafür musste man nur an der Strandpromenade von Ibiza-Stadt auf und ab spazieren, bis man sich ein begehrenswertes Exemplar der männlichen Schöpfung ausgeguckt hatte, das einen a) interessierte und b) solo zu sein schien. Auf diesen Mann sollte man dann einfach zugehen und ihn fragen, ob er auch die Tagestour auf der »Esmeralda« gebucht habe, die für 75 Euro, Begrüßungsdrink, Hochseefischen und mittags Grillen in der Schildkrötenbucht inklusive. Der Mann würde frau natürlich irritiert angucken, weil er keine Ahnung hatte, wovon sie sprach, woraufhin frau ihm dann empört und enttäuscht erklären konnte, dass man sie übers Ohr gehauen habe, weil der Trip wohl gar nicht stattfand; dabei habe sie sich doch so darauf gefreut. Aus dieser Situation konnte sich eine ganze Menge entwickeln: Zum Beispiel konnte er sie trösten und zum Essen einladen. Oder man konnte gemeinsam über die unzuverlässigen Spanier schimpfen, die Schiffstouren ankündigten, die nie zustande kamen (da lieferte ich Hintergrundinformationen! – Im Internet recherchiert!), und er würde dann einfach zur Aufmunterung eine Yacht mieten (wenn frau Glück

hatte, war es ja vielleicht sogar seine eigene) und einen mit einem galanten Handkuss an Bord bitten. Oder er hielt sie für verrückt und wandte sich kopfschüttelnd ab. Dann war er eben nicht der Richtige.

Von der Idee war ich jedenfalls ganz begeistert und nahm mir vor, jeder Insel ein rot unterlegtes Kästchen »Männerfang-Strategien auf ...« hinzuzufügen. Zu Mallorca hatte ich mir zudem noch einen besonderen Clou ausgedacht, eine Glosse à la »Wie man bei einem Strip am Ballermann einen Wadenkrampf vermeidet«. Zwar wusste ich noch nicht, wie man diese missliche Situation wirklich umging, doch da konnte ich mich ganz auf meine Phantasie verlassen.

So gingen die Tage ins Land. Ich arbeitete, starrte aufs Telefon, arbeitete, schmierte mir Käsebrote, arbeitete, trank ein Glas Wein, arbeitete, ging ins Bett, stand morgens spät, meistens zu spät auf, arbeitete, kaute Nägel, telefonierte mit Herrn Meisinger und versprach, ihm nach dem zweiten Advent meinen Entwurf für Ibiza vorzulegen, arbeitete und rief dann doch zähneknirschend bei Travel Fun an, um mich unter falschem Namen nach Herrn Göhrken zu erkundigen. Als man mich gleich verbinden wollte, wusste ich, dass er weder in Urlaub gefahren war noch einen schweren Unfall gehabt hatte. Also legte ich auf. Ich arbeitete weiter, sah mir die weihnachtlich geschmückten Schaufenster in der Stadt an und machte mit Einbruch der Dunkelheit einen Spaziergang an der Alster entlang. Ich bekam von Babette eine SMS: »Danke. Bin so glücklich. Du bist die tollste Frau, die ich kenne.« Ich arbeitete in einem fort, entwickelte eine Menge guter Ideen, um der Einsamkeit allein reisender Frauen entgegenzuwirken, hatte sogar zwei Extrakapitel für »Frauen mit Kind« und »Frauen mit Hund« eingebaut; ich starrte auf das Telefon, ging dreimal am Tag zum Briefkasten, doch alles, was ich darin fand, waren Werbeflyer und ein Angebot für ein Probeabo des ›Abendblatts‹. Schlechte Arbeit, Frau Barth. Ich schmiss alles sofort in den Müll; lud regelmäßig den Akku meines Handys; kaufte meiner in Rom lebenden Schwester ein Weihnachtsgeschenk – ein Backbuch mit Rezepten für Vollkornbrot, sehr lecker; rief beim Straßenverkehrsamt an und erkundigte mich, ob in den letzten Tagen ein schwarzer Z3 als gestohlen gemeldet worden war, aber da ich das Kennzeichen nicht wusste, konnte man mir keine Auskunft geben; durchforstete das Telefonbuch und fand einen Göhrken, M., es stand jedoch keine Straße dabei; putzte meine ungemütliche Wohnung und ärgerte mich mehrfach über den ohrenbetäubend lauten Türken-Techno von oben; arbeitete ein bisschen; kaufte mir einen neuen Lippenstift, der mir am nächsten Tag schon nicht mehr gefiel; sah mir (zum elften Mal) am Samstag vor dem zweiten Advent den Film ›Ein unmoralisches Angebot‹ an; kuschelte mich am Adventssonntag mit einer Tasse Kaffee um halb elf Uhr morgens noch einmal in die Kissen und fing grundlos an zu heulen.

Das waren in etwa meine letzten zwei Wochen. Ganz normal.

Es war an diesem Sonntag inzwischen halb elf Uhr abends geworden und ich hatte mich noch einmal an den Computer gesetzt, um meinen Probeseiten für Herrn Meisinger den letzten Schliff zu geben. Bis um Viertel vor zehn hatte ich ›Tatort‹ geguckt – ich gucke sonntags immer ›Tatort‹, komme, was wolle. Selbst meine Mutter hatte inzwischen begriffen, dass es hoffnungslos war, meine Stimme sonntags zwischen Viertel nach acht und Viertel vor zehn hören zu wollen. Ich ging zwar ran, aber nur, um nach einem barschen »Ichkannjetztnicht« sofort wieder aufzulegen. Die Erfahrung hatte gezeigt, dass diese Variante wirkungsvoller war als einfach den AB anspringen zu lassen. Und für mich weniger störend, weil ich die Gebrauchsanleitung verloren hatte und nicht wusste, wie ich das Ding leiser stellen konnte, weswegen ich immer völlig genervt das fünfmalige Klingeln und dann meine eigene Ansage über mich ergehen lassen musste.

An diesem Sonntag waren die Kölner an der Reihe gewesen. Das war schon mal gut. Die Bayern waren mir zwar noch lieber, aber die Kölner gehörten auf jeden Fall auch zu den guten Ermittlern. Dumm war nur, dass auf dem Zweiten ein Autorennen lief und das Erste sich deswegen entschieden hatte, eine Wiederholung zu senden, die ich natürlich schon kannte. Aber egal. Immer noch besser als der ›Polizeiruf‹ oder eine Folge mit den Dresdnern. Oder der ›Musikantenstadl‹. Das passierte auch manchmal, und das waren dann definitiv die schlimmsten Sonntagabende. Danach hatte ich den Fernseher direkt ausgemacht, weil ›Sabine Christiansen‹ meinen Daumen automatisch auf den Powerknopf der Fernbedienung drücken ließ. So gesehen war ich froh, dass sie sich mit ihrer Sendung so lange hielt, denn das garantierte mir, dass ich nicht vor der Glotze hängen blieb.

Insgesamt hatte ich bereits 182 Seiten Rohfassung meines Balearenführers im Computer. Das war doch ganz ordentlich für zwei Wochen, oder? Ich fand jedenfalls, dass ich das Ganze ziemlich systematisch angegangen war: Zuerst hatte ich die landschaftlichen Besonderheiten jeder Insel hervorgehoben, hatte die Pflanzen- und Tierwelt beschrieben, ob man eher mit Wald und Bergen, weißen Sand- oder dunklen Kiesstränden zu rechnen hatte, als eine Art allgemeiner sinnlicher Einstieg, damit jeder Frau sofort klar war, was sie erwartete. Für mich war das insofern wichtig, als ich ja aus über zwanzig – obwohl, am Ende waren es doch eher nur sieben – Reiseführern die für mich passenden Abschnitte rausschreiben musste, mein Text sich aber nicht so zusammengestückelt lesen lassen sollte. Danach hatte ich mit den Hauptstädten weitergemacht. Das war vielleicht reichlich einfallslos, denn wenn auf den Balearen etwas wirklich nicht interessierte, dann waren es vermutlich die Hauptstädte. Aber schließlich war ich noch nie dort gewesen, und da war es doch logisch, dass ich mich meinem Sujet irgendwie nähern musste; ich hatte nun mal das Gefühl, dass ich als Autorin das genauso tun musste, wie es jede Touristin später tun würde. Vom Allgemeinen hin zum Besonderen. Vom Großen zum Kleinen. Ich jedenfalls nahm mir auf diese Art meine geklauten Worte am besten ab, und darauf kam es schließlich an, wenn ich das Manuskript irgendwann einmal abliefern wollte. Oder Probekapitel davon. Wie morgen zum Beispiel. Vierzig Seiten Ibiza. Ich würde den Teufel tun und Herrn Meisinger verraten, wie weit ich schon war, schließlich war das ja Teil meines wunderbaren Plans. Ich wollte Geld verdienen und ich wollte Urlaub machen. Und Herr Meisinger wollte Ende März einen trendy Travelguide für Frauen auf dem Tisch haben. Geschäft ist Geschäft, das war schon immer meine Devise. Und hinterher sind alle glücklich. Ich fand, ich war ein anständiger Mensch.

Hatte ich schon erwähnt, dass Moritz Göhrken sich nicht gemeldet hatte? Tim übrigens auch nicht.

Mich ließ das erstaunlich kalt.

Es sollte mich eigentlich erstaunlich kalt lassen.

Ich ärgerte mich, dass es mich nicht kalt ließ, wenn so ein attraktiver Idiot wie Moritz sich bei einer so tollen Frau wie mir nicht entschuldigte.

Warum fand einzig und allein Babette, dass ich eine tolle Frau war?

Warum suchte ich mir immer nur Idioten aus?

Warum war mein Leben so freudlos und leer und das von allen anderen so erfüllt und glückselig?

Warum hörte ich nicht auf, mir andauernd so blöde Fragen zu stellen?

Ganz sicher gab es auch freudlose Seiten im Leben meiner Mitmenschen. Doch sosehr ich mich auch anstrengte, spontan fielen mir zu meinen Freunden keine ein: Babette, glücklich verheiratet, steile Karriere, jetzt schwanger. Bleibt da noch was hinzuzufügen? Meine Schwester: 260 Tage im Jahr braun gebrannt, Dachgeschosswohnung im Trastevere-Viertel, zwei süße Kinder, ein verlässlicher Mann. Hm. Tim: erfolgloser Spinner, aber zufrieden dabei, weil er es nicht ahnte. Hatte sich von mir getrennt – was auch immer das hieß.

Und sonst? Mir fiel auf, dass ich zu allem Überfluss auch noch arm an Sozialkontakten war.

Harald: Er war Beamter mit einem Häuschen im Grünen. Noch nicht einmal dazu hatte ich es gebracht. Wenn ich wenigstens spießig wäre.

Na gut, Maren … Ich stolperte über meine eigenen hinterhältigen Gedanken. War ich eigentlich bescheuert? Tim würde diese Frage ganz eindeutig mit Ja beantworten. Aber wer war schon Tim?

Ich merkte, dass meine gute Stimmung umschlug. Trübsinnig kaute ich auf meinem Bleistift herum – ein Druckbleistift aus Plastik, und worauf ich herumkaute, war die Kappe vom Radiergummi. Sie war schon ganz zerbissen. Ansonsten starrte ich mal wieder Löcher in die Luft. Immer wenn der Bildschirmschoner ansprang: *Hallo, schöne Frau, jetzt bitte keine Krise,* nahm ich den Bleistift aus dem Mund und tippte auf irgendeine Taste. Das machte ich von 22.50 Uhr bis 00.09 Uhr.

Bevor auch dieser junge Tag sich trübe anfühlte, ging ich besser ins Bett.

Ich war schlecht gelaunt.

Ich fühlte mich zu dick.

Meine Haare hingen mir strähnig ins Gesicht.

Ich war eine jämmerliche Journalistin und durchtriebene Reiseführerschreiberin.

Mein Schlafanzug war von Tchibo und hatte ein Loch unter der Achsel.

Kein Schwein rief mich an.

Na dann gute Nacht!

Guten Morgen! GUTEN MORGEN! Gu-ten Morgen!

Ich grinste mein Spiegelbild an. Ich flötete mir laut ins Gesicht, säuselte, lächelte mir zu, übersah gnädig die verquollenen Augen und besann mich auf die Kraft positiver Gedanken. Ich hatte die Wahl: Ich konnte mir überlegen, ob ich diesen jungen Tag zu den Akten legte oder ob ich versuchen sollte, etwas daraus zu machen. Wäre Samstag, könnte ich bis mittags im Bett liegen bleiben, in Jogginghosen zum Markt schlendern und dann den Tag für verhunzt erklären. Aber es war Montag, 8.11 Uhr, und damit eindeutig zu früh, um einfach aufzugeben und in Selbstmitleid zu zerfließen.

*Guten Morgen!*

Mein Lächeln wurde mir immer sympathischer. Meine Güte! Ich konnte ja richtig nett wirken. Ich schaltete das Radio an. Na so was: ›Mensch‹ schallte mir entgegen. Ich setzte Wasser auf und sah ausnahmsweise mal hin, als ich das Kaffeepulver dosierte. Lecker, lecker, Thelse. Das würde köstlich werden. Drehte das Radio lauter und stieg unter die Dusche. Warm, heiß. Shampoo, Duschgel, Bimsstein, Rasur – alles mit Bedacht, denn heute war ein großartiger Tag. Heute war Montag, und ich *liebe* Montage!

Ich rubbelte mich mit einem frisch gewaschenen Handtuch trocken, zog mir den Bademantel über, tapste in die Küche, schenkte mir einen Kaffee ein, Milch dazu, Vollmilch, 3,5 Prozent – lecker, sehr lecker. Dann setzte ich mich nicht auf mein Bauhaus-Kuhfellimitat, sondern auf meinen Lieblingshocker, der eigentlich ein Beistelltisch war, und strukturierte den Tag. Er sollte schön werden!

1) Stolz wollte ich zur Post gehen und das Kuvert für Meisinger abgeben.
2) Ich wollte durch die Stadt bummeln, um was für meine Lieben und was für mich zu kaufen.
3) Danach würde ich eine Bratwurst auf dem Weihnachtsmarkt essen.
4) Und zum krönenden Abschluss würde ich durch die Scheiben ins Restaurant des »Steigenberger« auf der Fleetinsel gucken und so tun, als wäre ich eine Businesslady, die sich die Freiheit nimmt, sich heimlich in das Café »Marinehof« davonzustehlen. Dort würde ich mir ein Glas Prosecco bestellen und davon träumen, wie man mich im »Steigenberger« verzweifelt suchte, weil ich als Chairwoman des europäischen Wirtschaftsberaterverbandes eine wichtige Jahresabschlussrede halten sollte. Da mir diese steifen Veranstaltungen schon lange zu dumm waren, hatte ich es wenigstens jetzt, in der Weihnachtszeit, einmal gewagt, aus dem Trott auszubrechen. In meiner Phantasie stellte ich mir vor, wie Chauffeur, Pagen, Organisatoren, PR-Berater und der Facility-Manager des Hotels nach mir fahndeten. Da erkannte mich mit verschwörerischem Grinsen dieser gut aussehende Kameramann. Er machte mir Zeichen, ganz vertraulich, er komme gleich. Ich wurde rot; es war mir peinlich, so ertappt zu werden. Gleichzeitig wagte ich einen vorsichtigen Blick aus dem Fenster und versuchte herauszufinden, wie er meine Verfolger abschüttelte …

Okay, ich merkte, dass ich schon wieder bei ›Frühstück bei Tiffany‹ angekommen war. Auch so ein Werk, das mir nicht aus dem Kopf wollte; deshalb adaptierte ich es manchmal für meine eigenen Filme im Kopf.

Immerhin, ich hatte mindestens vier realistische Tagesordnungspunkte, mit denen es mir gelingen sollte, die vor mir liegenden Stunden zu meistern. Manchmal hat es wirklich etwas für sich, sich an die positive Kraft der Gedanken zu erinnern.

Doch was sollte ich anziehen??? Okay, ich geb's zu, mein Schrank hing voller Klamotten, aber die waren zu 97 Prozent ungenutzt. Ich zog mir meistens immer dieselben T-Shirts über (weiß oder schwarz) und stieg in dieselben Hosen (Blue Jeans oder schwarz). Darüber trug ich einen meiner drei Lieblingspullis, je nach Jahreszeit, und zog mir eins meiner drei Paar Lieblingsschuhe an (bequem-hip, bequem-sportiv, bequem-bequem). Nicht so heute.

Heute fing ich, eingecremt und parfümiert, mit meiner Lieblingsunterhose an (glänzende Seide, lichtgrau, hüfthoch) und dazu ausnahmsweise auch das passende Hemdchen. Der enge, fast knöchellange schwarze Wollrock kniff zwar, sah aber trotzdem ganz passabel aus. Obenrum war ich sowieso tendenziell zufrieden. Ich neigte zwar zur Kastenform, die aber hatte den Vorteil, dass mein Busen nicht so prall und groß war, dass ich mich auch deswegen noch dick fühlen musste. Dann schlüpfte ich in mein absolutes Lieblingsshirt, das ich nie anzog, weil ich gute Klamotten wie meine Mutter gern schonte: Es war weinrot mit einem aufgenähten leopardengemusterten Zottelstoffherz, gewöhnungsbedürftig, aber richtig hip. Der Hit waren natürlich die eng anliegenden Schaftstiefel mit 7 Zentimeter hohen Absätzen. In diesem Outfit föhnte ich mir die Haare. In diesem Outfit saß auch die Schminke besser.

Nach etwa anderthalb Stunden warf ich einen prüfenden Blick in den Spiegel und dachte wieder daran, wie gern ich einmal ein Vorher-Nachher-Modell bei der ›Brigitte‹ wäre. Ich fand es faszinierend, wie wandelbar die Frauen dabei waren: vorher graue Maus, hinterher eine von den Frauen, nach denen selbst ich mich auf der Straße umdrehen würde. Die, die mich da mit vollen, rotbraun geschminkten Lippen offen und souverän aus dem Spiegel anlächelte, war so eine, und sie war ganz bestimmt nicht die, die vor zwei Stunden noch in meinem Bett geschlafen hatte. Ich dachte einen Moment darüber nach, ob ich wirklich Lust hatte, meinen Einkaufsbummel mit einer Fremden zu unternehmen – ich könnte mich ja schnell wieder umziehen –, aber irgendetwas hielt mich davon ab. Allein konnte ich ja immer noch mal losziehen, wenn ich mit der Fremden nichts gefunden hatte, oder?

Wenn ich mich manchmal so zurechtmachte, war es am Anfang immer ein komisches Gefühl. Ich hatte selten die Ruhe dazu, aber manchmal gelang es mir, in diese Bilderwelten einzutauchen. Ich ging zunächst wie auf Eiern, als hätte ich noch nie hohe Schuhe getragen. Nach einer Weile legte sich das zum Glück immer. Und so war es auch dieses Mal. Ich hatte die Innenstadt kaum erreicht, da war ich schon ein Teil von ihr.

Ich liebe es, mir die Einkaufstüten der Menschen anzusehen und mir vorzustellen, was sie darin nach Hause trugen und wie es zu dem Kauf gekommen war. Vielleicht hatte jemand sich endlich die Nudelzange gegönnt, an die er schon seit einem dreiviertel Jahr dachte, sich aber nie dazu überwinden konnte, sie auch zu kaufen. Und jetzt hatte er die schöne Alessi-Schatulle in der Tüte und würde sich fortan täglich fragen, was er eigentlich all die Jahre ohne sie gemacht hatte. Ich beobachtete einen jungen Mann, der aus einem Geschenkartikelladen kam und aufgeregt in sein Handy sprach. Vielleicht war er glücklich, weil er bald auf eine Messe musste und ein super-duper Accessoire für den Stand seiner Firma gefunden hatte, was er vermutlich gerade seinem Geschäftspartner berichtete. Ich sah, wie eine Frau mit dem unverkennbaren Konsum-Danke-Lächeln ihren Freund auf die rasierte Wange küsste, und überlegte mir, ob es nur ein billiges Kettchen oder ein teurer Ring war, den er ihr gerade in die Hand gedrückt hatte. Oder die beiden jungen Mädchen, die noch auf der Straße ihre neuen Robbie-Williams-CDs auspackten, als bräuchten sie sie nur anzusehen, um gleich dahinzuschmelzen. Ich tauchte ab, sah in Schaufenster, sog die kalte Luft ein, genoss das Gefühl, Teil des Gewimmels zu sein, lächelte, wenn man mich ansah, und stellte fest, dass es mir gut tat, die Welt auch mal rein äußerlich zu betrachten.

Abgesehen von der Tatsache, dass ich einen falschen Umschlag für meine vierzig Seiten Büchersendung benutzt hatte und ich statt der 0,77 nun 1,56 Euro Porto bezahlen sollte, lief es auf der Post wie geschmiert. Nach nur zehn Minuten und um gefühlte zehn Kilo erleichtert, trat ich wieder auf die Straße. Herr Meisinger, dachte ich, pünktlich und zuverlässig wie ein Schweizer Uhrwerk hat Ihnen die Topjournalistin Thelse Simon soeben vierzig sonnige Seiten weibliches Balearen-Glück geliefert.

Als ich mich dann gegen halb zwei am Bratwurststand anstellte, hatte ich selbst etwa sieben Tüten in der Hand, und wenn ich mich nicht kennen würde, hätte ich vermutet, dass ich für meinen Mann Hemd, Pulli, Schal und Gürtel bei Tony Gard erstanden hätte. Fakt war, dass die Lakritzbonbons und die Lichterkette für meine Nichte doch mehr Platz einnahmen als ich schon Tüten hatte, weshalb ich kurz entschlossen bei Tony Gard reinmarschierte und selbstbewusst um eine bat. Dabei entdeckte ich allerdings einen geilen Kaschmirschal, von dem ich zum Glück nicht wusste, wem ich ihn hätte schenken sollen, denn er kostete 175 Euro. 175 Euro! Eine Unverschämtheit! Ferner hätte ich angenommen, dass die Douglas-Tüte für mich war (stimmt, mein Parfüm war alle und ich brauchte Hühneraugenpflaster) und ich bei Lenffer einen Designer-Kartoffelschäler für meine Großtante oder meine Patentante erstanden (stimmt nicht, der war auch für mich) und der besten Freundin einen winzigen Druck aus einer Galerie am Großen Burstah gekauft hatte (wieder lag mein Alter Ego falsch: Es war eine besonders hübsch bemalte, winzige Spanholzdose, die ich tatsächlich gern verschenkt hätte, dann aber doch lieber selbst behielt). Der Rest waren Kaufhaustüten und deswegen für Spekulationen nicht interessant, weshalb ich sie alle in meine Tony-Gard-Tüte stopfte, auch wenn ich über meine soeben erstandene Herbert-Grönemeyer-CD total happy war und es ebenso wenig verkehrt fand, das Blutdruckmessgerät für meinen Vater zu Weihnachten schon mal besorgt zu haben. Beides von Karstadt. Um das Geschenk meiner Mutter wollte sich meine Schwester kümmern. Und für die andere Nichte kaufte ich ein Mineralienhandbuch, weil sie Steine sammelte. Somit war ich durch, was Weihnachten anging. Mir selbst hatte ich einen Ledermantel zurücklegen lassen, der zwar megageil war, aber von dem ich nicht sicher war, ob ich ihn wirklich brauchte (wenn ich ehrlich war, brauchte ich ihn natürlich nicht, aber er sah so gut aus!). Die potentiellen Geschenke für Tim, die ich unterwegs entdeckt hatte, ließ ich links liegen. Schade eigentlich. Nicht schade wegen Tim, sondern schade, weil ich so gern Geschenke mache. Für Babette hatte ich mir auch etwas ausgedacht. Aber das bekam ich nicht in der City. Da müsste ich noch mal extra los. Die Jahreszeit war vielleicht nicht danach, aber die Idee war gut. Und ich wollte auf keinen Fall was fürs Baby.

Hat sich schon mal jemand überlegt, dass das Glück dieser Welt in einer dampfenden, knusprig braun gebratenen Thüringer Bratwurst liegen kann? Leider kam ich nicht mehr dazu, in sie reinzubeißen.

Die Wurst war zu heiß, also pustete ich eine Weile und besah mir derweil die Leute, die in der Schlange vor dem Stand darauf warteten, an die Reihe zu kommen. Komischerweise waren es überwiegend Männer. Warum essen an einem Montag nach dem zweiten Advent zwischen 13.30 und 14 Uhr eher Männer eine Bratwurst? Hatte das was mit den Kalorien zu tun? Oder machten sich die berufstätigen Frauen eher die Reste vom Sonntag in der firmeneigenen Mikrowelle warm? Die meisten Leute waren allein, so wie ich, das war schon mal gut. Sie hatten jedoch maximal eine Tüte in der Hand, woran ich mal wieder sehen konnte, wie privilegiert ich war: Es gab offensichtlich nicht viele Menschen, die an einem Montagvormittag einfach mal so shoppen gehen konnten. Von außen betrachtet konnte man mich also für reich, verheiratet oder für eine freischaffende Künstlerin halten. Nichts davon stimmte, aber alles war in gewisser Weise erstrebenswert.

Zufrieden wollte ich endlich in meine Wurst beißen, da fiel mein Blick auf eine klapperdürre, kahlköpfige Frau. Sie hatte mir den Rücken zugekehrt, und ich tippte auf Aids. Oder auf Krebs. Wie schrecklich, dachte ich, und wie immer, wenn ich einen schwer kranken oder behinderten Menschen sah, schämte ich mich entsetzlich für mein endloses Luxusgejammer. Die Frau war groß, und von hinten konnte ich ihr Alter schwer schätzen, aber den Klamotten nach tippte ich auf irgendwas zwischen dreißig und vierzig. Etwa mein Alter. Ich versuchte mir vorzustellen, was diese Frau wohl dachte, wenn sie morgens in den Spiegel schaute. War sie dankbar für den neuen Tag? War sie froh, wieder eine Nacht ohne Schmerzen durchgeschlafen zu haben, oder quälte sie sich, weil es nicht so war? Dachte eine Schwerkranke an das Morgen oder nur noch an das Heute? Gedankenversunken starrte ich auf den kahlen Schädel, bis die Frau sich umdrehte und mir mitten ins Gesicht sah. Vor Schreck blieb mir der Mund offen stehen, und ich hörte wahrscheinlich auch auf zu atmen. Ich war völlig perplex, und wenn überhaupt irgendwas passierte, dann allenfalls, dass ich knallrot wurde. Ich wusste nicht, wie ich reagieren sollte.

Aber Maren wusste es.

Auch sie hatte mich erst fragend gemustert, als wäre sie sich nicht sicher, ob ich es tatsächlich war. Als sie mich dann aber erkannt hatte, ging ein strahlendes, entwaffnendes Lächeln über ihr Gesicht und mit ausgebreiteten Armen kam sie direkt auf mich zu. Ich merkte noch, wie ich aus Angst vor der Berührung innerlich zusammenzuckte und mich im selben Moment dafür schämte. Gleich darauf spürte ich den kurzen, kräftigen Druck ihrer Hände auf meinem Rücken.

»Thelse! Das ist ja irre, dass ich dich hier treffe!«, sagte Maren, als sie sich von mir wieder gelöst hatte. Ich gab mir Mühe, sie nicht allzu neugierig zu mustern und mich so unbefangen wie möglich zu geben. Sie war schon immer schmal gewesen, aber trotz der dicken Klamotten hatte ich den Eindruck, dass sie jetzt kaum mehr als Haut und Knochen war. Im Gegensatz zu ihrem fahlen Teint und den eingefallenen Wangen stachen ihre lebendig funkelnden Augen geradezu unwirklich hervor. Woher nimmt sie diese Kraft?, dachte ich. Woher dieses Feuer? Diese Energie? Sie hat doch überhaupt keinen Grund dazu! Ich versuchte, diese Gedanken sofort zu verdrängen, aber es gelang mir nicht ganz. Schon in jenem Moment begann ich Maren zu bewundern. Zwei Stunden später sollte ich es erst recht tun.

»Maren!« Nach Sekunden, die mir wie Jahre schienen, hatte ich endlich die Sprache wiedergefunden. »Was machst du denn hier?«

Sie lachte. »Nun, im Moment wohl das Gleiche wie du: Ich dachte, ich gehe in Hamburg mal eine richtige Bratwurst essen.«

Dankbar griff ich die Frotzelei auf. »Stimmt. Ich habe auch schon munkeln hören, dass die in Celle ungenießbar sind. Da muss man sich schon in den Zug setzen und eine Stunde fahren.«

»Genau. Und wo ich schon einmal hier bin, dachte ich, ich könnte ja auch mal wieder nachschneiden gehen.«

Ich stand total auf dem Schlauch. »Wie, nachschneiden?«

Grinsend fuhr sie sich über ihren kahlen Schädel. »Na ja, mehr oder weniger ist das doch ein Friseurbesuch, wenn du zwei Stunden an der Giftspritze hängst und dafür sorgst, noch eine Weile so auszusehen wie Sinead O'Connor, oder?«

Jetzt war bei mir endlich der Groschen gefallen. Sie war bei der Chemotherapie gewesen. Tim hatte es ja neulich erwähnt, dass sie dafür regelmäßig nach Hamburg fuhr. Ich schluckte und wurde noch einmal puterrot.

»Das geht schon in Ordnung, Thelse, ich kenne das inzwischen. Unsere Gesellschaft erzieht einen nicht gerade dazu, mit Krankheit und Tod normal umzugehen. Wenn wir können, laufen wir davor weg. Ich kann es leider nicht mehr, und ich schwöre dir, schlimmer als die Tatsache, dass ich Krebs habe, ist manchmal der Umgang der anderen damit. Ich habe viel gelernt in den vergangenen fünf Monaten. Viel über das Leben und noch mehr über die Menschen. Rede also bitte, wie dir der Schnabel gewachsen ist. Wenn du anfängst, mir was vorzuheucheln, merke ich es sowieso.«

Sie lächelte. In ihrem Blick lag keine Spur Zynismus oder Bitterkeit. Sie wirkte einfach nur gerade, offen und stark, wie sie da vor mir stand und in aller Selbstverständlichkeit meine Scheu benannte und sie mir damit gleichzeitig nahm.

Ich nickte und lächelte zaghaft zurück. »Hast du Zeit? Wollen wir einen Kaffee trinken gehen?«

Wir landeten im »Wien«, einer zum Café umfunktionierten Barkasse auf der Binnenalster, und dort erzählte Maren mir die Geschichte ihrer Krankheit. Es ist schon kurios, dachte ich, nachdem die Kellnerin uns die Getränke gebracht hatte, da kannten wir uns seit Jahren und doch war das das erste private Gespräch, das wir wirklich miteinander führten.

Es war wohl wirklich ziemlich knapp gewesen, als sie an jenem Morgen in ihrer Wohnung zusammengebrochen war. Ihr Gehirn war verdammt lange nicht mit hinreichend Sauerstoff versorgt worden. »Ich hätte locker über den Jordan gehen oder bekloppt werden können«, hatte Maren lapidar erklärt. Sobald ihr Zustand wieder einigermaßen stabil war, hatte man sie dann in die Röhre geschoben, und nach der Computertomographie war klar, dass sie einen pflaumengroßen Tumor im Kopf hatte, der Gott sei Dank an einer Stelle saß, an die man operativ relativ gut herankam.

Die nächsten fünf Tage bis zur OP mussten die Hölle gewesen sein. Ebenso wenig wie die meisten Menschen hatte sich auch Maren bis dahin gefragt, was passieren würde, wenn man erführe, dass man unter Umständen nicht mehr lange zu leben hat. Fünf Tage hatte sie Zeit, sich aus den diffusen und widersprüchlichen, insgesamt nicht gerade aufschlussreichen Kommentaren der Ärzte ein Bild von dem zu machen, was in ihrem Kopf vor sich ging. Man erklärte ihr, dass man die Gut- oder Bösartigkeit eines Gehirntumors erst feststellen könne, wenn die Schädeldecke aufgeschnitten war. Sie musste entscheiden, ob sie in Celle, in Hannover oder ganz woanders operiert werden wollte. Und sie musste entscheiden, ob es für sie überhaupt Sinn machte, sich einem derart komplexen Eingriff zu unterziehen. Sie informierte sich, so gut sie konnte, welche Alternativen es gab, und versuchte ihre Eltern zu beschwichtigen, die nervöser und ängstlicher waren als sie selbst. Durchtrainiert vom regelmäßigen Sport lag sie im Krankenhaus und musste sich an den

Gedanken gewöhnen, dass der Tod bereits ein Auge auf sie geworfen hatte. Und sie musste sich mit Geduld wappnen. Das Warten auf die Operation über all die Stunden, die ihr endlos vorkamen, vor allem nachts, wenn sie sich aufgewühlt von einer Seite auf die andere wälzte (zwölf Stunden, sagte sie, hätte sie in diesen fünf Tagen geschlafen, maximal) und kein Besuch oder keine Schwester sie wenigstens für eine halbe Stunde ablenkte. Das sei das Unerträglichste von allem gewesen, meinte sie, diese fünf Tage vor der OP. Diese Ungewissheit. Die Frage, was danach kam. Die endgültige Diagnose.

»Als es dann so weit war, war ich eigentlich ganz ruhig«, sagte Maren und rührte in ihrer Tasse Milchkaffee. »Ich wusste, dass jetzt etwas passiert. Egal, was bei der Operation herauskam, ich wusste, danach konnte ich wieder handeln, mich auf etwas einstellen. Auch wenn mir klar war, dass nichts mehr so sein würde wie zuvor…« – sie machte eine Pause und lachte auf – »… hätte ich nie gedacht, wie viel sich tatsächlich ändern würde. Nach der Operation konnte ich mein wie auch immer geartetes Leben neu in die Hand nehmen. Und das gab mir Kraft.«

Ich sah sie an, diese ausgezehrte, blasse und dennoch so energiegeladene Frau. Wie nahm sie mich wohl wahr? Nach allem, was sie hinter sich hatte?

»Ich hatte Glück«, fuhr Maren fort, »Gehirntumore streuen in der Regel nicht. Und meiner war nach medizinischen Kriterien nicht besonders aggressiv. Außerdem ließ sich das Ding ungewöhnlich sauber vom gesunden Gewebe trennen. Nur an einer Stelle wäre es wohl nicht ganz ungefährlich gewesen, erklärten die Ärzte mir später; deshalb hätten sie beschlossen, einen Fitzel des Tumors im Kopf zu lassen, da sie mir mit dem Krebs nicht gleich mein halbes Sprachzentrum wegschneiden wollten. Das ist der Grund für die Chemo. So ziemlich der einzige. Ich hätte sie sonst vielleicht noch nicht mal gebraucht.«

Ich nickte. »Und wie war das Aufwachen?«

»*Strange.* Irgendwie hatte ich fest damit gerechnet, dass alles fremd und anders sein würde. Ich dachte, ich wüsste vielleicht nicht mehr, wie ich heiße oder wie ich meine Arme und Beine zu bewegen habe. Umso überraschter war ich, als mir beides relativ reibungslos gelang. Ich fühlte mich ein bisschen benommen, war geschwächt, klar, aber sonst war eigentlich alles so wie immer. Noch heute ist es das und ist es auch wieder nicht. So ein Tumor ist eine verflucht abstrakte Geschichte. Du siehst ihn nicht, du spürst ihn nicht, und doch weißt du, dass er da ist und gegen dich arbeitet. Du wirst lachen, aber diese Erkenntnis ist mir gerade in der Betreuung der Abhängigen in der Drogenberatung seither ungeheuer zugute gekommen.«

»Du arbeitest schon wieder?«

»Halbtags. Damit habe ich relativ schnell wieder angefangen. Das war mir ganz wichtig. Ich lebe, verstehst du? Vielleicht etwas langsamer und bewusster als früher, aber vor allem das: Ich lebe. Hört sich vermutlich blöd an, aber du kannst dir gar nicht vorstellen, was das für ein Gefühl ist.«

Nein, Maren, das konnte ich mir natürlich ganz und gar nicht vorstellen. Und weil dem so war, musste ich entsprechend betreten geguckt haben.

Sie sah mich aufmerksam an. »Jetzt haben wir aber lange genug von mir geredet. Wie geht es dir denn so in Hamburg? Kommst du klar?«

Ich zögerte mit der Antwort. Einerseits störte mich ihre letzte Frage etwas: Sah ich etwa nur so aus wie jemand, der *klarkam?* Dann hatte ich ja eine tolle Ausstrahlung! Andererseits kam es mir jedoch entsetzlich banal vor, Maren nach solchen Offenbarungen von meinen Alsterspaziergängen, dem Blick vom Michel oder dem samstäglichen Bummel über den Markt zu berichten, ganz zu schweigen von meinem jüngsten Dilemma bei Schlecker, das mich heute eine gute Stunde angestrengten Grübelns vor dem Tamponregal gekostet hatte:

Mir waren nämlich mal wieder die Tampons ausgegangen und ich hatte mir ernsthaft überlegt, ob ich nicht wenigstens einmal die teuren o.b. statt eines der billigen No-Name-Produkte kaufen sollte, damit ich nicht irgendwann in die Wechseljahre käme und wehmütig feststellen müsste, dass ich in meinem Leben als gebärfähige Frau NIEMALS einen o.b. benutzt hatte. Damit konnte ich Maren nun wirklich nicht kommen.

»Na, komm, erzähl schon«, sagte sie aufmunternd. »Meine Geschichte läuft außer Konkurrenz. Ich erwarte nicht, dass du jetzt mit einem Zen-Meister aufwartest, mit dem du täglich auf Händen die Alster entlangläufst, bevor ihr die ökologisch-dynamischen Zucchini aus eurem Dachterrassengarten erntet oder dergleichen.«

Ich grinste. »Du bist aber echt dicht dran. Hast du was dagegen, wenn ich mir ein Bier bestelle?«

»Nicht, wenn du mir eins mitbestellst.«

Ich machte der Kellnerin ein Zeichen, während ich mir immer noch den Kopf zerbrach, was ich Maren erzählen wollte. Keine Ahnung, woher das Gefühl kam, aber ich vertraute ihr; ich vertraute ihr, wie man einem unbekannten Menschen vertraut, zu dem man ganz plötzlich einen heißen Draht verspürt. Ich hatte Lust, Maren von Moritz zu erzählen, von Tim und von meiner merkwürdigen Unruhe, die mich seit jenem verkorksten Freitagabend quälte. Wie zu vermuten, fädelte ich das ungeheuer geschickt ein.

»Hast du mal wieder was von Tim gehört?«

Maren sah mich irritiert an. »Wieso fragst du *mich* das?«

Innerlich stimmte ich ihr bereits heftig nickend zu. Zwar konnte ich davon ausgehen, dass die beiden sich im vergangenen halben Jahr ab und an gesehen hatten, aber die dicksten Freunde waren auch sie nie gewesen. Außerdem wusste Maren, dass ich schon länger nicht mehr mit diesem Mann zusammen war und Celle weit hinter mir gelassen hatte. So gesehen war meine Frage wirklich unverständlich.

Noch unverständlicher allerdings war Marens erklärender Zusatz:

»Das müsstest du doch am besten wissen.«

Ich starrte sie überrascht an. Hätten meine Eltern mich damals auf eine Waldorfschule geschickt, wäre ich jetzt aufgesprungen und hätte meinen eurythmiegeschulten Körper zu einem anmutigen Fragezeichen verbogen. Stattdessen geriet ich hilflos ins Stammeln: »Ich? ... Wieso ich? Ich habe ihn seit meinem Umzug im Grunde weder gehört noch gesehen. Na ja, fast. Und auch vorher hatte ich kaum noch Kontakt zu ihm. Gut, er war vor zehn Tagen oder so mal kurz hier. Aber das war eher Zufall.«

Maren runzelte die Stirn. »Interessant.«

»Wie, interessant?« Ich hatte mich so weit nach vorne gebeugt, dass mein Kinn beinahe an ihrer Kaffeeschale klebte.

»Na ja. Uns erzählt er, dass ihr beide an einem viel versprechenden Literaturhausprojekt dran seid. Er kümmere sich um die Logistik, die Organisation und die Finanzen und du hättest die inhaltliche Gestaltung übernommen, würdest hier vor Ort PR machen und die nötigen Kontakte knüpfen ... Ehrlich gesagt, mir kam es ja auch ein bisschen komisch vor. Aber Tim schien fest auf dich zu zählen.«

Ich war schlicht und ergreifend fassungslos. »DAS erzählt er? Hat der sie nicht mehr alle?« Ich war aufgesprungen und ging vor unserem kleinen runden Tisch auf und ab. »Das ist ja wohl die Höhe.« Nervös zündete ich mir eine Zigarette an und hätte Maren in meiner Rage beinahe den Rauch ins Gesicht geblasen. »Entschuldigung, aber das ist völliger Schwachsinn. Ich habe keinen Kontakt mehr zu Tim. Was denkt der sich eigentlich?« Ich blieb stehen und setzte mich wieder hin. »Ich schreibe gerade an einem Travel-Guide über die Balearen. Nur für Frauen, was ganz Hippes, das Pilotprojekt zu einer neuen Reihe, die den Reiseführermarkt revolutionieren wird. Womöglich springen da sogar Folgeaufträge für mich heraus. Ich möchte mir hier in Hamburg einen Namen als freie Journalistin machen und nicht weiterhin für Tim den PR-Schutzengel spielen, der seine Traumschlösser vor dem Einsturz bewahrt. Mit dem provinziellen Celler Kulturquatsch habe ich nichts mehr am Hut. Ich lebe jetzt in einer Weltstadt.«

Ich merkte sehr genau, dass Maren sich das Lachen nur mit Mühe verkneifen konnte und es vermutlich nur deswegen schaffte, weil sie merkte, wie tief mich Tims Lügenmärchen getroffen hatten.

»Soll ich dir mal sagen, was ich darüber denke?« Und ob sie das sollte! »Tim braucht dich. Das war schon immer so, wahrscheinlich hat es deshalb so lang mit euch beiden funktioniert. Er braucht dich, weil du stärker bist als er, frischer, unverstellter, weil du die Dinge anpackst, über die er nur theoretisieren kann. Er bewundert dich. Zugeben würde er das natürlich nie, vielleicht weiß er es ja noch nicht einmal. Aber er bewundert dich ...« Mit einer Mischung aus ungläubigem Staunen und erwartungsvoller Anspannung hing ich an ihren Lippen. Tim? Mich bewundern? Das war eine Betrachtungsweise, die mir völlig neu war. Und es war eine, die mir gefiel. »Ich würde das an deiner Stelle nicht mit Liebe verwechseln«, fuhr Maren fort, die zu merken schien, in welche Richtung meine Gedanken schon wieder davongaloppierten. »Aber es hilft dir vielleicht, ihn endlich loszulassen, falls dir das noch nicht gelungen sein sollte, was ich ehrlich gesagt annehme, da deine erste Frage ihm gegolten hat. Ihr tut einander nicht gut, Thelse. Jetzt kann ich es ja sagen: In meinen Augen habt ihr noch nie zusammengepasst. Zu viel Kopf. Zu viel Kampf. Du brauchst einen anderen Mann, einen der sinnlicher, bodenständiger, kreativer ist.«

»Einen Marketingleiter, zum Beispiel«, murmelte ich mehr für mich selbst.

»Was hast du gesagt?«

»Ach, nichts.«

Sie machte eine Pause, und ich rührte schweigend in meiner leeren Tasse. Wo blieb das Bier, verdammt noch mal? Ich hatte Durst.

Maren und ich hatten noch etwa eine Stunde in dem Café gesessen, bis sie dann doch relativ erschöpft den Heimweg antreten wollte. Ich begleitete sie noch zum Bahnhof und wir verabredeten uns für den 21. Dezember, ihren nächsten Chemo-Termin, auf ein weiteres Treffen. Es dämmerte schon, als ich, beladen mit meinen Tüten, nachdenklich nach Hause trottete.

Es war ein merkwürdiger Tag gewesen. Kein schlechter, und schon gar kein gebrauchter – ein merkwürdiger eben. Die Sache mit Marens Krankheit hatte mich schon ziemlich aus der Bahn geworfen. Die Ungewissheit, mit der sie lebte. Ihre Enttäuschung über die Freunde, die sich von ihr distanziert hätten, aus Unsicherheit, aus Angst, sie könnte zur Belastung werden, oder einfach, weil sie in ihre unbeschwerte Lebenswelt nicht mehr passte. Das gab es natürlich auch andersrum: Menschen, die ihr im vergangenen halben Jahr erst zu Freunden geworden waren wie die ebenfalls an Krebs erkrankte Frau Mitte fünfzig, die sie in der Klinik kennen gelernt hatte, oder eine Arbeitskollegin aus der Beratungsstelle oder, zu meiner Überraschung, Harald. Zweimal schon hatte Maren ein Wochenende mit ihm in seinem Haus an der Küste verbracht. Sie zu fragen, ob mehr zwischen ihnen sei, hatte ich mich noch nicht getraut. Vielleicht beim nächsten Mal.

Und dann Marens Kommentare zu Tim. Ich verstand einfach nicht, was das sollte, warum er einen solchen Unsinn erzählte, warum er vor den anderen so tun musste, als wären wir noch immer ein unzertrennliches Team, obwohl er sich von mir als Lebenspartnerin doch schon lange vor meinem Umzug nach Hamburg verabschiedet hatte. Mir kam sogar der Gedanke, dass unser Treffen neulich vielleicht gar nicht so zufällig gewesen war, wie ich glaubte.

Ich erinnerte mich an den Tag, als ich Tim im »Bistrot« erzählte, dass ich meinen Job geschmissen habe und nach Hamburg ziehe. Zuerst hatte er grinsend an der Theke gelehnt und mich angesehen, bis er merkte, dass ich dieses Mal seinem Blick standhalten würde. Da begriff er, dass es mir ernst war, dass ich nicht wieder eines meiner erpresserischen Kümmer-dich-gefälligst-um-mich-Dramen vor ihm abspulte. Sein Lächeln war auf einmal wie weggewischt. Langsam kam er auf mich zu und nahm mich in den Arm: »Was willst du denn in Hamburg, *Turtle?* Journalisten gibt es dort doch wie Sand am Meer.« Er machte eine Pause. »Ich verstehe dich ja. Du suchst nach was anderem. Einer neuen Herausforderung. Aber bist du dir sicher, dass du das durchstehst? Traust du dir das wirklich zu?« Bei diesen Worten hatte er mich ein Stück von sich geschoben und scharf angesehen.

Ich kannte diesen Blick. Nur zu gut kannte ich ihn. Diesen Gesichtsausdruck, mit dem er vorgab, sich wie ein großer Bruder um mich zu sorgen, ohne einen Zweifel daran zu lassen, dass ich armes kleines Ding mich da draußen in der weiten Welt niemals behaupten könnte. Der Trick hatte immer funktioniert, denn es war nicht wirklich schwer, mich bei meinen unzähligen Minderwertigkeitskomplexen zu packen. An jenem Tag aber funktionierte er zum ersten Mal nicht, und für den Bruchteil einer Sekunde überkam mich das Gefühl, dass Tim mit meinem Weggang mehr verlor als ich. Mit mir ging seine Kulisse, die Großleinwand, auf die er seine heldenhaften Tagträumereien projizieren konnte. Ich hingegen hatte endlich die Chance, mehr zu werden als nur das Bühnenbild eines anderen.

Tim hatte in den folgenden Wochen so ziemlich alles versucht, mich von meinem Plan abzubringen, von zynischen Bemerkungen bis hin zu fast flehentlichen Beschwörungen, doch nicht »unsere Sache« zu verraten (nicht zu verwechseln mit der »Sache«, die nachts unter seine Decke kroch und seit geraumer Zeit Chris hieß). Als er irgendwann verstand, dass keine seiner Strategien Erfolg haben würde, fügte er sich schließlich in sein Schicksal und war auch noch so nett, mir beim Umzug zu helfen. Das dann doch: Wenn es nichts mehr zu retten gab, konnte Tim gut verlieren.

Das alles ging mir auf meinem Heimweg durch den Kopf. Zu Hause angekommen, lag vor meiner Wohnungstür ein kleines Päckchen. Nanu, sollte sich der Herr Marketingleiter vielleicht endlich doch dazu herabgelassen haben, sich bei mir zu entschuldigen? Wurde ja auch langsam Zeit. Die Tüten, die ich mir in der Aufregung zwischen die Beine geklemmt hatte, drohten die Treppe hinunterzufallen, als ich es hektisch aufriss. Warum zitterten meine Finger dabei nur so komisch? Das lag sicher am Kaffee. Und was sah ich? Einen Schlüsselanhänger, vorne mit dem Kreml drauf und hinten mit der russischen Fahne. Wladimir. Hätte ich mir ja eigentlich denken können. Enttäuscht schloss ich die Tür auf, entledigte mich sofort der hohen Stiefel und meines Lieblingsshirts mit dem Zottelstoffherz, schlüpfte in ein Sweatshirt und eine weite kuschelige Strickjacke und setzte mich an meinen Schreibtisch, um diesem seltsamen Montag auch noch ein paar produktive Gedanken hinzuzufügen.

Ich fuhr also den Computer hoch und starrte auf meine Dateien. Fünf Minuten, zehn Minuten vergingen, eine halbe Stunde … irgendwie konnte ich mich nicht richtig konzentrieren. Mir kam es plötzlich absurd vor, mich lang und breit über Menorcas raue, zerklüftete Küsten, die weit in die Insel hineinreichenden Buchten und sanft gerundeten Hügel des Hinterlandes auszulassen oder von Palmas Uferpromenade mit ihren luxuriösen Hotels und Geschäften zu schwärmen, die den Sporthafen umsäumt, wo frau die potentesten Speedboote, imposante Hochseesegler und königliche Yachten inklusive ihrer Kapitäne bestaunen konnte. Als ob es nichts Wichtigeres im Leben gäbe! Ich stellte mir die verwöhnten

Großstadtschicksen vor, wie sie über diesen Tummelplatz der Schönen und Reichen flanierten oder im Ferienclub »Stella Maris« auf einer beheizten Anwendungsbank aus Marmor über ihren Oberarmspeck jammerten, den sie sich vielleicht ja doch bald absaugen lassen würden. Bei dem Gedanken wurde ich rot. Schließlich hatte ich selbst schon mal über so was nachgedacht. Ich mit meiner gebuchten Ziegenbuttermilch-Aromatherapie auf Formentera war ja wohl auch nicht besser! Sollte ich mich nicht eher wieder auf Werte von größerer Beständigkeit als Mallorcabräune besinnen?

Ich fuhr den Computer also wieder herunter, machte es mir auf dem Sofa bequem und schaltete den Fernseher ein, aber besonders aufmunternd war das auch nicht: Selbstmordattentate in Israel, Terrorwarnungen in den USA, tschetschenische Anschläge in Moskau, und in Hamburg müsse man für den morgigen Tag mit »reger Schauertätigkeit« bei drei Grad Celsius und »starkem Wind aus westlicher Richtung« rechnen. Ich zappte ein wenig durch sämtliche Programme und blieb schließlich beim Montagskrimi im Zweiten hängen, machte mir zwischendurch zwei Käsebrote und mummelte mich danach wieder in meine dicke Decke ein. Wie schön wäre es, sie ausnahmsweise einmal mit jemandem zu teilen. Es gab sicher keinen ursächlichen Zusammenhang dafür, aber irgendwie spazierten meine Gedanken just zu Moritz Göhrken. Er war nicht der Richtige, das war mir schon klar, aber jede Frau hatte mal eine schwache Stunde, und dieser herrlich riechende Mann, das war mir gleich bei unserer ersten Begegnung aufgefallen, hatte die geeigneten Hände, um mit ihm mal unter eine Decke zu schlüpfen, auch wenn ich es danach garantiert bereuen würde. Auf dem Weg zum Bahnhof hatte ich Maren die Geschichte mit Moritz grob skizziert; bei allem Respekt vor ihrer Menschenkenntnis wusste auch sie so recht keinen Rat, fand aber, ich solle die Sache nicht einfach auf sich beruhen lassen.

Es war schon merkwürdig, vor was für kuriose Situationen

man sich immer wieder gestellt sah. Wenn ich mir meine letzten Wochen so anschaute, war ich eindeutig ohne mein Zutun mit Dingen konfrontiert worden, auf die ich locker hätte verzichten können.

Als der Mörder durch einen geschickten Winkelzug pünktlich um Viertel vor zehn gefasst war, ging ich direkt ins Bett und nahm mir fest vor, ab dem nächsten Tag mein Leben vor weiteren unliebsamen Überraschungen zu bewahren.

In der Post war tags darauf natürlich mal wieder nur Müll: Flyer von einem italienischen und einem griechischen Restaurant, der vierte Italiener und der dritte Grieche im Viertel. Wann kam endlich einmal jemand auf die Idee, einen vernünftigen Asia-Imbiss um die Ecke zu eröffnen, damit ich nicht immer die drei Kilometer bis zu einem der Sushi-Restaurants im Schanzenviertel radeln musste? Eine Mahnung vom Finanzamt. Ich hatte auf meiner Umsatzsteuervoranmeldung schon wieder die alte Steuernummer angegeben. Mit Leuchtstift machte man mich bereits zum zweiten Mal auf die neue aufmerksam. Komisch, dass solche Versehen nicht gebührenpflichtig waren. Ein Brief von meiner Mutter. Wenn sie fürs Erste genug von meiner Stimme hatte, schrieb sie mir. Die Umschläge dafür hatte sie mal von mir bekommen, als ich in einem Anfall von Größenwahn 250 nassklebende ohne Fenster gekauft hatte. Sie waren im Verhältnis natürlich viel billiger gewesen, als hätte ich nur zwanzig mitgenommen. Und sie waren viel billiger gewesen als die mit dem abziehbaren Haftstreifen. Letztere hätten allerdings den Vorteil gehabt, sie mühelos drei Jahre aufheben zu können, ohne dass der Klebestreifen eintrocknete. Da ich keine wirkliche Vielschreiberin bin, hatte sich mein Schnäppchenposten nach vierzehn Monaten nicht sonderlich dezimiert – lediglich siebzehn Umschläge, zehn davon umzugsbedingt, waren in den Briefkasten gewandert –, weshalb ich sie vor meinem Umzug meiner Mutter geschenkt hatte, die sich sehr darüber freute (»Aber Kind, die kann man doch noch benutzen!«). Da sie ohnehin eine Vorliebe für Abziehbilder aller Art hatte wie Weihnachtsaufkleber in Illustrierten oder Postwurfsendungen der Aktion Sorgenkind, ausrangierte Oblaten der Nachbarin oder Kassenauslagen bei Pit-Stop, war es egal, ob der Umschlag noch von allein klebte oder nicht.

Gelangweilt riss ich den Brief auf.

*Meine lb. Th.,*
*liebe Gr. von deiner Mutti. Hab' grad an dich gedacht. P. liegt im Liegestuhl im Wintergarten. Er fühlt sich in letzter Z. sehr kaputt und schläft jetzt jeden Tag nach dem Mittag eine Stunde. Hatte mich auch hingelegt, aber die Gedanken kreisen, na ja. Bin ich wieder aufgest. …*

Aufgestanden, sollte das heißen. Meine Mutter hatte die Angewohnheit, alles Mögliche abzukürzen. Ob sie schneller dachte, als sie schreiben konnte? Meine Gedanken wanderten zu meinem Vater. Er wurde alt … Schnell schob ich das Thema wieder beiseite. Ich überflog die Zeilen, um herauszufinden, ob es irgendeinen Termin gab, den ich bei unserem nächsten Telefonat im Kopf haben müsste. Doch nein, kein Geburtstag oder sonstige Familienfeierlichkeiten in Sicht. Soweit ich es entziffern konnte, waren alle Geschenke besorgt und verpackt, machte der Turnverein nächste Woche eine Weihnachtsfeier und dann zwei Wochen Pause, war meinen Eltern der Glühwein auf dem Weihnachtsmarkt in diesem Jahr zu teuer *(Zwei Euro plus Pfand! Da hab' ich zu P. gesagt: »Komm, wir holen uns einen von Aldi und machen ihn uns selber warm.«),* fragte sie mich, ob ich »diesen Artikel« – nach einigem Grübeln kam ich darauf, dass sie damit wohl den Reiseführer meinte – schon fertig habe und ob in Hamburg die Geschäfte auch so schön geschmückt seien.

*Lb. Gr., Mutti u. P.*

So viel zur Post.

Ich machte die Stereoanlage an und legte Moby ein, spulte vor bis zum fünften Lied – früher gefielen mir nur die ersten vier, inzwischen aber fand ich die Stücke besser, je spiritistischer sie wurden, das heißt ab dem fünften – und ließ mich dann mit meinem zweiten Kaffee an diesem Morgen auf meinem roten Sofa nieder. Ich überlegte, ob ich Tim anrufen und ihn zur Rede stellen sollte, entschied mich aber dagegen. Ich ahnte im Voraus, was er mir antworten würde: »Was? So ein Quatsch, das hat sie falsch verstanden. Obwohl ... natürlich wäre es supernett von dir, wenn du in Hamburg einen Autor betreuen könntest, der danach nach Celle kommt. Ist für dich doch kein großer Aufwand. Mensch, Thelse, ich glaube, das mit dem Literaturzentrum läuft echt super an.« (Wie war das doch gleich, Herbert? »Und der Mensch bleibt Mensch, weil er vergisst, weil er verdrängt ...«)

Danach überlegte ich, ob ich meine Mutter anrufen, mich für den Brief bedanken und mich nach meinem Vater erkundigen sollte, entschied mich aber ebenfalls dagegen, weil ich auch bei ihr wusste, was sie mir sagen würde: »Hallo, mein Schatz, schön, deine Stimme zu hören. Es gibt nichts Neues. Hab' dir ja gerade erst einen Brief geschrieben. ... Papa? Dem geht's gut. Ne, Papa, dir geht's doch gut?«, würde sie dann nach hinten rufen, und aus der Ferne würde ich ein grummelndes »Ja, ja« hören, das meine Mutter mir dann wiederholen würde: »Ja, ja, dem geht's gut.«

Tja, und schließlich überlegte ich, ob ich die »Göhrken, M.«-Nummer anrufen sollte. Das überlegte ich verdammt lange. Nur: Was hätte ich ihm sagen sollen? Zwei Wochen nach unserer desaströsen Begegnung und meinem wutentbrannten Abgang? »Hallo, Moritz, ich wollte nur mal hören, ob du Julia jetzt endgültig los bist.« Oder: »Lieber Moritz, ich mache mir Sorgen um dein Auto. Es ist so nass draußen. Es könnte rosten.« Oder auch: »Guten Tag, Herr Göhrken, ich werde gerade von drei Männern gleichzeitig belagert und weiß nicht, wie ich sie loswerden soll. Kommen Sie sofort vorbei. Das sind Sie mir schuldig!« Nein, das hörte sich alles so an, wie es war: an den Haaren herbeigezogen.

Fiel mir denn kein plausiblerer Grund für einen möglichen Anruf ein? Eine innere Stimme riet mir, es besser sein zu lassen und eher darüber nachzudenken, warum ich eigentlich so viel über ihn nachdachte. Da ich Dinge gern systematisch anging und meinem Leben ja ohnehin eine neue Struktur verleihen wollte, stand ich nach langem Grübeln zu guter Letzt auf, suchte einen Zettel und einen Stift und fertigte folgende Tabelle an:

MORITZ GÖHRKEN – Vorzüge/Nachteile in Thelse Simons Augen

| Vorzüge | Nachteile |
|---|---|
| Gut aussehend, schöne grüne Augen | Mr. MACHO *of the world!* |
| Sportlich durchtrainiert | Aggressiver, rücksichtsloser Schwimmer |
| Beruflich erfolgreich – *na und?!, Anm. Th.S.* | Nutzt Schwächere aus ... und abhängig Beschäftigte!!! |
| Solo | Versteht nichts von Frauen |
| Fährt mein Traumauto | So ein Angeber! |
| ?? | Hat kein Rückgrat, Feigling (Er ruft nicht an!) |

Bei dem Attribut »großzügig« wusste ich nicht recht, auf welche Seite ich es schreiben sollte, also ließ ich es weg.

Eine Stunde später war ich mit der Liste fertig. Auf dem Papier war mir nun klar, dass ich keinerlei Interesse an ihm hatte. Das Blöde war nur, dass ich trotzdem das Gefühl nicht loswurde, irgendetwas vergessen beziehungsweise irgendetwas nicht so in der Spalte aufgeschrieben zu haben, wie ich es in meinem tiefsten Innern empfand. Ich weiß nicht, ob anderen das auch so geht, aber manchmal ist es einem doch sehr peinlich zuzugeben, was einen so umtreibt. Es gab keinen Grund, dass Moritz Göhrken noch länger in meinem Kopf herumspukte – ich hatte es schwarz auf weiß vor mir und hätte das Thema an diesem Morgen vielleicht sogar wirklich ad acta gelegt, wenn, ja wenn …

Ich mache es kurz. Das Telefon klingelte. Ich ging ran. »Thelse Simon.«

Kurzes Schweigen am anderen Ende der Leitung. Dann: »Hallo … hallo Thelse … Ich bin's, Moritz … Moritz Göhrken. Hast du einen Moment Zeit?«

Längeres Schweigen an *diesem* Ende der Leitung. Zitternde Hände. Trockener Mund. Schwindelgefühle. Herzklopfen. Herzrasen. Alles an *diesem* Ende der Leitung. Jetzt kommt's, dachte ich. Die Riesenentschuldigung. O Gott! Was sollte ich bloß sagen, wie sollte ich reagieren? Sollte ich ihm verzeihen? Wie lange sollte ich ihn zappeln lassen? Oder sollte ich gleich wieder auflegen? Ich legte vorsorglich erst mal auf, um wenigstens diese Frage zu klären. Abgehakt war sie damit trotzdem nicht, denn nach drei Sekunden bimmelte der Apparat erneut. Ganz schön selbstbewusst, der Herr Marketingleiter. Ich drückte auf den grünen Knopf.

»Thelse, *bitte,* hör mir zu … Es ist wichtig …«

Natürlich war es wichtig. Was glaubte der denn? Dass ich mich gerne zum Affen machen ließ? Ich sagte immer noch keinen Ton, dafür redete Moritz unverdrossen weiter.

»Es geht um … Du hast uns doch gestern dein Manuskript geschickt und …«

Wie bitte? Hatte ich mich verhört? Was hatte denn mein Manuskript mit seinem unverschämten Benehmen zu tun? Halt! Mein Manuskript??? Mich überkam plötzlich eine dunkle Ahnung, warum Herr M. Göhrken, Marketingleiter und stellvertretender Geschäftsführer von Travel Fun, eventuell *auch* angerufen haben könnte.

»Ja. Und?« Meine Kehle war immer noch trocken. Aber anders.

»Nun ja … also, wie soll ich es ausdrücken? … Meisinger … also, er ist ziemlich aufgebracht …«

Mir wurde abwechselnd heiß und kalt. Ich zitterte. Mein

Herz raste. Ich hatte schweißnasse Hände. Aber GANZ anders. Hatte ich jemals Blut in meinem Kopf gehabt, pulsierte es jetzt woanders. Wenn überhaupt. Ich musste mich setzen. Moritz redete weiter, ihm schien gar nicht aufzufallen, dass auf meiner Seite der Leitung Totenstille herrschte.

»Er hat es heute Morgen überflogen, gleich als Erstes. Du weißt ja, es soll der Auftakt zur neuen Travelguide-Reihe werden. Er war gerade bei mir im Büro. Er hat getobt, Thelse. Das sei ja viel zu dröge, zu wenig sexy, zu konventionell! Um es auf einen Nenner zu bringen: Was du abgeliefert hättest, sei kalter Kaffee, nicht aufregender als alle Reiseführer, die es schon auf dem Markt gibt.«

Ich wurde rot; wie gut, dass er das nicht sah.

»Wenn es nach ihm gegangen wäre, hätte er den Vertrag mit dir auf der Stelle aufgelöst und sich eine andere Autorin gesucht. Ich konnte ihn aber noch beschwichtigen. Die Details dazu erspar' ich dir. Ich persönlich finde dein Probekapitel auf den ersten Blick ziemlich anständig.«

Anständig, er fand es *anständig!*

»Nicht unbedingt giga-hip, aber durchaus akzeptabel. Ich habe Meisinger vorgeschlagen, das Manuskript mit dir durchzugehen. Ich bin zwar kein Lektor, aber ich bin der Marketingleiter von Travel Fun und weiß folglich, worauf es ankommt. Meisinger vertraut mir. Dass dich das nicht unbedingt begeistert, kann ich mir gut vorstellen, aber ich würde dir raten, auf mein Angebot einzugehen. Es sei denn, du entscheidest dich gegen das gesamte Projekt. Das musst du wissen.«

Moritz war verstummt. Offenbar erwartete er nun eine Antwort von mir. Eins – zwei – drei – vier … Ich spürte förmlich, wie ich auf einmal hilflos in den Seilen hing. Niederlage durch K. o., und das gleich in der ersten Runde? Wenn ich es nicht schaffte, mich bis zehn erneut kampffähig zu präsentieren, wäre meine Karriere im Ring der Topjournalisten zu Ende, noch bevor sie überhaupt richtig begonnen hatte. Fieberhaft ging ich im Geiste noch einmal jede einzelne Seite durch. Die allgemeine Beschreibung der Insel und ihrer Sehenswürdigkeiten, die Kulturtipps, die Ausgeh-Adressen, ein paar besonders nette Geschäfte, die Wellnesszentren, meine »Männerfangstrategien auf …« Gut, vielleicht war all das nicht *wirklich* originell, aber schließlich konnte ich das Rad nicht neu erfinden und mein Ton war frisch, locker, peppig. Fand ich wenigstens.

»Thelse, bist du noch dran?«

Nein, sagte ich tonlos. »Ja«, krächzte ich laut und räusperte mich.

»Es tut mir Leid.«

Und mir erst! Ich fühlte mich, als hätte einer der Klitschko-Brüder mir einen kräftigen Nierenschlag verpasst, und ich wusste nicht, ob ich im Himmel, in der Hölle oder irgendwo dazwischen in Hamburg war.

Ich schluckte … sieben – acht – neun … los, Thelse, steh endlich auf, noch ist der Kampf nicht verloren! »Hat ihm die … die Gliederung nicht gefallen? Oder eher der Stil? Hat er irgendwelche konkreten Punkte benannt? Wenn ich es überarbeiten soll, würde mir das sehr helfen.« Ich versuchte, all meine Professionalität zusammenzukratzen und so cool wie möglich zu wirken. Natürlich ging mir der Arsch auf Grundeis, aber das musste, nein, das *durfte* Moritz nicht merken.

»Nein«, entgegnete Moritz ruhig, »das hat er nicht. Ehrlich gesagt würde ich mir auch nicht allzu viele Gedanken über seinen Wutanfall machen. Meisinger ist manchmal so. Chefs sind meistens launisch. Vielleicht ist er einfach nur mit dem falschen Fuß aufgestanden, und du warst die Erste, an der er es auslassen konnte.«

Toller Gedanke. So plausibel irgendwie, wenn man mein Leben kannte.

»Was schlagen Sie also vor?« Instinktiv war ich wieder zum »Sie« übergegangen. Ich konnte einen Moritz-Z3-Pascha duzen, aber nicht den Marketingleiter Göhrken, mit dessen Hilfe ich – wenn überhaupt – meinen beruflichen Niedergang verhindern konnte.

Er ignorierte das »Sie« völlig. »Ich schlage vor, dass wir uns möglichst bald treffen und deine Probekapitel miteinander durchgehen. Meisinger überlasse getrost mir. Das regele ich schon. Ich habe, wie gesagt, einen ganz guten Stand bei ihm.«

»Wie Sie meinen ...« Ich fühlte mich unbehaglich ... ausgeliefert war vielleicht das bessere Wort. Ich hatte bei meinem ersten entscheidenden Job in Hamburg versagt. Warum sollte mir da ausgerechnet der Mann aus der Not helfen, von dem ich am allerwenigsten Hilfe erwartete? Der Mann, der mir in letzter Zeit andauernd in die Quere geriet, der mir übel mitgespielt und mich daran erinnert hatte, dass ich nicht nur beruflich, sondern auch privat kein wirklich gutes Händchen hatte? Ausgerechnet Moritz Göhrken. Andererseits: Was hatte ich denn für Alternativen? Die Antwort darauf war schnell gefunden: keine.

»Soll ich zu Ihnen in den Verlag kommen?« Souveräne Reaktion, aber zu kleinlaut, Thelse, ein bisschen zu kleinlaut.

»Besser nicht. Du solltest Meisinger aus dem Weg gehen, bis er sich wieder abgeregt hat und wir ihm den zweiten Entwurf vorlegen können. Weißt du was? Wie wäre es, wenn wir das alles heute Mittag beim Essen besprechen? Um 13.30 Uhr im ›Rexrodt‹, passt dir das?«

Was hätte ich denn sagen sollen? Nein, es passt mir leider nicht, ich muss nämlich noch mein miserables Menorca-Plagiat zusammenschreiben? Geknickt sah ich zu meinem Laptop hinüber. 182 Seiten waren dort schon gespeichert, die mir erholsame Weihnachtsfeiertage und vor allem drei stressfreie Urlaubswochen auf Formentera hätten bescheren sollen. Aus, vorbei! Dahin der Traum von einem Jahresanfang, den Thelse Simon unbeschwert auf der Sonnenseite des Lebens verbringen würde. Wäre ja auch echt mal was Neues gewesen.

»Das geht in Ordnung. Ich komme. Soll ich was mitbringen?« Meine zweiundzwanzig mit Textmarker präparierten Reiseführer zum Beispiel?

»Eigentlich nicht. Allenfalls einen zweiten Ausdruck.« Es entstand eine kurze Pause, bevor Moritz Göhrken weitersprach: »Ich freue mich, Thelse.«

Ich mich nicht, dachte ich. Wie auch? Egal, wie ich es drehte und wendete, dieser Verabredung war kein positiver Reiz abzugewinnen.

»Bis später.« Mehr brachte ich nicht heraus. Ohne ein weiteres Wort legte ich auf. Ich sah auf die Uhr: 10.23 Uhr. Ich dachte nach. Jetzt musste ich ganz strategisch vorgehen. Es ging letztlich um meinen Kopf. Ich hatte noch zweieinhalb Stunden zur Verfügung, um mich in Schale zu werfen, und zwar so, dass der Marketingleiter nicht merkte, dass ich mich richtig hübsch für ihn gemacht hatte. Die Waffen einer Frau!, dachte ich kämpferisch. Die meisten meiner Geschlechtsgenossinnen benutzten sie andauernd. Warum also nicht auch ich?

Vorher allerdings musste ich noch irgendwie damit fertig werden, dass Moritz einen triftigen und nicht eben beflügelnden Grund für seinen Anruf gehabt hatte: Mein Probekapitel war bei Travel Fun durchgefallen. Meisinger fand meine vierzig Seiten über Ibiza so miserabel, dass er den Dienstagmorgen mit einem Tobsuchtsanfall begonnen hatte. Nicht besonders motivierend. Und schon gar nicht motivierend, was Moritz Göhrken darüber dachte. *Anständig* fand er das, was ich geliefert hatte. Eine glatte Vier, Thelse Simon, schade, ich hätte mehr von dir erwartet. Setzen!

Nachdenklich tapste ich in die Küche, schaltete wie in Trance das Radio ein, ließ Wasser in den Kocher laufen, häufelte Kaffee in die Kanne, setzte mich auf mein geliebtes Beistelltischchen und wartete darauf, dass das Wasser kochte.

Da half wirklich nur noch eins. Es war zwar schon kurz nach halb elf, etwas spät für einen morgendlichen Anruf bei Babette, aber egal. Das musste jetzt sein. Es war schließlich ein

Notfall. Außerdem wusste jeder, dass werdende Mütter sich weicher und toleranter zeigten als sonst. Also bitte!

»Bertram.« Zumindest was ihre Stimme anging, wirkte Babette weder weicher noch merklich toleranter. Sie klang knapp und bestimmend wie immer.

»Hi Babette, ich bin's. Kann ich kurz stören?«

»Thelse, na, so was! Dich wollte ich auch gerade anrufen. Sweet Jamie Jane ist nämlich schon elf Millimeter groß. Ist das nicht irre?«

Ich stutzte. Mit *Sweet Jamie Jane* war offensichtlich Babettes Nachwuchs gemeint, und wie es sich anhörte, hatte sie jeden Zweifel an der Richtigkeit ihrer Entscheidung aus dem Weg geräumt.

»Meinst du damit euer Kind?«, hakte ich dennoch nach.

»Es ist wirklich ein geniales Gefühl, Thelse. Jeden Morgen stehe ich auf und mir ist kotzübel. Aber es ist mir egal! Mein Bauch wölbt sich schon unmerklich, und ich finde es einfach toll. Ist das eine klare Aussage?«

Aus dem Mund der eitlen Babette war es das in der Tat.

»Und Lars spielt dem Baby jeden Abend zehn Minuten Walgesang vor, weil er glaubt, dass es das schon mitbekommt und gut findet. Süß, nicht?«

»Sehr.« Ich meinte es aufrichtiger, als es mir über die Lippen kam. Ich freute mich wirklich für meine Freundin, aber bei einem so sensiblen Thema würde ich wohl noch eine Weile brauchen, bis sich diese Freude auch in meiner Stimme niederschlug.

Ob Babette es gespürt hatte? Jedenfalls wechselte sie das Thema.

»Und du? Wie geht es dir? Hast du einen bestimmten Grund, warum du um diese Zeit anrufst?«

»Na ja, also …«, druckste ich herum, »… sag mal, was hältst du eigentlich fachlich so von Meisinger?«

Sie zögerte einen Augenblick. »Meisinger«, sagte sie dann gedehnt, als ob ihr die Aussprache seines Namens dabei helfen würde, ihre Gedanken zu sortieren. »Hm, viel fällt mir nicht dazu ein. Er hält sich an Absprachen, quatscht gern ein bisschen zu viel und nimmt sich ziemlich wichtig. Insgesamt hat er seinen Laden aber ganz gut im Griff, denke ich. Wieso? Ist was passiert?«

»Das kann man wohl sagen. Dieser Göhrken hat mich gerade angerufen, Moritz Göhrken, der Kotzbrocken von Travel Fun, du weißt schon ...«

»Den du neulich Nacht aus den Fängen seines Groupies retten solltest?«

»Exakt. Aber komm mir jetzt bloß nicht damit. Es geht um Wichtigeres. Meine berufliche Zukunft steht auf dem Spiel. Seinen Worten nach hat Meisinger mich heute Morgen nach der Lektüre meines Probekapitels in der Luft zerrissen. Er überlegt, mir den Auftrag zu entziehen.«

»WAAAS? Hat er's etwa herausbekommen? Das glaub' ich nicht, das kann doch wohl nur ein schlechter Scherz sein.«

Es gab Situationen, da wusste man einfach, warum man seine beste Freundin so liebte. Wenn es hart auf hart kam, hielt sie einem die Stange.

»Das habe ich zuerst auch gedacht, aber Göhrken will mit mir mein Manuskript durchgehen. Ich bin um halb zwei mit ihm im ›Rexrodt‹ verabredet. Er behauptet, wie mit Engelszungen auf seinen Chef eingeredet zu haben, damit er mir noch eine Chance gibt. So gesehen wirkt die Geschichte ziemlich glaubhaft.«

Babette schwieg. Ziemlich lange schwieg sie, weil ich in der Zwischenzeit nämlich das Wasser in meine Bodum-Kanne gießen, das Kaffeepulver umrühren, das Sieb hinunterdrücken, mir eine Tasse einschenken und Milch dazu geben konnte, um mich dann mit einer Zigarette wieder auf das Beistelltischchen zu setzen. Ich kannte Babettes enervierende Art nur zu gut, weshalb ich nicht nachhakte. Zumal ich Angst vor ihrem Kommentar hatte.

»Ich weiß nicht, Thelse«, meinte sie schließlich, »irgendwas ist faul an der Geschichte. Das rieche ich bis hierher. Ich habe deinen Text zwar nicht gelesen, aber ich kenne dich und auch Meisinger dann doch gut genug, um zu wissen, dass ihr so weit voneinander entfernt gar nicht stehen könnt. Soll ich ihn mal anrufen? Immerhin habe ich dich vermittelt.«

Der Gedanke war mir offen gestanden auch schon gekommen, aber ich hätte mich nicht getraut, Babette darum zu bitten. Zudem war ich mir auch nicht sicher, ob es klug war, und was mein Stolz dazu sagte, das wollen wir an dieser Stelle lieber nicht erörtern ... Die erfolgreiche Chefredakteurin würde mal wieder die Dinge für eine mittelmäßige Provinzschreiberin zurechtrücken, die zufällig ihre Freundin war.

»Ich weiß nicht, Babette.«

»Warum nicht? Schließlich geht es auch um meinen Ruf. Wann bist du mit Göhrken verabredet? Um halb zwei?«

Ich nickte automatisch. »Ja.«

»Okay, ich versuche, Meisinger vorher noch zu erwischen. Und wenn es wirklich stimmt, Thelse, dann mach dich nicht verrückt. Du *kannst* schreiben, das Schlimme ist nur, dass bloß mal einer zu pusten braucht und schon knickst du ein.«

»Danke, Babette, was täte ich nur ohne dich! Halt mich auf dem Laufenden, wenn du auf dem Ultraschall die ersten Zähne von Sweet Jamie Jane entdeckst, ja?«

Sie lachte. »Geht klar.«

Wir legten auf. Ich blies den Rauch meiner Zigarette in Richtung des weit geöffneten Fensters. Ich war eine komische Raucherin: Nichts störte mich mehr als ein verqualmtes Zimmer. Das Gespräch mit Babette ging mir noch einmal durch den Kopf. Egal, was Meisinger Babette antworten würde: Ich hatte das Gefühl, nun beschützter zum Treffen mit Göhrken zu gehen. Neben dem irgendwie dann doch auch hoffnungsvollen Gedanken, dass mein Manuskript besser war als Göhrken vorgab, wusste ich nun, dass jemand an mich glaubte und zu mir stand. Meine beste Freundin. Und das machte mir Mut.

Das »Rexrodt« ist ein alteingesessenes Restaurant nahe der Alster, dessen Besitzer es irgendwie geschafft haben, Stil und Tradition zu bewahren und gleichzeitig mit der Zeit zu gehen. Im Hintergrund ist dezent klassische Musik zu hören, und die Kellner tragen bis zu den Knöcheln reichende Schürzen. Alles Holz, von der Eingangstür mit dem Messingknauf bis hin zu den Tischen und Stühlen, ist schwarz gestrichen, nur die mit den Jahren ausgetretenen breiten Dielen sehen aus wie die typisch gelben Hamburger Schiffsplanken, in deren Ritzen sich der Staub sammelt. Die Fenster sind zum Teil aus geschliffenem Milchglas und an den Wänden hängen Bilder von zeitgenössischen Künstlern, wobei mir die Buntstiftzeichnungen am besten gefallen: Sie wirken so klar auf mich, sind gegenständlich und abstrakt zugleich. Ansonsten dominieren alte Jugendstil-Kacheln in hellen Tönen; gemütlich mit Kerzen kombiniert, verbreiten die Räumlichkeiten eine anheimelnde Atmosphäre.

Ich hatte mich unauffällig in Schale geworfen: mittelbrauner, wadenlanger Cordrock, weißes T-Shirt, Jeansjacke, flache braune Lederstiefel mit Naht über dem Rist, sehr schick!, eine lange Silberkette mit einem schweren Amulett aus Mexiko. Und Ohrringe so fein wie Silberfäden. Mein Make-up war dezent, weil ich Moritz ja nicht merken lassen wollte, dass ich mich extra für ihn zurechtgemacht hatte. Nicht dass der sich noch was einbildete!

Ach so: Darüber trug ich den Ledermantel, DEN Ledermantel. Ich weiß, ich brauchte ihn nicht, aber ich hatte ihn dann wohl doch noch gekauft. Auf dem Weg ins »Rexrodt«, glaube ich. Und wenn ich mich recht erinnere, hatte ich meine alte Jacke gleich dort gelassen und gesagt, dass ich sie irgendwann abholen würde. Ja, so war es wohl gewesen …

Kaum hatte ich das »Rexrodt« betreten, kam auch schon ein Kellner auf mich zu.

»Guten Tag, ich bin mit einem Herrn Göhrken verabredet.«

Der Kellner nickte wissend – war Moritz hier Stammgast? Das Restaurant lag nicht gerade einen Steinwurf vom Verlag entfernt, obwohl, na ja, so weit weg dann auch wieder nicht – und führte mich in den kleineren Nebenraum.

Wie aufmerksam! Ich beschloss, auf der Hut zu sein. Zum hundertsten Mal in den vergangenen drei Stunden. Ich hatte vor dem Restaurant noch schnell einen Blick auf mein Handy geworfen, doch noch immer hatte ich keine SMS von Babette erhalten. Lass mich bloß nicht im Stich, dachte ich noch, bevor ich ihn entdeckte …

Moritz saß mit dem Rücken zum Fenster. Vor sich hatte er einen Stapel Papier, meinen Stapel!, in dem er ziemlich konzentriert zu lesen schien. Eine Hand lag auf seinem rechten Oberschenkel, der emsig auf und ab wippte. Mit der anderen stützte er seinen Kopf. Hin und wieder strich er sich eine widerspenstige Locke aus der Stirn. Er trug ein weißes Hemd mit schwarzem Sakko und eine ausgewaschene Levi's. Seine Füße, von denen er einen nach rechts gekippt hatte, steckten, wenn nicht in handgenähten Budapestern, so doch wenigstens in teuren italienischen Schuhen.

Ich musste grinsen. Moritz war genauso »wenig« zurechtgemacht wie ich. Die Partie stand also 1:1. Unentschieden.

Noch bevor der Kellner mich an den Tisch geführt hatte, blickte mein Gastgeber geistesabwesend auf, musste sich einen Moment sammeln (was mir zeigte, dass er *wirklich* konzentriert gelesen hatte, und zwar auf eine Art, die eher von Versenkung als von blankem Entsetzen zeugte), erhob sich dann, streckte mir die Hand entgegen und sagte mit dem perfektesten Lächeln der Welt: »Grüß dich, Thelse!«

*Grüß dich!?* In den versnobt intellektuellen Kreisen Hamburgs schien es gerade als hip zu gelten, sein Gegenüber mit »Grüß dich!« oder, noch schlimmer, mit »Ich grüße Sie!« willkommen zu heißen. Aufgefallen war mir das vor ein paar Wochen auf einem dieser Events, zu denen ich Babette ab und zu begleitete, wenn ich mal wieder zu knapp bei Kasse war, um meinen Kühlschrank ordentlich aufzufüllen. Es sollte wohl cool-distanziert und gleichzeitig sympathisch wirken. Entsetzlich! Das war ein glattes Eigentor, Herr Göhrken! 2:1 für mich.

»Hallo«, sagte ich und lächelte zurück.

»Gut siehst du aus.«

Danke. Sie leider auch, wenn Sie auch etwas angespannt wirken. »Darf ich mich setzen oder muss ich Ihnen zuerst auf Knien dafür danken, dass Sie das Unheil noch einmal von mir abgewendet haben?« Benimm dich, Thelse, befahl ich mir.

Er maß mich mit einem prüfenden Blick und wies stumm auf den Stuhl gegenüber. Ich durchschaute nicht ganz, was seine ausdruckslose Miene zu bedeuten hatte.

»Möchten Sie schon etwas trinken? Wie wäre es mit einem Aperitif?« – Das war der Kellner.

Auf dem Tisch standen eine Espressotasse und ein Glas Wasser.

»Einen Sherry vielleicht?« – Das war Göhrken.

Mein Gott, Platzhirsch hin oder her: Er sah einfach verdammt gut aus. Und in seinen Augen blitzte jetzt etwas, dem man sich nur schwer entziehen konnte. Ich zumindest. Ob er das wusste? Unter den attraktiven Männern, die den Frauen das Herz brachen, gab es schließlich solche und solche. Die einen fuhren in vollem Bewusstsein ihrer Macht die Macho-Masche, die anderen hingegen hatten keine Ahnung von ihrer mörderischen Wirkung. Tendenziell zählte Moritz zur zweiten Kategorie. Obwohl, so wie er mich gerade musterte, sollte ich ihn wohl doch besser in die erste einreihen. Ein Mann mit so einem Blick wusste garantiert, wie er daraus Kapital schlagen konnte.

»Einen Sherry?«, wiederholte er.

Zu meinem eigenen Leidwesen blieb ich hart. »Nein, danke, ich trinke keinen Alkohol vor Einbruch der Dunkelheit. Ein Wasser bitte, ohne Kohlensäure.«

Moritz grinste. Verschlagen, wie ich fand. Er selbst bestellte sich einen Martini, und der Kellner verschwand mit einem professionellen Nicken.

Jetzt saßen wir uns schon zum zweiten Mal gegenüber. Und zum zweiten Mal aus keinem wirklich guten Grund. Zu allem Überfluss spürte ich auch noch, wie er mich durch seine bloße Anwesenheit in Verlegenheit brachte. Ich fuhr mit dem Finger über die Tischdecke, sah aus dem Fenster, wippte mit dem Fuß, strich mir verwirrt mit der Hand den Hals entlang. Wer hatte das Duell zu eröffnen? Er als Marketingleiter und stellvertretender Geschäftsführer eines Verlags, der eine mittelmäßige Journalistin auf Linie bringen wollte? Oder ich als geknickte Autorin? Als selbstbewusster Racheengel, dem gegenüber er sich erst kürzlich eine unbeschreibliche Blöße gegeben hatte? Oder er als reuevoller Moritz? Oder …

»Ich fände es eigentlich ganz schön, wenn wir beim Du bleiben könnten«, sagte er unvermittelt. »Vielleicht entspannt das die Situation ein bisschen.« Er sagte das ganz ruhig, ohne jede Ironie, ohne zynischen Zungenschlag, ohne irgendetwas, was auf einen Machtkampf hingedeutet hätte. Er sagte das einfach wie jemand, der einen persönlichen Wunsch äußerte und gleichzeitig zum Ausdruck bringen wollte, dass kein Anlass zur Besorgnis bestand.

Zu meiner Überraschung nestelte ich daraufhin erst recht hektisch am Tischtuch und sagte: »*Ich* bin entspannt.«

O nein, Thelse, was war das denn? *Ich bin entspannt.* Warum fällt dir nicht was Originelleres ein, etwa: »Ach, wissen Sie, lieber nicht, ich hatte mal eine Affäre mit dem Besitzer des Restaurants und möchte nicht unbedingt so vertraut mit Ihnen gesehen werden.« Oder: »Es macht für mich eigentlich keinen großen Unterschied, ob ich *Ihnen* oder *dir* an die Gurgel springe.« Aber nein. Nichts dergleichen.

»Also auf mich wirkst du irgendwie nervös. Zerbrichst du dir etwa den Kopf über Meisinger? Musst du wirklich nicht. Es ist nicht das erste Mal, dass er ohne ersichtlichen Grund tobt. Ich schätze meinen Chef sehr, aber er ist ein Choleriker.« Moritz machte eine Pause, und ich konnte nicht umhin, ihm jedes Wort genau so abzunehmen, wie es über seine vollen Lippen kam. »Wir hatten einmal einen in der Branche sehr bekannten Autor, der für uns einen Guide über Thailand verfasste. Der Typ lebte die meiste Zeit des Jahres dort, und wenn jemand das Land kannte, dann er. Meisinger rechnete sich deshalb große Chancen aus, damit den *Asian Travel Book Award* zu gewinnen. Und was glaubst du, was passiert ist? Die Jury bemängelte, dass das Elefantenfest, das jedes Jahr im November in Surin stattfindet, darin mit keiner Silbe erwähnt wurde. Das Fehlen dieser Information warf uns natürlich aus dem Rennen. Meisinger wäre fast vor Gericht gezogen! Ich redete daraufhin mit dem Autor, der am Boden zerstört war. Er konnte sich das nicht erklären und beteuerte mir hoch und heilig, dass er dieses offensichtlich wirklich spektakuläre Ereignis sogar extra hervorgehoben habe. Nun, nach einigem Hin und Her stellte sich heraus, dass Meisinger selbst, aus welchem Grund auch immer – er ist im Tierschutzverein, aber ich weiß nicht, ob das allein es erklärt –, das Kapitel gestrichen hatte. Daran erinnern konnte er sich natürlich nicht mehr.«

»Gibt es so einen *Travel Book Award* auch fürs Mittelmeer?«, stammelte ich und bückte mich schnell nach meiner Handtasche, damit er nicht sah, wie ich vor Entsetzen bleich geworden war. Nicht auszudenken, was passieren würde, wenn ein Trupp Reisejournalisten die bald dreiundzwanzig auf dem Markt existierenden Reiseführer über die Balearen unter die Lupe nähme!

Moritz lachte. »Nicht dass ich wüsste ...« Mein Herz machte vor Erleichterung einen Satz. »Aber du musst wissen, Meisinger behält gern Recht in seinen Einschätzungen.«

Ich sah auf. »Was meinst du damit?« Jetzt war es mir doch rausgerutscht, das Du.

Moritz fuhr sich durchs Haar. Mein Gott, wie entzückend sich seine dunklen Locken doch ringelten. »Na ja, er glaubt, eine umwerfende Menschenkenntnis zu besitzen, und wenn jemand ...«

Zu schade, den Satz hätte ich gern zu Ende gehört, aber der Kellner kam mit dem Aperitif für Moritz und meinem Wasser. Nach dem Schreck beneidete ich Moritz doch sehr um seinen Martini.

Der Kellner stellte jetzt ein Körbchen mit Brot und Butter vor uns und deckte den Tisch mit Silberbesteck ein. Wenn das meine Henkersmahlzeit werden sollte, dann hatte sie wenigstens Stil.

Ich nahm mir ein Stück Brot und bestrich es mit dem kleinen Buttermesser. An meiner Ciabattascheibe knabbernd, sah ich Moritz mit verhaltenem Atem an. Würde er mich jetzt gleich zur Minna machen?

Doch statt sich weiter über Meisingers Menschenkenntnis auszulassen, tippte Moritz mit seinem linken Zeigefinger auf die vor mir liegende Speisekarte, eine Geste, die mir selbstsicher und leider auch ungeheuer erotisch vorkam, zumal sie mir einmal mehr offenbarte, was für auffallend schöne Hände dieser Mann hatte: kräftig, aber nicht plump, leicht gebräunt und mit feinen schwarzen Härchen auf dem Handrücken. Sie wirkten auf eine Art gepflegt, die zeigte, dass dieser Mensch sich regelmäßig um sie kümmerte. Im Gegensatz zu meinen waren seine Fingernägel perfekt manikürt. Sagte ich schon, dass ich zum Knabbern neige? Das war mir in dieser Sekunde äußerst unangenehm.

»Ich denke, wir sollten jetzt erst einmal bestellen. Ich weiß ja nicht, was du gerne isst, aber das Madras-Hühnchen ist hier exzellent.«

Ich nickte und war insgeheim dankbar für die unaufdringliche Art, mit der der Marketingleiter von Travel Fun mir erst einmal eine Verschnaufpause gönnte. Die Dinge lagen vielleicht doch nicht ganz so schlimm, sonst wäre er längst damit herausgerückt. Der Gedanke beruhigte mich. Irgendwie war ich auf einmal ziemlich gelöst. Das Problem schien plötzlich von Elefanten- auf Mückengröße geschrumpft zu sein. Fast hätte ich angefangen zu pfeifen, so unbeschwert und gelassen fühlte ich mich. Oder lag das an Moritz? In seiner Gegenwart fühlte ich mich komischerweise geborgen. Der Kerl vermittelte einem den Eindruck, dass es nichts gab, mit dem man nicht fertig werden konnte. Anstatt Meisingers Beanstandungen unnötig aufzubauschen, sich dramatisch in die Dinge hineinzusteigern, wie es eigentlich meine Art war, lehnte er sich jetzt in seinem Stuhl zurück und nahm mit geschlossenen Augen genießerisch einen Schluck von seinem Martini. Dieser Mann hatte Stil und war den kleinen Freuden des Alltags ganz und gar nicht abgeneigt. Wirklich klasse! *Klasse???* Hatte ich noch alle Tassen im Schrank? Ich war drauf und dran zu vergessen, dass dieser Typ da vor mir ein rücksichtsloser, selbstverliebter Egomane war und ich hier saß, um zu retten, was es von meinem misslungenen Manuskript noch zu retten gab. Kein Grund zum fröhlich pfeifenden Überschwang also!

Aber schmecken lassen wollte ich es mir dennoch, schließlich kam es nicht alle Tage vor, dass ich mit einem äußerst attraktiven Mann zu Mittag speiste, und ich war durchaus kein Kostverächter. Zwar wusste ich nicht, was mich noch alles erwartete, aber ich genoss es, in einem gediegenen Restaurant so aufmerksam umsorgt zu werden und die neidischen Blicke der umsitzenden Damen zu spüren.

Als Vorspeise nahmen wir zusammen einen Ruccolasalat mit rotem Pfeffer und Parmesan (eigentümlich, dachte ich, kaum dass der Kellner verschwunden war; normalerweise würde man sich doch nie mit seinem Chef einen Teller Salat teilen, und doch war es in jenem Moment erstaunlich selbstverständlich). Er bestellte dann tatsächlich das Madras-Hühnchen mit Basmatireis, und ich entschied mich für den Steinbutt, weil mir der Klang des Wortes so gut gefiel: Stein-butt – das hatte etwas Sattes, Volles, Rundes. Ob Moritz auch eine sprachklangliche Beziehung zum Essen hatte? Babette hatte jedenfalls eine. Wenn sie sehr angespannt war, bestellte sie für gewöhnlich *Penne all'arrabbiata*, und wenn sie so richtig Dampf ablassen musste, eine Schweinshaxe, weil sie fand, dass das Wort nach gewetzten Messern oder zischenden Giftschlangen (»Haxxxe«) klang. Man konnte davon halten, was man wollte, aber nach dem Essen war sie meist bedeutend ausgeglichener. Als wir uns neulich zu einem Kaffee getroffen hatten, stellte sie die These auf, dass »Windbeutel« DAS treffende Gebäck für eine Schwangere sei. Ich bin gespannt, ob sie in den kommenden Monaten zur Windbeutel-Spezialistin wird.

Neben einer weiteren Flasche Wasser orderte Moritz einen 97er Cabernet, einen ziemlich guten Weißwein, wenn man dem Preisranking auf der Karte trauen durfte. Im gleichen Moment ging mir durch den Sinn, dass ich mich nur wenige Stunden zuvor nicht hatte entscheiden können, auf welcher Seite meiner Liste ich den Charakterzug »großzügig« eintragen sollte. Im Geiste neigte sich das Zünglein der Waage schon in Richtung der Vorzüge-Spalte, als mir einfiel, dass die Rechnung am Ende sowieso von Travel Fun beglichen wurde.

Nichtsdestotrotz verdiente sich Moritz einen Sonderpluspunkt, als er sich über den Tisch beugte und mir zuflüsterte: »Ich weiß, du trinkst eigentlich nicht vor Einbruch der Dunkelheit, aber vielleicht können wir ja den Kellner nachher bitten, die Vorhänge zuzuziehen.« Seine großen grünen Augen funkelten mich dabei kokett an, und es hätte nicht viel gefehlt, da hätte ich ihm instinktiv einen vertraulichen kleinen Nasenstüber verpasst.

Während des Essens plauderten wir über Belangloses wie das Wetter, was in Hamburg immer ein beliebtes Thema war, oder Weihnachten und was es einem bedeutete – Moritz zu meiner Überraschung sehr viel, er gestand mir sogar, im letzten Jahr einen eigenen Weihnachtsbaum aufgestellt und mit den selbst gebastelten Strohsternen seiner Großmutter geschmückt zu haben. Ich fand das unheimlich süß, meine Neigung zum Kitsch ist mir manchmal selbst unerklärlich.

Nach dem vorzüglichen Dessert – ich nahm Bratapfel mit Zucker-Zimt-Kruste und Rosinen: ein Traum!, Moritz ein Pfefferminzparfait, von dem ich nicht kosten wollte, weil ich Pfefferminz hasse! – bestellte Moritz eine weitere Flasche Wein (ich hatte mir wortlos nachschenken lassen), und ich begann ihn nach seinem beruflichen Werdegang auszufragen. Ich wurde immer ausgelassener, das merkte ich genau.

»Da gibt's nichts Weltbewegendes zu erzählen. Studium der Kunstgeschichte in Hamburg und Bologna, Praktikum im Museum Ludwig in Köln und bei Jung von Matt in Hamburg. Das habe ich allerdings abgebrochen, weil ich es dort nicht aushielt. Weißt du, eigentlich wäre ich gern Galerist geworden. Junge Künstler zu entdecken, das wäre mein Traum gewesen. Eine ehemalige Autowerkstatt im Karoviertel zu einer kleinen Galerie umbauen und dann alle zwei Monate umdekorieren. Zum Beispiel ganz viele Aquarien aufstellen und die Wände türkisblau tünchen, weil es die Objekte des Künstlers X so verlangen. Oder alles in staubiges Bauschuttweiß verwandeln, weil die oxidierten Installationen von Y am besten in diese Kulisse passen. Allerdings merkte ich schnell, dass ich weder begnadet noch reich genug war, um meine Luftschlösser auch *wirklich* zu bauen. Danach schlug ich mich drei Jahre als freier Grafiker durch, arbeitete für ein paar Agenturen und für Gruner + Jahr, die mir schließlich auch eine Festanstellung anboten. Als ich dann vor zwei Jahren die Stellenausschreibung bei Travel Fun las, habe ich mich beworben – und da sitze ich nun tagein, tagaus. Spannend, was?«

Er lächelte, diesmal eine Spur sarkastisch, aber weder das Lächeln noch der Sarkasmus galten mir. Der skrupellose Z3-Chauvi war eben auch nur ein Mensch, der seine Träume hatte platzen sehen. Das verdiente einen Eintrag auf der Vorzüge-Seite: Dieser Mann hatte Visionen!

»Ja. Durchaus spannend.« Mehr sagte ich nicht.

»Und du? Wie bist du zu dem geworden, was du heute bist?«

Was immer er damit meinte, so sollte ich mich jetzt vorsehen. Wenn der Damm erst einmal gebrochen wäre, gäbe es für Thelse kein Halten mehr, so gut kannte ich mich inzwischen, erst recht wenn ich schon zur Mittagszeit Wein getrunken hatte: Die Worte würden nur so aus mir hervorsprudeln, alles würde ich ihm erzählen, von Tim, von Celle, von *meinen* geplatzten Träumen, meinen Zweifeln, Sehnsüchten, davon, wie sehr ich nach dem Abend im ›Pearl Harbor‹ auf seinen Anruf gewartet hatte … Am Ende würde ich ihm sogar beichten, dass ich mich für ihn hübsch gemacht hätte und seine Gesellschaft genösse und seine Hände sehr erotisch fände. Nein, nein, ich musste schleunigst die Notbremse ziehen und ein Terrain ansteuern, auf dem ich mich sicherer fühlte.

»Lass uns lieber zuerst das Manuskript durchsehen. Deswegen sind wir schließlich hier.«

Er sah mich einmal kurz an – bedauernd? –, griff dann achtlos nach dem Stapel Papier, den er vor dem Essen auf dem Fenstersims deponiert hatte, und nahm zu meinem Erstaunen drei kräftige Schlucke von seinem Wein.

Die Geste hätte mich vielleicht stutzig machen sollen, aber ich war zu diesem Zeitpunkt bereits so angenehm angesäuselt, fühlte mich so herrlich beschwingt, dass ich weder Tod noch Teufel fürchtete. Moritz hatte mir durch die Aufforderung, es sich doch zunächst einmal schmecken zu lassen, deutlich genug zu verstehen gegeben, dass er an meinem Text nicht viel auszusetzen hatte. Ich konnte also meine anfängliche Abwehrhaltung getrost vergessen; es bestand keine

Gefahr, jeden Satz mit Zähnen und Klauen verteidigen zu müssen.

Wie naiv, dachte ich im Nachhinein. Wie kam ich eigentlich darauf, dass es nur um Stilfragen gehen könnte? Warum war mir nie in den Sinn gekommen, dass Moritz auch die eine oder andere inhaltliche Erklärung von mir verlangen konnte?

Ich war noch kurz auf der Toilette gewesen, um dort unauffällig abzuchecken, ob Babette mir endlich eine SMS geschickt hatte. Hatte sie nicht. Aber inzwischen fand ich den Anruf bei Meisinger sowieso relativ überflüssig – was war der Mensch doch bloß immer misstrauisch! Als ich zurück an den Tisch kam, hatte Moritz seinen Stuhl direkt neben meinen gerückt. Ich zögerte eine Sekunde – diesem Mann körperlich so nahe zu sein, verwirrte mich –, dann setzte ich mich jedoch kommentarlos hin.

Den Kopf auf die linke Hand gestützt, um mich von der Seite beobachten zu können, schob er mir mit der rechten schweigend meine vierzig Seiten zu.

»Guck sie dir mal an.«

Neugierig fing ich an zu blättern: Seite eins, Seite zwei, drei, vier, fünf – nichts. Der erste Kommafehler auf Seite sechs, auf Seite elf hatte ich statt »man könnte« »man kännte« geschrieben und auf Seite dreizehn hatte Moritz aus »Eigentlich sind die Wurzeln der Balearen-Bevölkerung nicht genuin spanischen Ursprungs …« ein weltbewegendes »*Genau genommen* sind die Wurzeln …« gemacht.

»Wie? Das ist alles?«, fragte ich nach einer Weile irritiert.

»Jo.«

»Also, jetzt verstehe ich gar nichts mehr! Du setzt ein Komma, korrigierst einen Rechtschreibfehler und glaubst, damit einem Text mehr Pep gegeben zu haben, der nach Meisingers Ansicht zu dröge, zu wenig sexy, zu konventionell ist? Das genau waren heute Morgen deine Worte!«

»Jo.«

»Wie *jo?* Was soll das heißen? Machst du Witze?« Ich war völlig verunsichert.

»Nö.«

Der Mann konnte einen wirklich in Rage bringen. »Moritz! Könntest du dich vielleicht etwas präziser ausdrücken? Das ist echt nicht lustig. Vor drei Stunden hast du mir unter die Nase gerieben, dass mein Auftrag extrem gefährdet sei, und jetzt setzt du ein blödes Komma und behauptest, das würde reichen?«

»So ungefähr.« Er hatte seinen Kopf noch immer auf seiner Hand abgestützt, und wenn ich mich nicht täuschte – und ich täusche mich gern in diesen Dingen –, lächelte hier kein Marketingleiter einer Autorin zu, sondern ein Mann einer Frau. Plötzlich nahm ich wahr, dass sein rechtes Bein mein linkes berührte, kaum spürbar, es konnte Zufall sein, Ergebnis von zwei dicht nebeneinander stehenden Holzstühlen. Ich zog mein Bein weg. Daraufhin legte er seine Hand über meinen Arm hinweg auf das Manuskript und tippte mit dem Zeigefinger auf die Seite dreizehn. Ich bekam eine Gänsehaut. Auch das konnte Zufall sein, vielleicht zog es durchs Fenster. Alles Zufall. Verdammt, jetzt stieg mir auch noch sein männlich-herbes Parfüm in die Nase. Ich wusste nicht mehr, wo ich hinsehen sollte. Gerne hätte ich meine noch vor wenigen Augenblicken allzu sorglos schwebenden Gedanken zurückgepfiffen.

Moritz hingegen schien völlig entspannt.

»Blättere mal weiter, so ab Seite zwanzig.«

Erleichtert, wenigstens meine zitternden Hände beschäftigt zu wissen, überflog ich mein Manuskript, stolperte über ein Semikolon, aus dem er einen Punkt gemacht hatte, ein »~~gar~~ nichts erinnert heute mehr an …« und über eine »magische Landschaft«, die er lieber als »unwirklich scheinend« bezeichnet wissen wollte. Ob das eine Verbesserung war, sei dahingestellt. Obwohl ich mich schon fragte, wieso ein Möchtegern-Galerist sich einbildete, in *meinen* Text eingreifen zu können!

Und dann kam ich zur Seite zwanzig. Am Ende des ersten,

zweiten und vierten Absatzes prangte jeweils ein fettes Fragezeichen. Angespannt las ich mir die Seite durch.

Das erste betraf meine »Männerfang-Strategien«. Ich hatte geschrieben, als Frau könne man die Strandpromenade von Ibiza-Stadt auf und ab wandern, und wenn man einen attraktiven Mann im Visier hätte, solle man ihn fragen, ob er auch auf das Ausflugsbötchen »Esmeralda« warte usw.

Ich las mir den Absatz wieder und wieder durch. »Und?«, fragte ich schließlich einigermaßen ratlos. »Wo liegt das Problem?«

»Welche Strandpromenade von Ibiza-Stadt meinst du? Wenn ich mich recht erinnere, gibt es dort mindestens drei unterschiedliche Hafenzonen und nur von einer legen solche Ausflugsboote ab. Außerdem glaube ich, dass solche Ausflüge sogar eher von der anderen großen Stadt an der Westküste aus unternommen werden, weil es dort mehr Urlauber mit Kindern und Paare jeden Alters gibt. Wie heißt sie doch gleich?«

Mist! Wie klingt eine Falle, wenn sie zuschnappt? Zack? Oder Zapp? Oder Doing? Es überlief mich heiß und kalt. Meine Handflächen begannen zu schwitzen. Wo war das nächste Mauseloch, in dem ich mich verkriechen konnte? Sicher, ich konnte mich erinnern, irgend so etwas gelesen zu haben. Genauso sicher hatte ich es aber auch wieder vergessen.

»Äh, also, die Stadt heißt, warte mal ... Santa, Santa ... ja, du hast Recht. Ich korrigiere das«, stammelte ich.

Er zog nur die Augenbrauen hoch und tippte auf das zweite Fragezeichen. »Überhaupt: Das ganze Hafenkapitel ist viel zu ungenau ... Hier, du schreibst: ›Rund um den Yachthafen sind Ibizas angesagtesten Szenediscos und Bars zu finden, wo das aufregende Nachtleben pulsiert, für das Ibiza weltberühmt ist.‹ Was heißt das? Welche Bars sind denn angesagt? Wo liegen sie genau? Wo gehe ich als Frau allein hin? Wie komme ich rein? Wann machen sie auf? Was kostet der Eintritt?«

Ich wusste nicht, was ich ihm antworten sollte. Es stimmte, was Moritz zu bemängeln hatte, und beim Schreiben hatte ich mir all diese Fragen sogar selbst gestellt. Aber in jedem meiner Reiseführer hatte etwas anderes darüber gestanden, und bevor mir später womöglich einer der betreffenden Verlage einen Strick daraus drehen und mich so des Plagiats überführen konnte, hatte ich diese Informationen einfach weggelassen. Ich glaube, eine Falle macht Zack!, wenn sie zuschnappt.

»Keine Ahnung«, sagte ich kläglich, »ist das wirklich wichtig? Das ändert sich doch sowieso alle naselang, das kennt man doch. Da lässt man sich eben von der Menge treiben. Außerdem habe ich ja schon die Boutiquen, Bars und Restaurants im alten Fischerviertel Sa Penya beschrieben, mit seinen verschlungenen Gässchen, versteckten Seitengängen und Häusern im arabischen Stil.« Das hatte ich wirklich, da waren die Angaben nämlich zuverlässiger gewesen.

»Thelse, das *muss* aber rein. Das gibt Drive!«

Drive! Drive! Ich versuchte es mit einer anderen Taktik. »Gut, wenn du meinst, dann füge ich das eben noch hinzu. Also, wie wäre es, wenn ich damit begänne: Links auf der palmenbestandenen Promenade hat man von der berühmten Sunsetbar ›Café del Mar‹ aus einen traumhaften Blick auf spektakuläre Sonnenuntergänge. Sie hat von 13.30 Uhr bis Mitternacht geöffnet und …«

Moritz sah mich belustigt an. »Ist das so? Ich dachte immer, das ›Café del Mar‹ befände sich in San Antonio. Schließlich liegt die Stadt ja auch im Westen der Insel, wo es etwas einfacher ist, einen Sonnenuntergang zu beobachten als im Osten.«

»Ähm … also … das ›Café del Mar‹, das *du* meinst, ist wirklich in San Antonio zu finden, ich rede aber von der *location*, die vor acht Wochen am neuen Yachthafen von Ibiza-Stadt aufgemacht hat, das ist *der* neue Treffpunkt der Highsociety, der Besitzer ist ein Freund von mir.«

Puhh, das war knapp. Sehr knapp. Aber eigentlich nicht schlecht. Ich meine, wer erwartet auch von einer Autorin, dass sie die Namen von *locations* speichert wie ein NASA-Computer?

Doch dann kamen wir zum dritten Fragezeichen.

»Okay«, sagte Moritz bedächtig, »wenn du das sagst, muss es wohl stimmen. Aber weißt du, was ich nicht verstehe? Wie du den Frauen, und erst recht denen mit Kind, die Strände Es Cavallet und Las Salinas als *die* lauschigen, einsamen Buchten präsentieren kannst, wo man komplett abzuschalten vermag.«

Mir schwante was. Und das war nichts Gutes.

»Wieso? Beide haben ausgedehnte Dünen. Und der breite helle Sandstrand von Las Salinas ist für lange Sonnenbäder ideal. Das ist ein echter Geheimtipp. Was ist dagegen einzuwenden?«

»Nicht wirklich viel, aber wenn du jemals dort warst, solltest du eigentlich wissen, dass Las Salinas der In-Strand der Insel für alle Reichen und Schönen ist. Und das nicht erst seit gestern. Dort treffen sich nach den langen Ibiza-Nächten die Nudisten, Hippie-Familien und Partylöwen zum Chill-Out. Mit Disco-Musik und Cocktails hält die Partystimmung den ganzen Tag lang an. Na ja, und was die Dünen von Es Cavallet betrifft, so sind sie eigentlich *der* Treffpunkt der schwulen Szene. Also eigentlich das komplette Kontrastprogramm zu deinem Geheimtipp für allein erziehende Mütter mit Kind.«

Ich war wie vom Donner gerührt. Woher wusste der Kerl das alles? Hatte er etwa schon einmal seinen Urlaub auf Ibiza verbracht? Sich gar am Strand von Las Salinas eine Partymieze angelacht? Zuzutrauen wäre es ihm ja, und so wie er aussah, war er am Ende überhaupt nur deswegen dorthin gefahren. Auch wenn es mir das Genick brach, das *musste* ich wissen:

»Ach, ist das wahr? Warst du schon mal dort?«

Moritz richtete sich auf. Seine Augen blitzten, und ein Blick traf mich – so ähnlich wie vorher schon einmal, nicht vorwurfsvoll, nicht erschüttert, nur unergründlich. »Mal ehrlich, Thelse …«

Ich zuckte innerlich zusammen.

»… bist *du* jemals auf Ibiza gewesen?«

Mit gesenktem Blick schüttelte ich den Kopf. Wozu noch lügen?

»Und auf Mallorca?«

Erneutes Kopfschütteln.

»Formentera? … Menorca?«

Ich rührte mich nicht.

»Du bist auf keiner der Inseln jemals gewesen???«

Ich starrte auf das dritte Fragezeichen und rieb meinen Fuß am Tischbein, als wäre es Aladins Wunderlampe, aus der gleich ein Geist auftauchen würde, um mich ganz schnell von hier wegzubeamen. Aber der Tisch war nur ein Tisch, und wohlwollende Geister gab es wohl wirklich nur im Märchen.

Ich bin mir sicher, dass ich feuerrot im Gesicht war, als ich den Kopf hob, Moritz ansah und sagte: »Nein, war ich nicht, aber am 28. Dezember fliege ich nach Formentera. Und ich spreche sehr gut Spanisch.«

Zuerst hatte ich den Eindruck, dass Moritz mich nicht richtig verstanden hatte oder glaubte, ich hätte einen Scherz gemacht. Aber meinem Gesicht sah man dann wohl doch an, dass ich nicht zum Spaßen aufgelegt war. Er starrte mich an, sekunden-, minutenlang, eine halbe Ewigkeit, fand ich, bis er sich zurücklehnte – und schallend zu lachen anfing. Schon zum zweiten Mal im Laufe unserer kurzen Bekanntschaft erlebte ich ihn so ausgelassen und quietschvergnügt, dass es mich fast beleidigte. Er lachte mit weit aufgerissenem Mund und aus voller Kehle, er lachte und schaukelte dabei nach vorne und nach hinten, gab juchzende Laute von sich und hielt sich den Bauch. Die anderen Gäste guckten schon ganz komisch. Mir war die Situation ausgesprochen peinlich.

»Moritz«, flüsterte ich, »jetzt hör doch endlich auf damit.«

Aber mein Flüstern drang gar nicht bis zu ihm durch. Er lachte und lachte.

»Huuuu«, machte er und »Uuuuh«, bis er langsam wieder zu ganzen Sätzen überging: »O mein Gott!« und »Ich fasse es nicht, ich fasse es einfach nicht!« Erst nachdem er einmal tief Luft geholt und sich mit der Serviette die Tränen aus den Augen gewischt hatte, schien er sich wieder beruhigen zu wollen. Nur das Funkeln in seinen Augen blieb.

»Thelse Simon, *das* hast du dich getraut? Du hast keinen blassen Schimmer, warst noch nie auf den Balearen und feilscht mit Meisinger noch um ein Tophonorar? Du bist wirklich verrückt.«

Er hob eine Hand, als wollte er meine Wange streicheln, überlegte es sich dann aber wohl anders. »Wie hast du dir denn das nur vorgestellt?«

Ich wusste noch immer nicht, was ich von dem Ganzen halten sollte, aber jetzt war es ohnehin zu spät.

»So schwer war es nun auch wieder nicht«, sagte ich trotzig. »Ich habe mir zweiundzwanzig Reiseführer gekauft und ...«

»Zwei-und-zwan-zig-Rei-se-füh-rer?« Moritz fing schon wieder an zu glucksen.

»Ja, du hast richtig gehört«, plusterte ich mich auf, »und überhaupt, mal ehrlich: Was soll es denn schon großartig Neues geben? Wichtig ist doch nur, dass bei eurem Projekt die weibliche Sichtweise richtig getroffen ist. Und dafür muss ich nicht im größten Club der Welt abgetanzt oder sämtliche prähistorischen Kultstätten auf Menorca besichtigt haben. Dafür braucht es weibliche Intuition und ein gewisses Maß an kritischem Verstand. Und von beidem habe ich mehr als genug.«

»Thelse, Thelse! Was in so einer zarten Frau alles drinsteckt!« Er schüttelte ungläubig den Kopf.

Zarte Frau? Hatte er wirklich »zarte Frau« gesagt?! Hatte ich eigentlich erwähnt, wie gut dieser Mann auch heute wieder roch?

»Sag mal, die Nummer damals mit dem Kratzer – die war doch Absicht, oder? Damals vor dem Schwimmbad?«

Dieser Themenwechsel kam mir doch etwas abrupt. »Was heißt hier Absicht?« Da half nur noch die Flucht nach vorn. »Du hast dich unmöglich benommen, ich wäre im Schwimmbad deinetwegen beinahe ertrunken! Außerdem war der Schaden an meinem Fahrrad am Ende größer als an deinem Auto! Und überhaupt hast du ...«

Er sah mich an. Ganz komisch. »Halt jetzt einfach mal kurz den Mund, okay?«, sagte er dann leise, während seine Hand zärtlich von hinten in meine Haare fasste, er sich zu mir beugte und mir langsam einen Kuss gab, vorsichtig erst und weich und sanft, bis seine Lippen meine umspielten, ein wenig fordernder wurden und ich ganz automatisch die Augen schloss und meine Hand auf seinen Schenkel legte. Doch just als ich meinen Mund hingebungsvoll öffnen wollte, lehnte er sich wieder zurück.

Ich muss einen Moment ziemlich blöd ausgesehen haben, mit vorgestrecktem Hals, die Lippen auseinander, die Augen geschlossen. Erst als ich den dumpfen Ton meines Handys vernahm, kehrte ich in die Wirklichkeit zurück.

Ich schüttelte mich kurz und nahm puterrot wieder eine normale Haltung ein.

»Dein Handy hat sich bewegt«, sagte Moritz. Der Satz kam mir irgendwie bekannt vor, wenngleich er sich aus seinem Mund ungleich erotischer anhörte.

Ich hatte beinahe Angst, auf den geschlossenen Briefumschlag zu klicken, denn ich fürchtete, dass die schöne Illusion von eben gleich platzen könnte. Ich tat es trotzdem, ganz durcheinander, geradezu kopflos, mir mit den Fingern der freien Hand mechanisch über die Lippen fahrend, die eben so überraschend Besuch bekommen hatten. Wie erwartet kam die SMS von Babette und halbwegs erleichtert las ich: »Werde aus M. nicht schlau. Denke, dein Adonis könnte Recht haben. Sei trotzdem auf der Hut. Kuss, B.«

Ich legte das Handy zur Seite. Aus den Augenwinkeln hatte ich genau registriert, dass Moritz jede einzelne Bewegung, jedes Zucken in meinem Gesicht beobachtet hatte. Hatte er mitbekommen, dass die SMS ihm gegolten hatte?

Ich für meinen Teil tat jedenfalls so, als wenn nichts gewesen wäre. »Was machen wir jetzt?«, fragte ich, um ihn abzulenken, und fügte, den Lapsus bemerkend, hastig hinzu: »Mit dem Manuskript, meine ich.«

»Du schreibst weiter.«

»Ich schreibe weiter???« Warum war für Moritz Göhrken bloß immer alles so einfach?

»Sicher, und an den entsprechenden Stellen rufst du zur Abwechslung mal in einem Reisebüro an oder recherchierst im Internet. Und was Meisingers Kritik angeht, so solltest du versuchen, ein bisschen verwegener, feuriger zu klingen. Das müsste deinem Naturell doch eigentlich entgegenkommen ...«

»Woher willst du wissen, wie ...?« Ich wurde schon wieder rot.

Er ignorierte den Kommentar. »Was mich jetzt viel mehr interessiert: Wie machen *wir* jetzt weiter? Den Wein haben wir ausgetrunken und das ›Rexrodt‹ schließt gleich.«

Holla! Was sollte das denn heißen? Du rettest meinen Arsch, aber dann muss ich ihn dir auch hinhalten, oder was? Ich konnte mit solchen Situationen nicht gut umgehen. Konnte ich noch nie.

»Moritz, ich ...«

Moritz stutzte und wurde dann zur Abwechslung selbst knallrot. »So ... so habe ich es nicht gemeint, Thelse. Ich wollte nur sagen: Hier können wir nicht bleiben und ...« Na, da war ich ja jetzt mal gespannt. »Ich ... ich wollte dir doch noch erklären, warum ich mich nach unserem letzten Treffen nicht bei dir gemeldet habe.«

Soso, dachte ich, du glaubst also, mir was erklären zu müssen. Ich habe zwei Wochen über nichts anderes nachgedacht, ich habe versucht, deine Nummer rauszukriegen, ich habe im Verlag angerufen und wieder aufgelegt, ich …

»Ich weiß nicht, ob ich das wirklich wissen will.«

»Okay.« Er sah mich wieder so seltsam an, so offen und ernst. Mir wurde mulmig. Er wollte mich doch wohl nicht beim Wort nehmen? Da griff er nach meiner Hand, zog einen Montblanc-Kuli aus der Innentasche seines Sakkos und schrieb mir eine Telefonnummer auf die Innenfläche. Das war mit fünfzehn eine coole Geste, mit zwanzig verpönt kitschig, und bei einem Mann Mitte/Ende dreißig verflucht erotisch. »Wenn du es aber irgendwann doch wissen willst, ruf mich an.«

Daraufhin winkte er den Kellner heran, zahlte mit seiner goldenen VISA-Card, half mir in meinen Mantel und begleitete mich noch vor die Tür, wo schon ein freies Taxi wartete. Ich versprach ihm, bis Weihnachten das Manuskript überarbeitet zu haben, er öffnete mir die Wagentür, sagte zum Fahrer, er solle mich sicher nach Hause bringen, ich sei ein wahres Juwel, steckte ihm zwanzig Euro zu, und das war's.

Das war's.

Als das Taxi anfuhr, hätte ich heulen, lachen, schreien, gegen die Scheiben schlagen können. Ich hätte in diesem Moment alles tun können. Stattdessen saß ich still auf der Rückbank und konzentrierte mich auf den Geruch, der mir vom Kragen meines T-Shirts und aus meinem Haar in die Nase stieg. Ich legte meinen Kopf nach hinten und atmete tief durch. Der Himmel hatte, wie so oft, gegen Spätnachmittag noch einmal aufgeklart, und rechts sah ich die Alster an uns vorbeiziehen und dahinter den Fernsehturm, der in das rote Licht der Wintersonne getaucht war. Über dem Dach des SAS-Radisson-Hotels blinkte eine Weihnachtssternschnuppe. Ich schloss die Augen und überlegte, was ich mir *jetzt* wünschen würde, wenn ich einen Wunsch frei hätte.

Noch am Morgen hatte ich gedacht, dass ich mich innerlich noch immer nicht von Tim befreit hatte und dass ich mich nie wieder in einen anderen Mann verlieben könnte. Heute Morgen war ich noch felsenfest davon überzeugt gewesen.

Jetzt nicht mehr.

Jetzt war ich nur erstaunt, wie schnell sich neue Perspektiven auftun konnten. Als ich die Augen wieder öffnete, hatten wir die Alster längst hinter uns gelassen.

Zu Hause angekommen, legte ich mich auf mein Sofa und ließ mir die Begegnung mit Moritz noch einmal durch den Kopf gehen. Wenn ich bedachte, wie viel Angst ich vor dem Treffen gehabt hatte, wie viel Angst ich vor allem davor gehabt hatte, meinen Job los zu sein, war es schon erstaunlich, wie schnell ich mich beruhigt hatte, als die Karten erst einmal offen auf dem Tisch lagen. Das war nicht zuletzt Moritz Göhrken zu verdanken; so betrachtet ging er als ganz passabler Vorgesetzter durch. Und sonst? Ich erinnerte mich an die konzentrierte Geste, mit der er sich das Haar aus der Stirn gestrichen hatte, als er den Text las. An den nach rechts gekippten Fuß, an sein offenes Lachen und die funkelnden Augen, an die unaufgeregte Verbindlichkeit, mit der er sprach, an die Aufmerksamkeit, mit der er mir zuhörte, und auch daran, wie er mein Zögern akzeptiert hatte, obwohl er mir vielleicht lieber auf der Stelle gebeichtet hätte, warum er sich nicht gleich gemeldet hatte. Verrückt, dachte ich, alles schien so einfach mit ihm. Wenn ich es mir recht überlegte, hatte er sich selbst bei der Julia-Nummer nicht unbedingt durchtrieben verhalten. Er hatte mir gleich klipp und klar gesagt, warum er mich angerufen hatte. Das war zwar kein heldenhafter Auftritt gewesen, ganz im Gegenteil, aber seine Geradlinigkeit musste man ihm zugute halten.

Und so kam ich darauf, dass er so ziemlich das genaue Gegenteil von Tim war. Tim war ein emotionaler Schlangenmensch. Er wand sich, versuchte sich stets jeder Verantwortung zu entziehen. Wenn er zu einer Verabredung nicht erschienen war, konnte er mir hinterher nie genau sagen, wo er sich herumgetrieben hatte. Erst wenn die Gefahr bestand, dass der andere sich definitiv von ihm abwandte, wurde er verbindlicher, zärtlicher, rief regelmäßig an. Im Nachhinein war es kein Wunder, dass Tim nach dem Einzug in unsere gemeinsame Wohnung sein altes Ein-Zimmer-Apartment noch fast ein halbes Jahr behielt. Sich zu einem anderen Menschen zu bekennen, war für ihn ein Ding der Unmöglichkeit. Er ließ sich nicht gern festlegen. Vielleicht hatte er deswegen schon bald eine Affäre nach der anderen gehabt. Vielleicht hatte er mich deswegen aber auch nach der Trennung nie wirklich losgelassen.

Und ich? Ich war blöd und unsicher genug gewesen, das so lange mitzumachen. Genau genommen hatte es nämlich bis zum heutigen Tag keine richtige Trennung gegeben. Das Einzige, was sich vor einem halben Jahr geändert hatte, war die Tatsache, dass ich kein Recht mehr hatte, mich darüber zu beschweren, dass er statt mit mir nur noch mit anderen schlief. Was er in all den Jahren gesucht hatte – ich wusste es bis heute nicht. Aber ich merkte, dass ich es langsam nicht mehr wissen wollte. Ich hatte genug von diesem Kampf, von diesem Menschen, der sich vor mir versteckte, der mich vielleicht brauchte, aber mich ganz sicher nicht so sah und akzeptierte, wie ich war. Geschweige denn liebte, wie er bis zum Schluss behauptet hatte: *Aber Thelse, ich lieb' dich doch.* Allein dieses *Ich lieb' dich doch!* Das klang schon so zwanghaft herausgewürgt, dass es für das »e« am Verb einfach nicht mehr gereicht hatte.

Meine Gedanken wanderten wieder zu Moritz zurück. Am Ende war es seine entwaffnende Klarheit gewesen, die mir die Augen geöffnet hatte, worauf es bei der Begegnung zweier Menschen ankam. Er versteckte sich nicht hinter einem diffusen Jein, sondern machte deutlich, was er wollte und was nicht, wenn es mir auch manchmal ziemlich absurd vorkam. Und das gefiel mir an Moritz, die Art, wie er die Grenzen des anderen akzeptierte und dennoch kleine Türchen offen hielt, durch die man hindurchschlüpfen konnte, falls sein Reich und meins mal die gleiche Schnittmenge bilden sollten. Was ich nur begrüßen konnte.

Ein rücksichtsloser Schwimmer war er trotzdem. Selbst wenn es stimmte, dass ich es gewesen war, die nicht die Bahn gehalten hatte.

In den nächsten Tagen war ich ziemlich beschäftigt. Ich arbeitete viel an meinem Manuskript, versuchte, den Ton ein bisschen forscher klingen zu lassen, füllte ein paar Stellen, die mir selbst etwas dünn vorgekommen waren, indem ich mit dem spanischen Fremdenverkehrsamt in Frankfurt telefonierte (soll niemand behaupten, dass ich nicht das Zeug zu einer ausgezeichneten Reiseführer-Autorin hatte!), beließ das Ganze am Ende aber doch mehr oder weniger so, wie es war.

Der Mittwoch, der Donnerstag, der Freitag und auch der Samstag verstrichen, ohne dass ich die Nummer gewählt hatte, die inzwischen fein säuberlich auf ein Post-it übertragen an meinem Telefon klebte.

Ich konnte es nicht, ich traute mich einfach nicht, kurzum: Ich hatte verdammte Angst, jemand würde abheben und sagen: »Thelse? Ich kenne keine Thelse.«

Am Sonntag dann, dem dritten Advent, traf ich mich mit Babette zum Schwimmen. Babette ging eigentlich nie schwimmen, aber Lars vertrat die Auffassung, dass es ihrem Nachwuchs gut tun würde, wenn sie sich neben den Walgesängen auch selbst viel im Wasser bewegte. Eigentlich hatte ich mich vorher noch kurz bei meinen Eltern melden wollen, verschob es dann aber auf später. Ich hatte wirklich keine Lust, am frühen Sonntagmittag die Stimme meiner Mutter zu hören.

Als ich beim Kaifu-Bad ankam, wartete Babette schon. Freudestrahlend lief sie mir entgegen und verkündete, dass sie total happy sei, weil sie mit ihrem Verlagsleiter eine wunderbare Regelung für den Erziehungsurlaub gefunden habe: Er selbst wolle ihre Vertretung übernehmen, was Babette in

Bezug auf die Sicherung ihres Postens sehr beruhigte; ihre derzeitige Volontärin sollte ihm dabei assistieren. Sie würde die ersten acht Monate zu Hause bleiben, bis Sweet Jamie Jane abgestillt war, und danach wollte Lars ein halbes Jahr den Hausmann spielen.

Das Gespräch mit Meisinger wiederholte sie mir etwas wortreicher, als sie es mir schon gesimst hatte. Er habe merkwürdig herumgedruckst und behauptet, er sei von meinen Qualitäten überzeugt, ein abschließendes Urteil wolle er jedoch erst abgeben, wenn ich den gesamten Text abgeliefert hätte. Reichlich kryptisch, fand Babette. Fand ich auch, aber mehr als ein Schulterzucken war mir Meisingers Undurchsichtigkeit inzwischen nicht mehr wert, bildete ich doch jetzt eine wunderbare Schnittmenge mit seinem Marketingleiter.

Aus einem unerfindlichen Grund hatte ich es von einem Tag zum anderen hinausgezögert, Babette ausführlich von dem Mittagessen im »Rexrodt« zu erzählen, hatte immer wieder Ausflüchte gefunden, wenn sie nachgebohrt hatte. Sei es, weil es mir peinlich war. Sei es, weil ich Angst hatte, mein kleines Geheimnis könnte plötzlich seinen Zauber verlieren, wenn ich es mit jemandem teilte: Doch am Tag fünf nach dem Treffen mit Moritz musste ich sie einweihen, keine beste Freundin dieser Welt würde länger Verständnis für mein Schweigen aufbringen können.

Nach einem erstaunlich reibungslosen Schwimmgang – o Wunder, keine aggressiven Krauler, keine kleinen Kinder, keine alten Frauen, die zu sechst nebeneinander Kaffeekränzchen im Wasser hielten – hatten wir lange und heiß geduscht, wobei Babette mir stolz so ein Spezialgumminoppenteil vorführte, mit dem sie sich unter dem Wasserstrahl den Bauch massieren sollte. Lars hatte das im Internet entdeckt und es ihr geschenkt, genauso wie die auf Babettes Geburtstermin abgestimmte Mischung aus ätherischen Ölen, mit der sie sich anschließend einzureiben hatte und die wohltuend auf »die

Beziehung zwischen Mutter und Kind« einwirken sollte. Ich runzelte die Stirn, verkniff mir aber ansonsten jeden Kommentar. Es dauerte Stunden, bis das Öl eingezogen war. Das fand auch Babette ein bisschen störend.

Schließlich saßen wir in einem netten Café an der Osterstraße, und ich unternahm meinen siebten Anlauf, um die richtigen Worte zu finden.

»Er hat so was Natürliches, weißt du? Er knickt seinen Fuß um, wenn er liest.« Erwartungsvoll sah ich sie an.

»Aha. Er knickt also seinen Fuß um.«

»Ja. Und er findet es nicht schlimm, dass ich aus den anderen Reiseführern abschreibe. Er hält mich für originell.« Er hatte »verrückt« gesagt. Aber originell oder verrückt – das war doch das Gleiche.

»Das hast du ihm *erzählt?*« Babette war entsetzt.

»Was hättest du denn an meiner Stelle getan? Der hat mich Sachen gefragt, meine Güte. Woher soll ich denn wissen, dass sich am Strand von Es Cavallet hauptsächlich Schwule sonnen? Nun, er wusste es.«

»Du hättest dich irgendwie aus der Affäre ziehen müssen.«

»Hast du dich schon mal gefragt, warum du Chefredakteurin bist und ich nur eine kleine miese Journalistin? Ich bin in solchen Dingen nicht so gewieft wie du. Am Anfang habe ich es ja noch versucht, aber irgendwann fiel mir einfach nichts mehr ein, wie ich mich noch herausreden könnte.«

»Schon gut«, murmelte Babette und nahm einen Schluck von ihrem Evian. »Und? Glaubst du, er hält dicht?«

Ich zuckte mit den Schultern. »Ich hoffe es.« Ich verteilte die Sahne auf meinem Apfelkuchen und malte mit der Gabel ein Smiley darauf. »Er ist auch von sich aus auf die Julia-Geschichte zu sprechen gekommen.«

»Na, das ist doch mal ein Satz. Und, wie hat *er* sich da herausmanövriert?«

»Gar nicht. Ich wollte die Story nicht hören.« Ich strich die

Sahne wieder glatt und malte dann ein Smiley mit heruntergezogenen Mundwinkeln.

Babette lehnte sich betont entspannt im Stuhl zurück. Das tat sie immer, wenn sie sich sehr zusammenreißen musste. »Du wolltest es also nicht hören, ja!?«

Ich nickte.

»Und wieso nicht?«

»Weiß nicht.«

»Wie, du weißt nicht?« Ihre Stimme hatte etwas Grollendes.

Ich ließ meine Gabel mit der Breitseite auf den Kuchen fallen und sah hoch. »Ich kann es dir nicht sagen. Es ist eben nicht jeder so tough wie du. Vielleicht hatte ich Schiss vor der Antwort. Bis zu dem Moment war es so schön. Er hat mich geküsst ...«

Babette atmete tief durch, nahm meine Gabel, teilte den Kuchen vor mir resolut in zwei Hälften und stopfte sich die ihr zugewandte Spitze wortlos in den Mund.

Ich schob ihr den Teller hin. »Nimm ruhig, ich hab' eh keinen Hunger... Ja, er hat mich geküsst. Einfach so. Du weißt, wie oft das passiert ist in den letzten Jahren. Die einzigen Menschen, mit denen ich im weitesten Sinne intimeren Hautkontakt hatte, waren meine Frauenärztin und die Fußpflegerin. Da ist es doch wohl verständlich, dass ich mir so einen Augenblick nicht damit kaputtmachen möchte, dass mir jemand zerknirscht gesteht: ›Weißt du, Thelse, was ich dir neulich über Julia erzählt habe, war glatter Humbug. In Wirklichkeit liebe ich sie nämlich und wollte sie auf die Probe stellen. Ich hatte das Gefühl, sie könnte für meinen Freiheitsdrang zu eifersüchtig sein. Aber jetzt weiß ich, dass sie das nicht ist. Wir werden heiraten.‹ Das hätte ich in dem Moment nicht gut verkraftet. Wenn ich es wissen wolle, solle ich ihn anrufen, hat er gemeint und mir seine Nummer gegeben.«

Babette kaute noch, also nickte sie mir nur mit weit aufgerissenen Augen zu, was so viel heißen sollte wie: Und, hast du?

»Nein, habe ich nicht. Ich bin noch nicht so weit.«

Sie schluckte, ich würde sogar sagen, sie *würgte* das Stück Kuchen hinunter und fragte dann: »Und wann, glaubst du, könntest du so weit sein?«

»Wenn ich Klarheit habe …«, erwiderte ich kryptisch.

Babette nahm einen großen Schluck von ihrem Wasser, um den letzten Happen meines Kuchens hinunterzuspülen. Dann begann sie nachzudenken, was bei ihr, wie üblich, eine Weile dauerte. Am Ende kam sie zu folgendem Schluss: »Okay, ich sehe, du hast dich verliebt. Das ist gut, verdammt gut sogar, weil du dann endlich diesen Trottel von Tim aus deinem Herz hinauskatapultierst. Aber Thelse, eins sag' ich dir: So wird das nichts. Wenn du dich wie ein Angler benimmst, der den Fisch samt Angel zurück in den Teich schmeißt, bloß weil ihm das zappelnde Tier Leid tut, dann solltest du es besser lassen. Entweder du rufst ihn heute noch an oder du suchst dir gleich morgen ein Kloster und wirst Novizin.«

Babette redete tatsächlich manchmal auf ganz widerwärtige Art in letzten Sätzen. Aber zumindest einen Vorteil hatte dieses Kribbeln im Bauch, wenn ich an Moritz dachte: Mein Appetit auf Süßes ging gegen null. Babette zahlte, wir verabschiedeten uns und gingen in zwei unterschiedliche Richtungen davon.

Nach zehn Metern blieb ich stehen.

»Babette!« Sie hörte mich nicht. Ich rief lauter. »Babette!«

Sie drehte sich um.

»Dein Öl riecht super!«

Sie grinste, hob kurz die Hand, machte erneut kehrt und schlenderte weiter.

Das war am Sonntag, den dritten Advent, etwa gegen 16.30 Uhr. Wenn ich gewusst hätte, dass ich nur eine Stunde später zitternd, bangend und nicht in der Lage, auch nur einen klaren Gedanken zu fassen, meine Wohnung, die ich gerade betreten hatte, wieder verlassen würde, dann hätte ich den Umweg, von dem ich auf dem Nachhauseweg überlegte, ob ich ihn einschlagen sollte, genommen. Es hätte die Dinge nicht besser gemacht. Aber ich hätte ein paar Minuten mehr Zeit gehabt, die schöne Luft und das Leben zu genießen. Ein paar Minuten ohne die grausige Nachricht. Ohne Schuldgefühle. Ohne die Gewissheit, versagt zu haben.

Die frische Luft tat wirklich gut: Sie war klar und vor allem trocken. Es war kalt, so um die vier Grad, schätzte ich, aber nach dem Schwimmen war der Kreislauf angeregt, und statt des Fröstelns, das man empfand, wenn man den ganzen Tag in der beheizten Wohnung gesessen hatte, konnte ich mich dem Winterwetter mit vorgestrecktem Brustkorb stellen. Ich atmete tief durch und spielte mit den Schwaden, die meinem Mund entfuhren, versuchte ihnen auszuweichen oder Kringel zu blasen wie beim Rauchen.

Ich wollte zu Fuß vom Kaifu-Bad nach Hause spazieren, was ich normalerweise nie tat, weil mir die drei Kilometer eigentlich zu weit waren. An diesem Sonntag aber war mir danach gewesen und ich war die Weidenallee hinunter bis zur Schanzenstraße gelaufen, wo ich erwogen hatte, erst durch den Schanzenpark und dann am Fernsehturm vorbei über das Heiligengeistfeld zu schlendern. Gelockt hatte mich dessen Weite – fast ein Quadratkilometer freie Fläche, und das mitten in der Stadt. Dann war mir eingefallen, dass dort ja noch die letzten Volksfestbuden des »Hamburger Doms« abgebaut wurden. Also beschloss ich, auf den Umweg zu verzichten und stattdessen die Straßen entlang an den Geschäften vorbeizuschlendern. Unterwegs überlegte ich, ob ich mir einen Döner kaufen sollte. Ich hatte nun doch Hunger, aber irgendwie keine Lust, so etwas Profanes wie einen Döner oder ein halbes Hähnchen an einem Stehimbiss zu verzehren. Das war meiner sonntäglichen Fröhlichkeit irgendwie abträglich. Mir war heute nach etwas Besonderem: Es musste wenigstens ein elegant gekleideter Ober sein, der mich mit einer tiefen Verbeugung in sein Drei-Sterne-Restaurant einzutreten bat. Da es den Dönerbudenbesitzern aber herzlich egal war, von wem sie die nächsten drei Euro kassierten, und ich in meiner »speziellen Stimmung« nicht gewillt war, mich dem Prinzip der Beliebigkeit unterzuordnen, ging ich eben pfeifend an all den Schnellimbissen vorbei. War ja auch besser für die Figur!

Hinter dem neuen Pferdemarkt trottete ich, die Hände in den Taschen vergraben, hoch erhobenen Hauptes meines Wegs. Ein paar Hundert Meter weiter sah ich noch die letzten Karussellskelette vom »Dom«, ein Anblick, der mich in diesem Moment höchst erfreute. Ich hasste diese Art von Volksbelustigung! Meine Wohnung lag mehr oder weniger in der Einflugschneise des »Doms«, und was da aus dem Umland an den Wochenenden so angekachelt kam, stärkte nicht gerade meinen Glauben an den Menschen als ein vernunftbegabtes Wesen. Man ahnte ja gar nicht, wie viele tiefer gelegte, getunte Kleinwagen es noch gab! Als Hamburger konnte man schon verstehen, warum Pinneberger oder Bad Segeberger Kennzeichen in der Alsterstadt nicht gern gesehen wurden. Ich war zwar selbst nur eine Zugereiste, jedoch würde ich mich nie im Leben freitagabends in Ballonseide gekleidet und mit mehr Gel als Haaren auf dem Kopf auf Hamburgs Straßen trauen. Doch lassen wir das.

Ich hatte den Tag in vollen Zügen genossen. Das war einer der Sonntage, wie ich sie liebte. Die zurückliegende Woche war ereignisreich gewesen – adrenalinhaltig, besser gesagt, und ich brauchte Adrenalin, wenn ich mich gut fühlen, wenn ich mich überhaupt fühlen wollte. Vielleicht die einzige wirkliche Gemeinsamkeit zwischen Babette und mir, nur dass sie ihr Adrenalin wesentlich besser zu kanalisieren wusste.

Natürlich hatte ich viel an Moritz gedacht. Vermutlich hatte ich keine Sekunde aufgehört, an ihn zu denken. Es war wohl wie so eine Art Hintergrundrauschen gewesen; man hört es plätschern, hat sich aber schon so daran gewöhnt, dass es einem gar nicht mehr auffällt.

So gesehen hatte Babette schon Recht. Ich drückte mich. Vor ihm? Vor mir? Vor der Konfrontation mit meinen Gefühlen?

Andererseits: Jeder, der schon mal mit 180 Sachen gegen eine Wand gedonnert und mit dem Leben davongekommen ist, wäre verrückt, noch mal Anlauf zu nehmen, oder?

Richtig war dennoch, dass ich mit meinem Verhalten nicht nur einem Mann, den ich noch nicht oder nicht besonders gut kannte, aus dem Weg ging, sondern auch dem Leben selbst. Und dafür war selbst ich mit meinen einunddreißig – knapp vierzig – Jahren noch zu jung.

Ich hob den Kopf und beschleunigte meine Schritte. »Ich tu's!«, rief ich laut in die kalte Luft hinauf. Ich hatte einen Entschluss gefasst. Sobald ich zu Hause angekommen wäre, würde ich Moritz anrufen. Ich würde ihn nach seiner Woche fragen und ihm von meiner erzählen. Ich würde ihm erzählen, was für einen schönen Sonntag ich gehabt hatte und wie glücklich ich darüber war, dass Sweet Jamie Jane es mit Lars und Babette so gut getroffen hatte, ich würde ihm erzählen, dass mir so dies und das auf meinem Heimweg durch den Kopf gegangen war, und vielleicht würden wir am Ende darauf kommen, wie sehr er sich freute, dass ich mich endlich gemeldet hatte.

Und dann kam ich nach Hause.

Eilig zog ich Jacke und Schuhe aus und ging zum Anrufbeantworter, der so hektisch blinkte wie immer, wenn jemand eine Nachricht hinterlassen hatte. Aus mir selbst nicht nachvollziehbaren Gründen kam mir das aufflackernde Rot an diesem Tag jedoch dringlicher vor, die ganze Funktion dieses Geräts bedeutsamer... Wie ein Notruf, dachte ich mir. Vielleicht dachte ich es nur einfach so. Vielleicht hatte ich aber auch einen siebten Sinn. Jedenfalls näherte ich mich dem Apparat nur zögerlich, und als ich auf die Play-Taste drückte, merkte ich, wie meine Finger grundlos zitterten.

»Sie haben acht neue Anrufe«, sagte die Stimme vom Band.

»Nun mach schon«, murmelte ich ungeduldig.

»Nachricht eins: ...« – Es folgte ein lang gezogener Pfeifton und dann das altbekannte Klacken, wenn der Mensch am anderen Ende auflegt.

»Nachricht zwei: ...« – Dasselbe.

»Nachricht drei: ...« – Wieder aufgelegt.

Mein Anrufbeantworter teilte mir leider nicht mit, wann die einzelnen Anrufe eingegangen waren, also rechnete ich fieberhaft nach, wie lange ich außer Haus gewesen war, während ich die Nachrichten vier bis sieben ohne neue Erkenntnisse abhörte. Ich hatte meine Wohnung um halb eins verlassen, jetzt war es kurz nach fünf. Viereinhalb Stunden lagen dazwischen, keine lange Zeitspanne, es sei denn, jemand hatte mir etwas Wichtiges zu sagen.

Vielleicht hatte Moritz an diesem Sonntag eine Flasche 97er Cabernet geköpft und verging vor Sehnsucht nach mir? Der Gedanke gefiel mir, doch wies ich ihn sofort wieder von mir. Ich war an der Reihe, mich bei ihm zu melden, das hatte er mir mit seiner Telefonnummer deutlich zu verstehen gegeben.

Ich dachte an Maren, bei der man eventuell neue Metastasen diagnostiziert hatte, und nach unserem netten Treffen neulich hatte sie so viel Vertrauen zu mir gefasst, dass sie sich jetzt bei mir den Kummer von der Seele reden wollte. Aber auch diese Hypothese verwarf ich, weil kein Arzt auf der Welt eine solche Diagnose an einem Sonntag stellen würde.

Tim konnte einen Unfall gehabt haben; meine Schwester wollte mir aus Italien mitteilen, dass eines ihrer Kinder... Innerhalb von Sekunden dachte ich an tausend Dinge, stellte mir alle möglichen Schreckensszenarien vor, nur das, was mich am härtesten treffen konnte, war nicht darunter.

Mir fiel ein, dass ich mein Handy an diesem Nachmittag nicht dabeigehabt hatte, doch noch bevor ich es suchen gehen konnte, sprang mein AB erneut an, und statt des entsetzlichen

Pieptons hörte ich endlich eine Stimme. Sie gehörte meiner Mutter.

»Thelse, ich bin's. Es ist etwas Schreckliches passiert. Papa liegt ...« – ich hörte sie schluchzen – »... auf der Intensivstation. Es geht ihm nicht gut. Ich weiß nicht, ob du herkommen willst ....« Dann hatte sie aufgelegt.

Ich saß da wie versteinert. Mein Handy – scheiß Handy, wozu war so ein Ding denn da, wenn man es in der entscheidenden Situation zu Hause liegen ließ?

Im Geiste spulte ich ihre Stimme ab – wieder und wieder, in Bruchteilen von Sekunden. *Thelse, ich bin's. Es ist etwas Schreckliches passiert.* Ihr Weinen. Mein Vater. *Es geht ihm nicht gut.* Es ging ihm beschissen. Er lag auf der Intensivstation. Und dann das – vielleicht traf mich das sogar am meisten: *Ich weiß nicht, ob du herkommen willst ...* Was dachte sie denn, meine Mutter? Dass ich lieber gemütlich im Wohnzimmer meinen ›Tatort‹ glotzen wollte als nach meinem im Sterben liegenden Vater zu sehen? Von ihren beiden Kindern war ich das Einzige, das überhaupt sofort kommen *konnte*. Meine Mutter kann ein überaus liebenswerter Mensch sein, aber manchmal hasse ich sie. Ihre Gedankenlosigkeit. Wieso zum Beispiel hatte sie nicht erwähnt, was überhaupt passiert war? Hatte er einen Autounfall? War er von der Leiter gefallen? Oder hatte er einen Herzinfarkt?, fragte ich mich, während ich zwei Unterhosen, eine Zahnbürste, zwei T-Shirts und einen Wollpulli hektisch in die Plastiktüte stopfte, in der ich meinen nassen Badeanzug nach Hause getragen hatte. Sie musste doch wissen, dass einen nichts mehr verrückt machte als die Ungewissheit. Vielleicht war es ja gar nicht so schlimm, redete ich mir dann wieder ein. Vielleicht hatte er sich in den Fuß gesägt und lag jetzt nur zur Kontrolle auf der Intensivstation. Warum sagte meine Mutter mir so was nicht? Und auf welcher Intensivstation überhaupt? Es gab drei Krankenhäuser in

Celle! Woher sollte ich wissen, in welchem er lag?! Ich tippte auf das AKH, es konnte aber ebenso ein anderes sein. In meinem Portemonnaie waren noch hundert Euro. Okay, das würde reichen. Ich zog Schuhe und Jacke wieder an, schloss meine Wohnung ab und rannte hinunter auf die Straße, um in das erstbeste Taxi zu steigen, das ich erwischen konnte und das mich zum Hauptbahnhof brachte. Ich hatte Glück: Der nächste Interregio fuhr in gut zehn Minuten, also könnte ich in einer Stunde in Celle sein. Als ich in dem dankenswerterweise menschenleeren Raucherabteil des Zugs saß, erledigte ich die nötigen Anrufe: Zuerst probierte ich es vorsichtshalber noch einmal bei meinen Eltern zu Hause. Wer weiß, vielleicht war ja alles nur ein böser Traum. Doch niemand ging ran. Dann ließ ich mich von der Auskunft mit dem Allgemeinen Krankenhaus verbinden und fragte dort nach meinem Vater.

Also, wenn ich etwas zu sagen hätte: Ich würde die Rezeptionistin sofort feuern. Erst ließ sie es mindestens zehnmal klingeln und dann hielt sie es nach dem Abheben noch immer nicht für nötig, mit mir zu sprechen, sondern rief einem Kollegen zu, er solle noch irgendwelche Krankenkarteien des Patienten Meier mit in die Chirurgische nehmen, um sie dort Dr. Humbrecht zu geben. Am liebsten hätte ich sie angefaucht, ob sie mal was von Datenschutz gehört habe, aber ich riss mich zusammen.

Als ich sicher sein durfte, dass sie mir auch wirklich zuhörte, fragte ich, ob ein Günther Simon bei ihnen eingeliefert worden sei.

Nachdem sie eine Weile ihren Computer bearbeitet hatte, hakte sie noch mal nach. »Wie war der Name?«

»Günther Simon«, wiederholte ich. »Simon ist der Nachname.«

»Ach so«, sagte die blöde Ziege. »Ich hatte unter Günther geguckt.«

Sollte ich jetzt lachen oder was?

»Wann ist er denn eingeliefert worden? Ich finde keinen Günther Simon.«

Ich schnaubte vor Wut. Tränen standen mir in den Augen. Wer hatte diese Niete bloß eingestellt? »Hören Sie, wenn ich das so genau wüsste, müsste ich Sie wohl nicht anrufen, oder? Ich weiß nur, dass er auf der Intensivstation liegen soll ...«

»Das hätten Sie mir ja auch gleich sagen können. Das ist nämlich eine andere Datei«, pampte sie zurück.

»Verdammt noch mal!«, schrie ich in den Hörer und fing nun haltlos an zu schluchzen. »Mein Vater liegt auf der Intensivstation, und Sie erzählen mir was von Ihren Dateien. Ich will nur wissen, ob er im AKH liegt, verstehen Sie?«

»Schon gut, schon gut«, murmelte sie, »ich hab' ihn. Er liegt auf der Inneren. C 137.«

»Danke«, sagte ich schniefend und drückte auf den roten Knopf, um das Gespräch zu beenden. Dann lehnte ich mich zurück, schloss die Augen, und obwohl ich noch immer nicht wusste, was mit meinem Vater war, heulte ich los, als ob ich ihn gerade zu Grabe getragen hätte.

Bilder schossen mir durch den Kopf: zwei lachende Mädchen mit weißen Kniestrümpfen im Vogelpark Walsrode und unser Vater, der einen Beo nachmachte; mein Vater, der mir verbot, Sweatshirts Größe XL zu tragen, und sich über meine Stirnbänder aufregte; mein Vater, der sich einmal in einem Restaurant an ein Klavier setzte und ein wunderschönes Liebeslied spielte. Ich hatte bis dahin gar nicht gewusst, dass er Klavier spielen konnte. Mein Vater, der mir vor meiner Abreise nach Spanien gesagt hatte, dass er stolz auf mich sei und mich für meinen Mut bewundere; mein Vater, der wackeliger und älter geworden war in den vergangenen Jahren und den ich nicht angerufen hatte an diesem dritten Sonntag im Advent.

Schuld gepaart mit Selbstmitleid, das war es wohl, was ich empfand, als ich durch die hell erleuchteten, sterilen Gänge lief und den dunkelgrünen Pfeilen zur Station C137 folgte.

Schuld und Selbstmitleid, das waren Gefühle, die ich gut kannte, und sollte meine Mutter gleich meine Stimme hören wollen, konnte sie mit tröstenden Worten rechnen. Manchmal denke ich, das war das Einzige, was sie im Leben von mir und meiner Schwester gewollt hatte, Trost und Zuspruch. Ich wappnete mich innerlich und wusste, dass ich meine Tränen in dieser Sache schon längst vergossen hatte – egal, was in den nächsten Stunden, Tagen, Wochen passierte.

Als mich nur noch eine Milchglastür, die sich automatisch öffnete, sobald man an einer Metallkette zog, von der Station trennte, atmete ich einmal tief durch. Ich suchte nach einem Gedanken, einem Satz, einer Liedzeile, einer Erinnerung, nach irgendetwas, an dem ich mich festhalten, das mich durch diese Tür hindurch begleiten konnte. Aber mir fiel nichts ein.

Ich zog an der Kette. Die Tür ging auf und keine drei Meter von mir entfernt sah ich meine Mutter auf einem dieser in Dreiergruppen montierten orangefarbenen Plastikstühle sitzen. Mit gesenktem Kopf knibbelte sie nervös an einem Taschentuch. Ihre Tasche hatte sie eng an sich gepresst auf dem Schoß. Am meisten berührte mich aber die Haltung ihrer Beine: Sie hatte die Unterschenkel weit nach hinten unter die Sitzfläche geklemmt, so dass lediglich ihre Fußspitzen wie umgekippt den Boden berührten.

Es war nur eine Sekunde, die sie brauchte, um mich zu bemerken und aufzuspringen. In diesem Augenblick aber kam sie mir so verloren, so verletzlich und entsetzlich allein vor, dass ich hätte schreien mögen. Dass ich alles getan hätte, um ihr dieses Leid zu nehmen. Und mir diesen Anblick. Die Wucht menschlicher Gefühle ist manchmal unermesslich.

Meine Mutter stand auf und kam langsam auf mich zu. Ihre Augen waren rot vom Weinen. Sie sagte »Thelse, Thelse«, sonst nichts, und nahm mich in die Arme. Ich strich ihr über den Rücken. Schweigend. Minutenlang. Ab und an spürte ich das Zittern ihres Körpers, wenn ihr wieder ich weiß nicht welches Bild der letzten Stunden vor Augen trat und ihr die Tränen kamen. Irgendwann aber machte sie sich frei und erzählte mir mit relativ ruhiger Stimme, was geschehen war.

Mein Vater hatte einen Schlaganfall gehabt. Wie es aussah, war er jedoch nicht lebensbedrohlich. Mein Vater, der unter Bluthochdruck litt, hatte sich auf dem Spaziergang nach dem Essen einfach übernommen. Auf halber Strecke hatte er gebeten, sich kurz hinsetzen zu dürfen. Erst da merkte meine Mutter, dass er feuerrot im Gesicht und schweißüberströmt war und dass seine Hände zitterten, als er sich mit dem Taschentuch über die Stirn fuhr. Sie habe ihn sofort angehalten, still sitzen zu bleiben, sagte meine Mutter. Sie würde Hilfe holen. Und genau das tat sie – womit sie eine Geistesgegenwart bewies, die ich ihr nicht zugetraut hätte. Ein Gedanke, für den ich mich im gleichen Atemzug auch wieder schämte.

Über die Wald- und Wiesenwege, auf denen ich in meiner Kindheit und frühen Jugend Äste von Bäumen gebrochen, »Räuber und Gendarm« gespielt, Kaulquappen in Eimer gefüllt und den ersten Samenerguss in der Hand gespürt hatte, war vor wenigen Stunden ein Krankenwagen mit Blaulicht gerast, um meinen Vater – der die Stöckchen für den Hund weiter werfen konnte als meine Mutter, meine Schwester und ich zusammen – zu retten. Das Leben war so banal.

Meine Mutter hatte bereits mit meinem Vater gesprochen. Er habe ihre Hand ganz fest gedrückt. Und gelächelt. Und geflüstert: »Scheiß Spaziergang, was?«

Die Ärzte meinten, er bräuchte jetzt vor allem Ruhe und wir sollten besser nach Hause gehen und am nächsten Tag wiederkommen.

Normalerweise sind mir solche weiß bekittelten Anordnungen zuwider. An diesem Tag aber war ich den Ärzten fast dankbar dafür. Ich hatte schon genug Bilder gesehen, die ich in meinem Gedächtnis würde neu ordnen müssen.

Als wir das Krankenhaus verließen, fiel der Blick meiner Mutter zum ersten Mal bewusst auf meine Plastiktüte: »Hast du keine andere Tasche? So kannst du doch nicht verreisen.«

Ich blieb zwei Tage und zwei Nächte im Haus meiner Eltern. Meine Mutter und ich redeten am ersten Abend erstaunlich wenig. Damit wir uns richtig verstehen: erstaunlich wenig für meine Mutter, nicht für mich. Schweigend deckten wir den Abendbrottisch, nahmen das geschnittene Brot aus der Tüte, holten die Margarine von Aldi und die Tupperdose mit Wurst und Käse aus dem Kühlschrank, warfen – wie immer – zwei Teebeutel in die Kanne der Kaffeemaschine und ließen das Wasser durchlaufen. »So ist es doch viel einfacher«, pflegte meine Mutter zu sagen. Irgendwann hatte ich aufgehört zu widersprechen.

Ich war überrascht, wie gut ich die Riten dieses Haushalts noch beherrschte. Und wie routiniert wir sie ausübten. Es liegt etwas Beruhigendes in routinierten Gesten. Sie beweisen auf eigenwillige Art, dass man selbst bei der größten Katastrophe noch funktionierte und auch den nächsten Schlag verkraften würde.

Wir schalteten den Fernseher ein. Erst kam die ›Tagesschau‹. Dann der ›Tatort‹. Die Begeisterung, doch noch zu meinem Sonntagskrimi zu kommen, hielt sich allerdings in Grenzen, wie man sich denken kann. Ich hätte tausendmal lieber ein Rendezvous mit Moritz gehabt, wie ich es mir auf dem Nachhauseweg vom Schwimmbad noch ausgemalt hatte, als im Wohnzimmer meiner Eltern den Ermittlungsarbeiten des mdr-Teams (auch das noch!) beizuwohnen und dabei ständig auf den leeren Sessel meines Vaters zu starren.

Um 21 Uhr ging meine Mutter ins Bett. Schweigend nahm sie mich vorher noch in den Arm und wünschte mir eine gute Nacht. Eine viertel Stunde später steckte sie im Nachthemd jedoch noch einmal den Kopf durch die Tür: »Papa und ich haben dich lieb, Thelse. Nur dass du es weißt. Wir haben dich beide sehr lieb.«

Ich nickte ihr lächelnd zu, sagte »Ich euch auch« und fragte mich zum ersten Mal seit Jahren, ob es neben der Frau, die immer nur meine Stimme hören wollte, vielleicht doch noch eine Mutter gab, die sich wirklich um mich sorgte.

Dann kramte ich mein Handy aus der Tasche und schrieb Moritz endlich die SMS, die ich ihm schon hatte schreiben wollen, als ich meine Wohnung überstürzt verlassen hatte: »Lieber Moritz, wollte dich heute anrufen, leider ist etwas Furchtbares dazwischengekommen. Melde mich, sobald ich kann. T.«

Es dauerte keine zwei Minuten, bis die Antwort kam.

»Bist du okay? M.«

Ich starrte auf das erleuchtete Display, bis das Licht erlosch. Gern hätte ich ihn angerufen und ihm erzählt, was passiert war. Oder es wenigstens angedeutet. Ich hatte das unbestimmte Gefühl – oder den frommen Wunsch –, dass er mit seiner Art erneut den Druck von mir nehmen könnte. Ich hätte ihm jetzt so gern so viel erzählen wollen, mich in seine Arme kuscheln und mich fallen lassen wollen, wenn wir zusammen …

Ups! Moritz Göhrken schien ein echtes Problem für mich zu werden.

Ich wollte meine Antwort – »Ja, ich bin okay.« – gerade abschicken, da klingelte das Handy.

Mein Herz machte vor Freude einen Satz.

Dann einen zweiten vor Enttäuschung, als ich Tims Nummer erkannte.

Doch bevor ich dranging, machte mein Herz einen unerwarteten dritten Satz, und zwar wieder aus Freude, aus Freude über die Enttäuschung nämlich. Ich hatte wirklich allen Grund zu der Annahme, dass ich über Tim hinweg war.

»Hi Thelse, na, wie geht's? Hier ist Tim.«

»Gut«, sagte ich, unendlich froh darüber, dass mit dem Handy der andere nie wusste, wo er einen gerade erwischte.

»Schön, freut mich.« Tim machte eine Pause, die mir bedeuten sollte, dass es an mir war, mich nach seinem Befinden zu erkundigen.

Ich machte die Pause mit.

»Ist irgendwas? Du klingst so komisch.«

Eigenartig, wie Menschen sich doch immer über meine Worte freuen oder wundern konnten, obwohl ich gar nichts sagte.

Ich merkte sofort, dass Tim etwas von mir wollte und für die Durchsetzung dieses Wunsches nicht besonders viel Zeit einkalkuliert hatte. Mein Gott, dachte ich mir, wie blind bin ich eigentlich die ganzen Jahre gewesen?

»Nein, muss an der Verbindung liegen. Bei mir ist alles klar. Was gibt's denn?«

Ich hörte einen erleichterten Seufzer. »Nichts Besonderes eigentlich. Ich wollte einfach mal wieder mit dir plaudern. Stell dir vor, am Freitag hat mich die Hamburger Kulturbehörde angerufen. Sie haben nun wirklich Interesse an einer Kooperation für das Literaturzentrum, ihr Etat fürs nächste Jahr ist noch nicht voll ausgeschöpft. Ich habe für morgen einen Termin mit ihnen ausgemacht. Ich fänd's schön, wenn du mitkämst, es sind ja schließlich zwei unterschiedliche Landestöpfe, und wenn wir das schaffen, Thelse ...«

*Wir*, sagte er. Ich musste an Marens Worte denken. Tim schien tatsächlich zu glauben, dass *wir* an der kulturellen Neugestaltung Celles arbeiteten. »Tut mir Leid, Tim, ich bin morgen nicht in Hamburg.«

Schweigen.

»Bist du nicht?«, hörte ich ihn schließlich so schlaff wie einen Ballon fragen, aus dem man die Luft herausgelassen hatte. »Wo bist du denn? Ich denke, du musst an deinem Reiseführer schreiben?« Es klang reichlich gekränkt.

Ich überlegte einen Moment. Luftlinie waren wir etwa drei

Kilometer voneinander entfernt. Aber was waren schon Luftlinien?

»Stimmt. Und deswegen nehme ich morgen früh auch den ersten Zug nach Frankfurt. Ich habe einen Termin mit dem spanischen Fremdenverkehrsamt.«

»Kannst du den nicht verschieben?«, fragte er quengelig.

Ich überlegte einen Moment, und wie mir Stunden zuvor Bilder zu meinem Vater durch den Kopf gegangen waren, kamen mir nun Bilder zu Tim. Wie er an dem Tag von Haralds Party auf mich zugestürmt kam; wie wir uns mit zwei Flaschen Aldi-Schampus betrunken hatten, als wir die Zusage für die erste und einzige Lesenacht im Celler Schlosstheater bekamen; Tim, der mich nach sechs zermürbenden Jahren kraftlos angeschaut hatte und mir auf keine meiner Fragen mehr eine Antwort geben konnte; Tim, der sieben Tage vor meinem Umzug mit sieben roten Rosen aufgetaucht war, sechs Tage davor mit sechs, dann mit fünf, mit vier, mit drei … Am Tag null des Umzugs hatten sich die Rosen heruntergezählt gehabt.

Himmel, Arsch und Zwirn, immer diese Erinnerungen: So langsam hatte ich genug von ihnen!

»Warum sollte ich? Das Projekt ist wichtig.« Ich stockte. »Wichtig für mich.«

»Thelse, bist du sicher, dass alles in Ordnung ist bei dir?«

Ich überlegte noch einmal und sagte dann: »Tim, ich habe mit deinem Kulturzentrum nichts zu tun. Das ist dein Projekt. *Mein* Projekt ist ein Reiseführer über die Balearen, der mich morgen nach Frankfurt führt. Sag du mir, was daran nicht in Ordnung sein sollte. Ich kann es nämlich nicht sehen.«

Wieder machte er eine Pause, während der ich – wie so oft schon erprobt – mein anfängliches Nein gut mit einem »Ja, doch, natürlich« hätte revidieren können. Aber ich wollte nicht mehr.

»Aber Thelse, wir sind doch ein Team. Du wolltest doch auch immer etwas Richtiges auf die Beine stellen …« Er sagte wirklich »etwas Richtiges« und ich konnte es ihm noch nicht einmal übel nehmen. »Wir haben da jetzt diese Riesenchance. Es geht um 4.000 Euro, das ist doch was. Damit kann man endlich richtig gute Zugpferde einladen, vielleicht könnten wir am Ende sogar Günther Grass ...«

»Tim«, unterbrach ich seinen Redefluss, »falls es dir noch nicht aufgefallen sein sollte: Wir sind schon längst kein Team mehr und, ich sag's dir ganz ehrlich ...«, ich schluckte, »*mein* Projekt ist 11.000 Euro wert und wesentlich handfester. Tut mir Leid, aber ich muss jetzt auflegen.«

»Thelse ...«, hörte ich noch, dann hatte ich auch schon den roten Knopf gedrückt.

In letzter Zeit waren meine dramatischen Abgänge deutlich besser geworden.

Ich schickte nun endlich die SMS an Moritz ab, zu müde inzwischen, um zu hoffen, dass er mir darauf noch antwortete, und ging hoch in das Zimmer, das früher meins gewesen war. Heute erinnerten nur noch das Bett und die taubenblaue Wandfarbe daran. Ansonsten war es inzwischen voll gestopft mit einem Sideboard meiner Oma, von dem sich niemand so richtig trennen konnte, obwohl es potthässlich war – konturloser Fünfziger-Jahre-Schick, als Deutschland das Hochglanzfurnier für sich entdeckte –, einem verschnörkelten Regal mit den gesammelten Werken von Johannes Mario Simmel und zehn Bänden ›Reader's Digest‹, dem Trimmrad meines Vaters und einem handgeknüpften Teppich, orangegelb mit großen Kreisen und damit eindeutig aus den Siebzigern, von dem sich ebenfalls niemand so richtig losreißen konnte. Ich zog mich aus, ignorierte das Nachthemd meiner Mutter, das sie mir hingelegt hatte, und schlief sofort ein.

Erst am nächsten Morgen begriff ich, dass ich das Klingeln meines Handys bereits als Notrufsignal – mit dem ich unbedingt eine Schwester an das Bett meines Vaters zerren wollte –

in meinen Traum eingebaut hatte. An der Nummer erkannte ich, dass Moritz noch versucht haben musste, mich zu erreichen. Beides gefiel mir: dass er angerufen und dass er keine Nachricht hinterlassen hatte.

Ich war aufgewacht, weil ich etwas aus meinem Gesicht zu verscheuchen versuchte, das sich partout nicht verscheuchen ließ. So eine lästige Fliege, dachte ich, doch es war keine Fliege, sondern ein Finger meiner Mutter, der mir sanft über die Wange strich.

Der dritte im weiteren Sinne intime Hautkontakt seit langem.

Schlaftrunken schlug ich die Augen auf.

»Es ist halb neun. Frühstück ist fertig«, sagte meine Mutter. »Ich würde gern um zehn im Krankenhaus sein.«

Und das waren wir dann auch. Gut eine Stunde später liefen wir erneut die neonbeleuchteten Gänge entlang, in denen es nach Desinfektionsmittel und Urinstein roch. Ich weiß auch nicht warum, aber ich finde, in Krankenhäusern riecht es oft nach Urinstein. Die Milchglastür mit der Stationsnummer. C 137. Meine Mutter drückte kurz meine Hand. Ich zog an der Metallkette. Wir gingen an der Dreiersitzgruppe vorbei, vorbei auch an dem Schwesternzimmer, wo niemand Notiz von uns nahm, bis wir links an eine Glasscheibe kamen, durch die man wegen der heruntergelassenen Jalousien nicht hindurchsehen konnte.

Meine Mutter nickte.

Da kamen mir die diversen Arztserien in den Sinn, die ich manchmal vor lauter Langeweile sah, wenn ich mal wieder nichts mit mir anzufangen wusste. Ich stellte mir die blinkenden Apparaturen vor, die Schläuche in Nase und Armbeuge und glaubte zu wissen, was mich erwartete.

Das ist das Tückische an der Phantasie. Allem, was man an seinem geistigen Auge vorüberziehen lässt, fehlt die Topographie des Realen. Gerüche, Blicke, eine Drehung des Kopfes, eine zitternde Hand, ein schmerzverzerrtes Gesicht haben weder Kontur noch Gewicht. In meiner Phantasie konnte ich mir Schönes oder Schreckliches vorstellen, aber was es auch war, meine Sinne blieben unberührt, denn ich hatte es in der Hand, die Traumbilder zu ändern. Es ist vielleicht nicht der richtige Moment, den Sex hier ins Spiel zu bringen, doch bei dem Thema erlebe ich den Kontrast am massivsten: Ich kann mir stundenlang vorstellen, wie ich mich in leidenschaftlicher Hingabe mit einem Mann im Bett wälze, wie wir uns tabulos streicheln und miteinander schlafen. In der Wirklichkeit aber, zumindest in meiner Wirklichkeit, überkommt mich regelrechte Panik, wenn ein Typ mir den ersten Knopf der Bluse öffnet und ich nur denke: »Ach du Scheiße, jetzt ist es so weit.« Die Körper haben dann plötzlich ein anderes Gewicht, die Gerüche sind fremd, die Bewegungen unbeholfen, man selbst ist unsicher und das Gegenüber nicht vertraut.

Nein, die Realität hat mit der eigenen Vorstellungskraft nicht wirklich viel zu tun. Und das hatte ich wohl vergessen.

Ich blieb eine halbe Stunde am Fußende des Bettes stehen. Dann hielt ich es nicht mehr aus und verließ fluchtartig den Raum.

Dabei war eigentlich alles so, wie ich es mir ausgemalt hatte: Schläuche in Nase und Armbeuge, am Kopfende des Bettes aufgebaut wie ein Altar etwa fünf blinkende Monitore zur Messung von Blutdruck, Herzrhythmus, Gehirnströmen und was weiß ich nicht noch alles. Das Zimmer war hell und das zweite Bett im Raum war leer. Mein Vater lag direkt am Fenster. Er hatte die Hände über den weißen Laken liegen, und ich war erstaunt, wie kräftig und braun gebrannt sie sich von dem weißen Stoff abhoben. Es ist doch alles in Ordnung, sagte ich mir und sah auf die Hände. Es ist doch alles so, wie es sein sollte ... Die Sache war nur: Ich stand wirklich in dem

Zimmer, und der Mensch, der da zu sprechen versuchte und es nicht vermochte, war mein Vater.

Er war wach, als wir kamen, und blickte uns entgegen. Mit schwacher Geste hob er die Finger der rechten Hand kurz an, und mit den Lippen formte er Worte, die ich nicht verstehen konnte. Als kostete es ihn eine enorme Anstrengung, verkniff er die eine Hälfte des Gesichts und versuchte, die Silben regelrecht herauszupressen. Aber außer einem lallenden Gestammel war nichts zu verstehen. Meine Mutter trat ans Bett und beugte sich über ihn. Leise redete sie auf ihn ein und streichelte ihm dabei sanft die Wange und den Rücken der wie leblos daliegenden linken Hand. Ihre Worte und Berührungen schienen ihm gut zu tun, zumindest hatte ich das Gefühl, dass er sich etwas entspannte.

Meine Eltern waren wie alle Eltern der Nachkriegsgeneration: Sie stritten sich, sie redeten aneinander vorbei, sie konnten aber auch nicht ohne einander auskommen. Ich weiß nicht, ob sie sich noch liebten, sie hatten sich eben aneinander gewöhnt wie an ein Kissen auf dem Sofa oder ein Bild an der Wand. Selten jedoch hatte ich sie so innig und intim erlebt wie in diesen Minuten. Betreten blickte ich zu Boden. Ich kam mir vor wie ein Störenfried, wie das Kind, das nachts aufs Klo muss und aus dem Schlafzimmer der Eltern merkwürdige Geräusche hört.

Nach einer Weile dann wandte mein Vater seinen Kopf mir zu. Erneut hob er ein wenig die Finger der rechten Hand und lächelte schwach. »T-t-thelse«, stammelte er leise, »hätt'st d-d-doch n-n-nicht ex-tra her-…«, er holte tief Luft, »… herk-k-kommen b-b-brauchen.«

Mein Vater! Hatte ich behauptet, dass ich die letzte Träne in dieser Sache bereits vergossen hatte?

Ich schluckte den Kloß im Hals hinunter, lächelte zurück und gab, so munter ich konnte, ein paar Belanglosigkeiten von mir.

Dann machte ich meiner Mutter ein Zeichen, dass ich draußen auf sie warten würde, und ging hinaus. Ich weiß nicht, was genau daran so furchtbar ist, aber zu sehen, dass der eigene Vater nicht mehr der kraftstrotzende, unsterbliche und mit ewiger Jugend ausgestattete Übermann von einst ist, hat etwas zutiefst Erschreckendes. Mich jedenfalls erschreckte es. Ich nahm mir vor, das Leben künftig etwas intensiver zu leben. Und dazu würde an erster Stelle stehen, mich direkt nach meiner Rückkehr mit Moritz zu verabreden.

Mein Vater wurde noch am selben Tag auf eine normale Station verlegt. Die Ärzte zeigten sich zuversichtlich. Sie meinten, er hätte noch einmal Glück gehabt, und wenn alles weiter so gut liefe wie bisher, dann könne er Weihnachten schon wieder mit uns feiern. Die Lähmungserscheinungen der linken Körperhälfte und die Sprachstörungen seien bei einem Gehirnschlag gang und gäbe und würden in den nächsten Wochen von allein verschwinden.

Ich selbst war zwar etwas skeptischer, merkte aber auch, dass er am Dienstag schon wesentlich agiler wirkte als am Montag; und als er am Mittwochvormittag, stammelnd zwar, aber doch vernehmlich auf das Essen, die Schwestern, die Ärzte und überhaupt das ganze Krankenhaus schimpfte, beschloss ich, dass ich langsam wieder nach Hamburg fahren konnte. Zeit wurde es ohnehin, denn die drei Tage, die ich nicht an dem Reiseführer gearbeitet hatte, fehlten mir, schließlich hatte ich mit Moritz verabredet, ihm noch vor Weihnachten das komplette Ibiza-Kapitel plus einen Einstieg zu Mallorca und Menorca zukommen zu lassen. Mir blieb folglich nicht mal mehr eine Woche.

Meine Eltern schienen auch wieder auf mich verzichten zu können. Meine Mutter hatte mir mehrfach versichert, dass sie gut allein zurechtkäme, und ich glaubte ihr. Ich verabschiedete mich mit einer innigen Umarmung.

Am Dienstagabend hatte ich Moritz eine SMS geschickt:

»Lust auf einen Kaffee morgen am Hbf, Gleis 13, 17.47 h?« Die Antwort kam umgehend: »So ein Zufall, das wollte ich dir auch gerade vorschlagen.«

Als ich am Mittwoch dann im Zug saß, der zwar voll, aber zum Glück nicht mit Kegelvereinen oder Bundeswehrsoldaten besetzt war, schloss ich die Augen und ärgerte mich, dass ich am Sonntag in der Eile meinen Discman nicht eingepackt hatte. Ich hätte jetzt gern Musik gehört, mit der ich die Bilder der vergangenen Tage vergessen und mich auf eine Begegnung einstimmen könnte, die mich erstaunlich ruhig ließ. Seltsamerweise kam es mir vollkommen normal vor, dass ich gleich in Hamburg aussteigen und von einem Mann namens Moritz Göhrken abgeholt werden würde. Wenn man bedachte, dass ich seit gut einem Jahr keinen festen Partner und seit etwa derselben Zeit auch (fast) keinen Sex mehr gehabt hatte und ich entsprechend meinem neuen Plan, das Leben etwas intensiver zu leben, willens war, Letzteres heute zu ändern, war es wirklich erstaunlich, *wie* ruhig ich war.

Als der Zug in den Hamburger Hauptbahnhof einfuhr, bückte ich mich auf dem Sitz tief hinab und kramte ziellos in meiner Plastiktüte herum. Das musste in den Augen der Mitreisenden zwar ziemlich bescheuert ausgesehen haben, aber es war immer noch besser, als krampfhaft aufs Gleis zu starren und *nicht* zu gucken, ob derjenige, den man am Bahnsteig erwartet, auch wirklich da ist. Ich finde nämlich nichts unangenehmer als diese suchenden-aber-nicht-suchen-wollenden Blicke, mit denen man flüchtig die Wartenden abtastet und dann unsicher lächelt oder sich durch die Haare fährt, wenn man tatsächlich plötzlich den Augen desjenigen begegnet, der einen abholen will. Keine Ahnung, ob es an der Zufälligkeit und Flüchtigkeit dieses Moments liegt, ob man sich ertappt fühlt – ich meide diese Augenblicke jedenfalls, wo ich nur kann. Ebenso sehr hasse ich übrigens auch die endlosen Minuten, bevor man abfährt, während derjenige, der einen zum Bahnhof gebracht hat, draußen wartet, man selbst aber schon im Abteil sitzt. In solchen Situationen mache ich regelmäßig eine dämliche Figur und ich warte auf den Tag, an dem ich die ›DB mobil‹-Zeitschrift verkehrt herum aufschlage und der vorbeikommende Schaffner draußen an die Scheibe klopft, um mich mit einem freundlichen Lächeln auf meinen Irrtum aufmerksam zu machen.

Als der Zug hielt, zog ich meinen Kopf aus der Tüte, zuckte mit Blick auf meine Mitreisenden ratlos mit den Schultern, so nach dem Motto: »Was auch immer ich gesucht habe, ich habe es nicht gefunden«, warf mir den Mantel über und stieg aus.

Der Bahnsteig war mittelmäßig belebt. Ich sah nach rechts. Ich sah nach links. Doch Moritz konnte ich nirgendwo entdecken. Auch oben auf dem Treppenabsatz zur Wandelhalle sah ich niemanden mit zwei Pappbechern stehen. Zumindest niemanden, der wie Moritz aussah.

Merkwürdig, ich hatte an alles gedacht: an die Smint-Pastillen kurz vor Hamburg-Harburg, damit ich aus dem Mund gut roch; an die Antwort auf die Frage, ob wir zu ihm oder zu mir oder in ein Café gehen wollten (»zu dir, wenn es dir nichts ausmacht, bei mir erinnert alles zu sehr an die alte Thelse«); warum ich in Celle gewesen war; warum ausgerechnet er es war, den ich danach sehen wollte – für alles hatte ich wunderbare Sätze im Kopf. Auf alles war ich vorbereitet, nur darauf nicht, dass ich womöglich keinen einzigen von ihnen würde loslassen können.

Ich schluckte. So war das mit dem Leben. Es gab sich mit Phantasien nicht zufrieden. Es ging seine eigenen Wege.

Ich nahm meine Tüte und fuhr die Rolltreppe hoch. Moritz Göhrken war eben doch nur ein Z3-Macho.

»Ej, haste ma nen Euro? Mir hamse grad das Portemonnaie geklaut«, sprach mich ein Junkie vor Douglas an. Er konnte ja nichts dafür…

»Ach, dir auch? Da muss heute aber eine ganz miese Bande

unterwegs sein. In meinem waren tausend Euro.« Ich funkelte den Typen an, der zusammenzuckte, weil er es nicht gewohnt war, dass man ihn überhaupt beachtete und sogar das Wort an ihn richtete.

»Oh, tut mir echt Leid für dich. Schade, dann haste wohl nix mehr zu verschenken. Viel Glück, ne. Kann dir leider auch nix leihen. Bin selber blank. Mir hamse grad das Portemonnaie geklaut.«

Ungehalten winkte ich ab. Gleich würde ich explodieren.

Vielleicht ist er ja im Verlag aufgehalten worden, meinte eine verständnisvolle Stimme in meinem Inneren. Ich zog mein Handy aus der Tasche. Dann hätte er aber auch eine SMS schicken können, maulte eine andere hinterher. Ich hatte keine SMS.

Eine Taube flog so knapp neben meinem Gesicht vorbei, dass ich ihren Flügelschlag spüren konnte. Ich hasste Tauben. Ich hasste Menschenmengen. Ich hasste es, wenn irgendwelche Leute meinten, mich ungestraft anrempeln zu können, ohne sich danach zu entschuldigen. Ich hasste das neblige Grau draußen, und noch viel mehr hasste ich es, mich allein und verraten zu fühlen. Also tat ich das einzig Richtige: Ich fing an zu schreien, dass das Leben doch eine elende Riesenscheiße sei, wobei ich meine Plastiktüte mehrfach rechts und links auf den Boden schleuderte, als wäre sie eine Getreidegarbe, die ich dreschen wollte, bis meine Unterhosen, meine Strümpfe, T-Shirts und mein Pullover am Ausgang zur Kirchenallee durch die Gegend flogen und ich wie eine Verrückte auf ihnen herumtrampelte, wobei ich wohl heulte wie ein Schlosshund, denn das Erste, was Moritz mir reichte, als er mich aus dem Kreis der Schaulustigen zog, der sich um mich gebildet hatte, war ein Taschentuch.

»Ach, was machst du denn hier? Haben sie dir auch das Portemonnaie geklaut? Weißt du, meine Therapeutin, sofern ich endlich mal eine hätte, würde mich sicher fragen, warum ich direkt nach dem Schlaganfall meines Vaters unbedingt Sex haben wollte. Mein Gott, was sind die Menschen bloß alle so verklemmt und missgünstig! Ich denke ja, die haben einfach keinen Spaß mehr. Hattest du auch so einen guten Tag wie ich? Mein Tag war super. Hab' mich stundenlang auf so einen Deppen gefreut, der mich vom Zug abholen wollte, und wer ist nicht erschienen? Er! Wo ist meine Wäsche? Hast du die aufgesammelt? Ich brauche unbedingt meine Donna-Karan-Unterhose. Die ist mir heilig. Hat damals vierzig Mark gekostet. Und mein Custo-T-Shirt. Ich glaube, ich habe es vor den Tabakladen gepfeffert ...«

Ein Schluckauf hinderte mich am Weiterreden. Ich wunderte mich ein bisschen, denn normalerweise bekam ich nur Schluckauf, wenn ich kurz vor dem Komplettabsturz stand. Mein magentechnisches Frühwarnsystem, auf das ich sehr stolz war. Ich kippte dann regelmäßig zwei Glas Wasser hinunter und verschob somit das Desaster um mindestens zwei Stunden nach hinten. Aber ich hatte heute noch nichts getrunken. Insofern war ich überrascht.

Mit entschuldigender Geste in Richtung der Schaulustigen hatte Moritz meine wenigen Habseligkeiten schweigend eingesammelt und mich – die Hand unter meinem Ellbogen – zum Taxistand bugsiert. Er nannte dem Fahrer eine Adresse, die nicht die meine war: Isestraße. Also zu dir, dachte ich. Ich wurde ruhiger, mein Atem etwas gleichmäßiger. Wenn ich es mir recht überlegte, lief ja doch noch alles genau so, wie ich es mir vorgestellt hatte. Ich wollte zu ihm, und wir fuhren zu ihm. Das zwischen meinem Wunsch und seiner Verwirklichung eine zerfetzte Klamottentüte und ein hysterischer Ausraster lag, nun, wen interessierte das schon?

Als wir im Taxi den Grindelberg hochfuhren, kam ich so langsam wieder im Hier und Jetzt an. Zwar traute ich mich noch nicht, Moritz, der die ganze Zeit über rücksichtsvoll geschwiegen hatte, anzusehen, aber zumindest die Sprache fand ich wieder.

»Ich sehe schlimm aus, nicht?«

»Nö.«

»Woher willst du das wissen? Du hast mich ja gar nicht angeguckt.«

Demonstrativ beugte Moritz sich vor und sah mir tief in die Augen. Ich hatte mir in Celle noch die Wimpern getuscht und mit Kajal die Lider geschminkt. Man kann sich also vorstellen, wie ich um die Augen herum aussah. Ich hob meine Hände und wollte sie mir instinktiv vors Gesicht halten. Moritz fing sie ab.

»Nö«, sagte er noch mal so entspannt, selbstsicher und überzeugt, dass ich innerlich hoffte, ihn nie aus meiner Wohnung schmeißen zu müssen, wenn er der Meinung war, noch nicht gehen zu wollen. »Nö. Du siehst gut aus. Eine Wanne könnte vielleicht nicht schaden, aber sonst …« Als wäre nichts gewesen, lehnte er sich zurück in die nach Duftbäumchen und Febrez riechenden Sitze. Taxis haben einen eigentümlichen Geruch. Das ist mir schon oft aufgefallen.

Ich schluckte. Fasste mir ein Herz. Spuckte es endlich aus. *»WiesowarstdunichtamBahnhof?«*

»War ich doch.« Ich hatte das Gefühl, Moritz *lag* schon in der Wanne.

»Ja, aber viel zu spät.«

»Nö.«

»Moritz, echt, ich habe nicht die Nerven für solche Wortspielchen.«

Wäre er schon in der Wanne gewesen, hätte ich jetzt das Quietschen seines Hinterns auf der Emaille gehört. So knirschte nur die Rückbank. »Thelse, *ich* war pünktlich. Dein Zug kam sieben Minuten zu früh.«

»Ganz tolle Wurst! Eine blödere Ausrede konntest du dir nicht ausdenken, was? Seit wann kommen Züge der Deutschen Bahn zu früh? In Deutschland kommen Züge *nie* zu früh! Die kommen immer nur zu spät!«

»Deiner kam zu früh. Zum Glück, möchte ich sagen, sonst

hätte ich eine bühnenreife Aufführung verpasst. Wäre zu schade gewesen...«

Ich wollte schon wortreich weiterzetern, als ich auf die Uhr neben dem Taxameter sah. Kurioserweise zeigte sie 17.49 Uhr. Selbst wenn ich mich beeilt hätte, hätte ich es nicht geschafft, in zwei Minuten einen Junkie anzuranzen, mich über eine Taube zu ärgern, eine Penny-Tüte zu zerfetzen und im Taxi bis an die Südgrenze von Eppendorf zu fahren. Mir schien, Moritz der Herzensbrecher hatte mal wieder Recht behalten. Lächelnd lehnte nun auch ich mich in den Ledersitzen zurück. Alles war gut. Gleich würden wir bei Moritz ankommen. Ich würde ihm von meinem Vater und den letzten Tagen in Celle erzählen. Er würde mir ein wohlriechendes Vollbad einlassen, mich, in ein Handtuch gehüllt, danach auf Händen in sein Schlafzimmer tragen und dann würden wir leidenschaftlichen Sex haben. Ganz sicher würden wir den haben. Etwas anderes konnte ich mir gar nicht vorstellen.

Natürlich hatten wir an diesem Abend weder leidenschaftlichen Sex, noch erzählte ich ihm großartig von meinem unfreiwilligen Ausflug nach Celle.

Nachdem das Taxi uns vor seiner Haustür abgesetzt hatte, schleppte er mich schon eher in den dritten Stock eines wunderschönen Wohnhauses aus der Gründerzeit, als dass ich mich aus eigener Kraft die Treppen hochbewegt hätte. Als er mich dann an den Türrahmen lehnte, um den Schlüssel aus der Tasche zu ziehen und aufzuschließen, wäre ich ihm beinahe weggesackt, und kaum ließ ich mich auf sein Sofa plumpsen – ich sah gerade noch, dass es breit, samtig und tiefrot war –, da war ich auch schon eingeschlafen.

Irgendwas in den letzten Tagen war zu viel für mich gewesen.

Knapp siebzehn Stunden später wurde ich von dem Geruch nach frisch aufgebrühtem Kaffee wach, der mir in die Nase stieg. Noch bevor ich die Augen öffnete, tastete ich unter der bis über die Brust hochgezogenen Satinbettdecke meinen Körper ab. Wenigstens das: Ich hatte noch meine Unterhose und ein T-Shirt an. Keine Ahnung, wann und wie ich den Rest verloren hatte, aber ich war zumindest nicht nackt. Dass Moritz etwa auf Höhe meiner Hüfte auf dem Sofa saß, spürte ich an der Kuhle, die sich am Rand bildete und mich tendenziell etwas nach rechts kullern ließ. Okay, Thelse. Nur die Ruhe, alles ist okay. Ich bewegte einmal meine Gesichtsmuskulatur, indem ich die Wangen einsog und sie von innen mit den Zähnen massierte, leckte mir dann über die Lippen und öffnete die Augen.

»Guten Morgen«, sagte ich so gut gelaunt ich konnte.

Moritz sah mich mit einem Lächeln an. Ich glaube, es ist überflüssig zu erwähnen, dass ich zu diesem Zeitpunkt wirklich schon gnadenlos in ihn verliebt war. Was ist da auch schon dabei? Das passiert anderen auch!

»Guten Morgen«, antwortete er. »Kaffee?«

Ich nickte und nahm die Tasse entgegen, die er mir unter die Nase hielt. Sie war hoch und schlank, lindgrüne Keramik. Offenbar ging auch ein Moritz Göhrken bei IKEA einkaufen. Vielleicht lagen unsere Welten doch nicht ganz so weit auseinander.

»Gut geschlafen?«

Wieder nickte ich und sah mich zum ersten Mal in dem Raum um, der offensichtlich sein Wohnzimmer war. Es war sparsam, aber geschmackvoll eingerichtet. Sofern die Wände nicht von Flügeltüren oder gigantischen Fensterfronten mit Austritt zum Balkon unterbrochen waren, standen sie bis oben zur Decke voller Bücherregale (keine Billys, sondern echte Holzborde mit einer schmiedeeisernen Bibliotheksleiter, die man in einer Schiene hin- und herfahren konnte). Auf den ersten Blick machte ich darin vor allem Ausstellungskataloge und Kunstbände aus. Außer dem Sofa standen lediglich noch ein Flachbildschirmfernseher und eine schlanke Metallstatue, bei der mir sofort die fliehenden Schatten Giacomettis in den Sinn kamen, im Raum. Durch die geöffneten Flügeltüren blickte ich auf einen dunklen, schlichten Eichentisch mit jeweils drei Stühlen an den Längsseiten. Darauf stand ein dreiarmiger silberner Kerzenleuchter und dahinter hing ein überlebensgroßes abstraktes Gemälde, dessen intensive Rot-, Schwarz- und Beigetöne mich unvermutet an Spanien erinnerten. Es steckte so viel Vitalität darin. Und so viel Erdverbundenheit.

»Hm.« Ich sah Moritz aufmerksam an, nahm dann aber erst noch einmal einen Schluck Kaffee. Ich wusste nicht, wie ich anfangen sollte. Abends konnte ich besser reden als morgens. Helligkeit raubte mir den Mut, Dunkelheit hingegen verlieh den Dingen, die ich zu sagen hatte, das Gewicht, das ich mir für sie wünschte.

Ich musste es aber auch nicht wissen. Moritz war wie immer schneller als ich.

»Sie wollen deinen Vater noch vor dem Wochenende entlassen. Na, wie findest du das?« Ich sah ihn mit großen Augen an, doch Moritz redete unbeirrt weiter: »Deine Mutter ist ja eine wirklich lustige Frau. Sie nennt mich Herr Moritz. Macht sie das mit allen deinen Freunden? Ein bisschen erstaunt war sie, dass du ihr gar nichts von mir erzählt hast, aber ich versicherte ihr, dass für dich in diesen Tagen vermutlich andere Dinge wichtiger gewesen seien. Sie freute sich sehr...« Moritz machte eine Pause. Und lächelte erneut. Verschmitzt. Verschmitzt ist das Einzige, was mir dazu einfällt. Meine Augen waren inzwischen so groß wie zwei Vollmonde. Moritz küsste mich sanft auf die Nase und stand dann auf. Er hatte ein T-Shirt und Boxershorts an. Das war nicht viel. Seine Beine waren angenehm mittelmäßig behaart und durchtrainiert. Diese Beobachtung durfte ich ja schon bei seinen Armen machen. Insgesamt fiel mir immer mehr auf, dass er echt – sexy war! Ich zog mir die Decke bis zum Kinn.

Ohne dass ich ihn darum gebeten hätte, fing er an zu erklären. »Na ja, du hast von dem Schlaganfall erzählt, am Bahnhof, weißt du noch...? Und da du heute Morgen nicht wach zu kriegen warst, dachte ich, ich erkundige mich mal, wie es deinem Vater heute geht, in Vertretung von dir sozusagen... Zuerst habe ich sämtliche Krankenhäuser in Celle durchtelefoniert und dann im AKH deine Mutter mit ein paar Überredungskünsten an die Strippe bekommen.« Wie er das wohl angestellt hatte? Die inkompetente Tante aus der Zentrale mit seiner männlich-erotischen Stimme bezirzt? Einen auf Schwiegersohn gemacht? Wieder sah er mich an. »Ich wusste ja gar nicht, dass du mal bei den Weight Watchers warst...«

Ich wurde feuerrot. Das war vor fünfzehn Jahren!!! Was hatte ihm meine Mutter denn noch alles erzählt? Dass sie jeden Morgen mit Nutella-Schnittchen an mein Bett kam, bis ich zwölf war?

»Wie auch immer«, fuhr er scheinbar beiläufig fort, der Hund, »ich dachte, es würde dich freuen zu hören, dass er morgen rauskommt. Ist das ein Aufwachen?«

Moritz stand vor mir, mit theatralisch ausgebreiteten Armen, lachend und glücklich; ich glaubte fast, glücklich deswegen, weil er mir all das sagen konnte. Tschüs, Herz, dachte ich noch, du gehörst jetzt einem anderen. Dann wurde sein Blick ernst. Er umschloss meine Hand mit der Rechten und mit der anderen streichelte er mir die Wange.

»Ich weiß, wie das ist, mein Vater starb vor ein paar Jahren an einem Herzinfarkt. Ich kann mir also in etwa vorstellen, was du durchgemacht hast. Aber er wird wieder gesund, Thelse. Ihr habt euch noch nicht verloren.«

Ich schmiegte mein Gesicht in seine Hand. »Hast du das Gefühl, dein Vater ist zu früh gestorben? So dass du nicht mehr alles mit ihm klären konntest, meine ich?«

Zärtlich fuhr er mit seinem Daumen auf und ab. »Ich glaube, für Kinder sterben die Eltern immer zu früh. Und ich rede heute noch oft in Gedanken mit meinem Vater und hoffe, er hört all das, was ich ihm früher nie offenbaren konnte oder wollte. Es ist die alte Geschichte: Ich habe ihn geliebt und deswegen gegen ihn rebelliert. Ich wünschte heute, ihm nur ein einziges Mal gesagt zu haben, wie sehr ich ihn dabei auch immer verehrt habe. Das ist alles.«

»Moritz?«

»Hm?«

»Jetzt möchte ich es wissen.«

»Was?«

»Jetzt möchte ich wissen, warum du mich nach der Julia-Nummer nicht angerufen hast.«

»Jetzt?«

»Ja. Jetzt.«

»Du wirst es ziemlich banal finden.«

»Banal ist in Ordnung, das verstehe ich wenigstens.«

»Okay. Tust du mir einen Gefallen? Unterbrichst du mich einfach mal nicht, schreist auch nicht auf oder protestierst?«

Ich kräuselte die Stirn. »Kommt drauf an.«

»Ich bin ein Feigling.«

»Möglich.«

»Unsicherer als du denkst.«

»Kann sein.«

»Manchmal völlig irrational.«

»Aha.«

»Das merke ich aber immer erst, wenn es zu spät ist.«

»Typisch Mann.«

»Nicht dass dein Entrée vor dem Schwimmbad besonders elegant gewesen wäre, aber deine Schamlosigkeit ...«

»Schamlosigkeit? Na hör mal. Vielleicht erinnerst du dich noch an den Anfang der ganzen Geschichte, als du ...«

Moritz sah mich an und legte sich dann neben mich. Obwohl mich sein Körper so nah an meinem ausgesprochen nervös machte, kam es mir doch gleichzeitig auch wieder folgerichtig vor. »Jetzt halt doch endlich mal die Klappe und lass mich reden.«

Na gut, dachte ich und rutschte zur Seite, damit er, wenn er wollte, einen Spalt finden konnte, um unter die Decke zu schlüpfen.

»Also: Julia ist quasi eine Kollegin von mir, aber das habe ich dir ja bereits erzählt. Wir verstehen uns sehr gut und kennen uns inzwischen schon seit fast zehn Jahren. Wir mochten uns von Anfang an, aber das Schöne an uns beiden ist, dass wir nie etwas voneinander gewollt hatten. Sie nicht von mir und ich nicht von ihr. Noch nie ...«

Was hörte ich da? Innerlich fiel ich von einer Ohnmacht in die nächste. Was hieß das, sie »hatten nie etwas voneinander gewollt«? Und ich dachte, ich müsste Moritz an jenem Abend von diesem Groupie befreien! Ich biss mir auf die Lippen. Wer weiß, was gleich noch kommen würde.

»... vermutlich verstehen wir uns deswegen auch so gut. Julia lebt seit drei Jahren mit ihrem Freund zusammen, Erik. Wir waren zwei-, dreimal zu dritt aus, weil Erik irgendwann wissen wollte, was das eigentlich für ein Kerl ist, von dem Julia ständig erzählt. Julia und ich sehen uns regelmäßig, etwa alle zwei Wochen. Und irgendwann landen wir immer bei demselben Thema, sie redet von Erik, was gut läuft und wo es hapert, und ich erzähle ihr von meinen Geschichten mit den falschen Frauen. Das Übliche halt.«

Ich fand sein Intro nicht besonders einfühlsam – sollte ich mir jetzt alle seine Bettgeschichten anhören, oder was? –, schaffte es aber immer noch, den Mund zu halten.

»An jenem Abend jedenfalls habe ich Julia von dir erzählt. Von dir ist gut: Ich habe mich darüber aufgeregt, dass eine selbstgerechte Zicke absichtlich an meinem Auto entlanggeschrammt ist, weil sie meinte, mir eins auswischen zu dürfen.«

Ich wollte mich schon zur Wehr setzen – so konnte man das nun wirklich nicht formulieren, es war nur ausgleichende Gerechtigkeit gewesen –, aber Moritz legte mir beschwichtigend die Hand aufs rechte Bein. Über der Decke.

»Zu meiner Verwunderung schien Julia die Geschichte eher zu amüsieren. Wenn ich mich recht erinnere, pfiff sie sogar einmal anerkennend durch die Zähne, und je mehr sie deine Partei ergriff, desto mehr echauffierte ich mich, bis sie mich irgendwann kopfschüttelnd unterbrach und schlicht erklärte: ›Gib's doch zu, sie interessiert dich.‹ Ich wollte schon alles Mögliche dagegenhalten, als ich merkte, dass es mir die Sprache verschlagen hatte. In diesem Moment fiel es mir wie Schuppen von den Augen: Sie hatte Recht. Du hattest dich mit dem Kratzer tief in mein Gedächtnis eingeprägt. Und das ist mir schon lange nicht mehr passiert.«

Er machte eine Pause. Ich schwieg. Wenn man anfing, mir Komplimente zu machen, bekam man mich ganz schnell mundtot. Das Einzige, was danach noch passierte, war, dass ich rot wurde. Reglos nahm ich wahr, dass Moritz seinen Fuß unter die Decke geschoben hatte und ihn an meiner Wade rieb. Beinahe reglos …

»Nicht dass du mich falsch verstehst … Ich habe meine Erfahrungen mit Frauen, wie die meisten Männer auch. Eine längere Beziehung und dann Affären, One-Night-Stands, mal besser, mal schlechter. Ich habe Frauen zum Fitness-Studio, zum Foto-Shooting oder zum Flughafen gefahren. Ich bin neben Frauen aufgewacht und habe beobachtet, wie sie den Bauch einzogen, wenn ich ihnen die Decke wegnahm. Ich habe ihnen von einer kleinen Off-Ausstellung erzählt und gesehen, wie sie das Gähnen unterdrückten. Von einer, Isabel« – Isabel musste wirklich komisch gewesen sein, denn Moritz fing kopfschüttelnd an zu kichern – »hatte ich mal für drei Tage den Hund in Pflege. Es war ein Spitz, ein entsetzliches Miststück. Isabel war kaum wieder zur Tür rein, da herzte und drückte sie das Stinktier, ›ach mein Armer, mein Kleiner, hat Frauchen dich so lange allein gelassen‹, als wäre er derjenige, der ihr den täglichen Orgasmus verschaffte und nicht ich …«

»Moritz«, sagte ich nun doch, »so genau wollte ich es eigentlich nicht wissen. Ich war also anders als Isabel. Und weiter?«

»Tut mir Leid, soll nicht wieder vorkommen. Also ja, das warst du. Du hast mir mein Auto ramponiert und hast danach pfeifend die Heimfahrt im Cabrio durch kalten Novemberregen genossen, dein Fahrrad schön auf der Rückbank verstaut. Du hast nicht mehr gejammert, nicht geschimpft, nur einfach noch genossen.«

Ich sah ihn groß an. »Wieso hätte ich denn in deinem Wagen noch schimpfen sollen? Ich meine, nach allem …«

»Genau das meine ich. Du schreibst ohne schlechtes Gewissen aus anderen Reiseführern ab und hältst dich dabei sogar noch für tugendhaft, weil du dich zu schlecht bezahlt fühlst, um das alles selbst zu recherchieren. Diese Art von Gerechtigkeitssinn ist nicht besonders verbreitet auf dieser Welt … Mich hat das jedenfalls fasziniert. Du bist ein Musterbeispiel an durchtriebener Unschuld. Wärst du ein Kunstwerk, würde man ein Vermögen für dich zahlen.«

»Herzlichen Dank, ich weiß deinen Kunstverstand zu schätzen, aber noch bin ich ein Mensch und außerdem nicht käuflich und …«

Moritz hatte nun auch sein zweites Bein unter die Decke gesteckt und seine Füße begannen mit meinen zu schäkern, wobei ich ein lange nicht mehr erlebtes Ziehen im Unterleib spürte. »Thelse …« Moritz hatte sich auf seinen Ellbogen gestützt und sah mich aus seinen entsetzlich tiefen grünen Augen an. Er atmete ruhig, und dennoch konnte er die Nervosität nicht ganz unterdrücken. »Ich mache Witze, weil es mir ernst ist, verdammt ernst. Also wart's ab. Es kommt noch schlimmer.«

Ich schluckte. »Da bin ich aber mal gespannt.« Ich ging mit mir einen Moment zurate, ob ich beginnen sollte, mit einer Hand seine Brust zu streicheln, entschied mich dann aber dagegen. Als hätte er meine Gedanken erraten, legte er mir dafür seine auf den Bauch.

»Schließlich hat Julia an ihrem schon zum zweiten Mal geleerten Weinglas herumgespielt und mich gefragt, warum ich dich denn nicht angerufen habe …«

»Komisch, dass sich alle Frauen in deinem Leben dasselbe fragen.«

»Ich weiß es nicht. Ich habe darüber nachgedacht, immer wieder, aber je mehr Tage verstrichen, desto idiotischer kam es mir vor. Ich sagte es schon, ich bin ein Feigling, manchmal … Und die ganze Sache erschien mir so absurd … Keine Ahnung. Jedenfalls hatte Julia nach dem dritten Glas dann die Idee mit dem Anruf. Ich weiß nicht, was wir beide erwarteten bei so einer bescheuerten Aktion, aber in dem Moment schien uns diese Art Notruf das einzig denkbare Mittel, damit ich dich wiedersehe. Na ja, den Rest kennst du … Kaum warst du weg, hätte ich mich dafür in den Hintern beißen können. Ich hatte es am nächsten Morgen dann ein paarmal bei dir versucht, aber es sprang nur dein Anrufbeantworter an.« Also doch, dachte ich. Was wäre wohl gewesen, wenn ich gleich rangegangen wäre? Ich seufzte. Das Leben, die Zufälle und der ganze Rest. »Nach dem dritten vergeblichen Versuch habe ich mich dann nicht mehr getraut. Ich habe mich in Grund und Boden geschämt, aber …« Er unterbrach sich und wurde rot. Wie süß! »… aber ich musste die ganze Zeit über unablässig an dich denken. Ich wollte, nein, ich *musste* dich wiedersehen, Thelse, und nachdem ich es einmal vergeigt hatte, dachte ich …«

»Was?«

»Ach … nichts.«

Das Ziehen in meinem Unterleib wurde stärker, aber noch war mein Hirn nicht so vom Glückshormoncocktail schachmatt gesetzt, dass ich nicht mehr über seine Worte nachdenken konnte. Was er mir da erzählt hatte, wirkte vielleicht kindisch und an den Haaren herbeigezogen, aber gerade deswegen klang es auch wieder aufrichtig. So eine peinliche Geschichte denkt sich doch niemand aus, wenn er den anderen für sich gewinnen will, oder? Zumal ich bei Moritz bisher immer das Gefühl gehabt hatte, dass er einem die Wahrheit ins Gesicht sagte. Obwohl: Im »Pearl Harbor« hatte ich das ja auch gedacht, aber nach dem, was er hier gerade zum Besten gab, war die damalige Story erstunken und erlogen. Ich war verwirrt, aber nicht nur in dieser Hinsicht.

Moritz' Hand war unter meinem T-Shirt angekommen und seine Finger näherten sich gefährlich meinem Bauchnabel. Unter anderen Umständen hätte ich die Angelegenheit vielleicht noch mit ihm ausdiskutieren können, aber was Moritz nicht wissen konnte: Mein Bauchnabel war für jeden absolut tabu. Es gibt für mich nichts Unangenehmeres, als einen Finger in meinem Bauchnabel zu spüren. Ich musste also handeln: Instinktiv schob ich seine Hand ein paar entscheidende Zentimeter weiter nach oben.

Einen Moment lang sah Moritz mich fragend an, dann ertastete er mit sanften Lippen meinen Hals, meine Kehle, das Kinn hinauf zu meinen Wangen, meinen Augen, die ich unter der Berührung mit leisem Aufstöhnen automatisch schloss.

Was wusste ich denn, was wahr oder schlichtweg erfunden war? Ich würde mir später noch Gedanken darüber machen können. Die einzige Wahrheit, die in diesem Moment zählte, waren meine vor Erregung aufgestellten Härchen, war die Gänsehaut, die sich unter seinen Fingern, seinen Lippen bildete, war die Tatsache, dass ich nach gut einem Jahr endlich mal wieder Sex haben wollte, und zwar mit einem Mann, der schlechte Witze über Kunst machte und mit dem es mir verdammt ernst war.

Zwei Stunden später lagen wir verschwitzt, erschöpft, glücklich und mit einem Glas Champagner quer auf seinem Bett, in das wir in der Hitze des Gefechts doch noch umgezogen waren. Durch die Lamellen der Jalousien in Moritz' Schlafzimmer drang milchiges Sonnenlicht – es schien ein milder, leicht nebelverhangener Tag zu sein. Alle paar Sekunden rutschte ich nach rechts und nach links, zog mir die Decke bis zum Kinn, damit ich das Knistern der Federn hörte (für mich haben knisternde Bettdecken einen hohen Realitätsfaktor), und schob sie wieder weg, drückte meine Lippen auf Moritz' Brust, um das Salz seiner Haut noch einmal zu schmecken, schmiegte meinen Rücken eng an seinen Körper und forderte ihn damit auf, mich fest zu umarmen, machte mich wieder frei, legte meinen Kopf an seine Schulter und genoss seine Hand in meinem Nacken; tröpfelte Champagner in seinen – erstaunlich unempfindlichen – Bauchnabel und leckte ihn wieder auf, wobei ich deutlich spürte, wie sich sein Körper vor Erregung erneut anspannte. Für den kurzen Augenblick einer Ewigkeit war ich besinnungslos glücklich. Für meinen Geschmack kam das Ende – wie immer – viel zu früh. So ziemlich genau sechsundzwanzig Stunden waren es, die das Schicksal mir als Gnadenfrist einräumte.

Den ganzen Donnerstag lang schwebte ich also auf Wolke sieben. Moritz hatte blaugemacht und wir verbrachten den Rest des Tages so, wie Verliebte es eben zu tun pflegen, unerträglich für Dritte und großartig für sie selbst. Gegen halb vier pellten wir uns endlich aus den Kissen, badeten zusammen, schliefen noch einmal auf dem Badezimmervorleger miteinander, duschten, gingen danach in ein nettes Café, bestellten zwei große Frühstücke (allein der neidische Blick der hübschen 23-jährigen Kellnerin war Balsam für meine so lang abstinente Frauenseele), rührten aber außer dem Sekt und der Schale Milchkaffee kaum etwas an, fuhren in die weihnachtlich beleuchtete City, wo ich mir bei H&M nicht nur die geplante neue Unterhose, sondern gleich ein komplettes Outfit kaufte und feststellen durfte, dass man mit Moritz erstaunlich gut einkaufen konnte (er überredete mich zu einem schwarzweiß gestreiften Hemdkleid mit einer weiten schwarzen Hose; und er plädierte auch für den dazugehörigen roten Gürtel). Danach zeigte ich ihm meine Lieblingsbratwurstbude in der Mönckebergstraße. Wenn es schon schön ist, *eine* Bratwurst in der Mitte durchzubrechen und den heißen Dampf aufsteigen zu sehen, dann ist es noch viel schöner, das Gleiche mit zwei Bratwürsten und aneinander geschmiegten Köpfen zu tun! Dabei entdeckte ich auch, dass die Bratwurst des anderen besser schmeckt; ich würde mich in Zukunft also zusammenreißen müssen, um nicht einfach in die eines Fremden zu beißen. Danach düsten wir im Cabrio zum Hafen und spazierten am Elbestrand entlang, wälzten uns im kalten Sand und redeten von Hunden und Kindern. Ja, und schließlich fuhren wir nach einem Zwischenstopp in der nächsten Videothek (ich setzte mich durch: ›Ein unmoralisches Angebot‹ ...) wieder zu Moritz, liebten uns, und bevor wir den Film sahen, rief ich noch meine Mutter an.

»Hallo, Thelse, mein Schatz, schön, deine Stimme zu hören. Bist du gut angekommen? ... Ja, Papa geht es besser, er kommt morgen aus dem Krankenhaus. Aber das habe ich ja auch schon deinem Bekannten erzählt. Er ist nett, der Herr Moritz ... Hat er was zu deiner Plastiktüte gesagt? Das solltest du wirklich nicht mehr machen, Thelse, mit einer Plastiktüte verreisen ...« Stimmt, du hast Recht, Mutti, das sollte ich wirklich nicht, und vor allem sollte ich damit nicht blindwütig um mich schlagen ... »Ach, mein Schatz, da haben wir wohl noch mal einen Schutzengel gehabt, was? Na, ist ja bald Weihnachten. Mach's gut – und grüß mir den Herrn Moritz, unbekannterweise.«

Ich versprach, dass ich das tun würde, und legte auf, um wieder zu Moritz aufs Sofa zu kriechen. Er hatte das ›heute journal‹ eingeschaltet, und ohne die Augen vom Bildschirm zu nehmen, breitete er den Arm aus und legte ihn um mich, sobald ich mich in der richtigen Position an ihn gekuschelt hatte.

Wenn ich mein Gefühl zu Moritz an diesem Tag hätte beschreiben sollen, dann hätte ich von dieser Geste erzählt, wie er ganz selbstverständlich seinen Arm ausbreitete und ihn dann um mich legte. Von der ersten Sekunde an hatte ich mich von ihm an- und aufgenommen gefühlt. Wir machten keine großen Worte an diesem Tag, redeten nicht über das, was war, oder über das, was vielleicht sein würde. Wir verstanden uns blind und waren uns dabei fast schon beängstigend vertraut; er lachte über meine rigorose Art, mit der ich einen viel zu teuren Slip (der dann auch noch zu 30 Prozent aus Polyester bestand!) wieder auf den Wühltisch donnerte; ich sah manchmal heimlich zu ihm hinüber, wie er konzentriert hinter dem Steuer saß und mit souveräner Gelassenheit schaltete, um mir dann kurz die Hand auf den Oberschenkel zu legen und zu lächeln, ohne mich anzusehen. Moritz hatte etwas unheimlich Beschützendes und in jedem Moment hatte ich das Gefühl, dass er ganz im Hier und Jetzt war. Ich glaube, ich lüge nicht, wenn ich sage, dass ich so etwas bis dahin noch nie erlebt hatte. Noch nicht einmal in unserer Anfangsphase hatte ich mich mit Tim so unbeschwert gefühlt – und so sehr als Frau. Tim war allerdings auch nie so hundertprozentig Mann gewesen. Und die Männer vor Tim zählen nicht, weil ein Mann unter fünfundzwanzig noch kein Mann ist. Wenigstens war das meine Erfahrung gewesen.

Auch nach dem Film (ich musste wieder heulen, als Demis Ex ihr auf der Wohltätigkeitsveranstaltung das Nilpferd für diese eine beschissene Million ersteigerte …) sprachen wir nicht viel. Von daher überraschte es mich, dass Moritz spätnachts, nachdem wir eine Weile herumgealbert, uns noch mal geliebt und ich fest beschlossen hatte, mir gleich morgen einen Turbo-Ladyshaver zu kaufen, plötzlich so ernst wurde.

»Ich habe lange auf diesen Tag gewartet, Thelse. Ganz im Ernst. Glaubst du mir das?«

Irritiert sah ich ihn an. »Warum sollte ich es dir nicht glauben? Ich habe ihn auch sehr genossen. Es ist großartig, mit dir zusammenzusein, Moritz.«

Doch er ließ nicht locker. »Das meine ich nicht. Ich wollte dich wiedersehen, aber ich habe einfach nicht den Mut gefunden, dich anzurufen. Da kommt man auf Ideen, die sich im Nachhinein als ziemlich verletzend herausstellen. Das musst du mir glauben, Thelse. Egal, was passiert. Ich bin nicht immer so vernagelt, aber bislang hat mich auch noch keine Frau so … so herausgefordert wie du.«

»Aber Moritz, es ist doch alles in Ordnung. Die Story mit Julia war bescheuert und ist jetzt geklärt, oder? Wir liegen hier freiwillig und weitestgehend im Vollbesitz unserer geistigen Kräfte zusammen im Bett, richtig? Also verzichte in

Zukunft auf die Wettkampfmetaphern und alles ist gut, okay?« Ich war verwirrt, auf unbestimmte Art aufgewühlt. Es war das erste Mal an diesem Tag, dass ich Moritz *nicht* verstand. Und es war der Anfang einer bitteren Enttäuschung.

Am nächsten Morgen setzte Moritz mich um kurz nach acht vor meiner Tür ab. Er hatte laut offizieller Sprachregelung gestern »zu Hause am Marketingkonzept zu ›*Sex and the Globus*‹ gearbeitet« und wollte nun ins Büro, und ich musste mich dringend an den Reiseführer setzen. Moritz hatte Meisinger von der Überarbeitung erzählt und behauptet, dass nun alles nach Plan laufe und ich ihnen vor meiner nächsten Rechercheréise weitere Kapitel zukommen ließe. Seinen Worten zufolge hatte sich sein cholerischer Chef damit besänftigen lassen, und um erneuten Unmut zu vermeiden, hatten wir beschlossen, dass ich Meisinger die besagten Kapitel – Überarbeitung und Komplettierung von Ibiza sowie die Einstiege zu Mallorca und Formentera – noch vor den Feiertagen schicken sollte. Es war Freitag, der 20. Dezember. Wenn ich wirklich auf der sicheren Seite sein wollte, musste ich das Manuskript heute loswerden. Man wusste ja, wie lange die Post in der Vorweihnachtszeit brauchte, und wenn Meisinger den Dienstag schon mit seiner Familie verbringen wollte, wurde es höchste Eisenbahn. Aber allerhöchste! Ich konnte von Glück sagen, dass ich so klug vorgearbeitet hatte …

Wir verabredeten uns für den Abend und verabschiedeten uns mit einem langen Kuss bei laufendem Motor, was mir ungeheuer cool vorkam. Nur Menschen, die sich gut kennen, verabschieden sich bei laufendem Motor. Laufender Motor heißt Vertrauen, heißt, es wird nicht peinlich, wenn der eine schnell aussteigt und der andere sofort weiterfährt. Laufender Motor heißt feste Beziehung und insgeheim wünschte ich mir, mein Nachbar von der Russenmafia möge zufällig am Fenster stehen und das Geschoss entdecken, aus dem ich stieg. Er selbst fuhr einen Chevy Corvette.

Kaum hatte ich die Wohnungstür aufgeschlossen, pfefferte ich die von Moritz geliehene Tony-Gard-Papiertüte (so kann's gehen! Am Ende hatte er sich den Kaschmirschal gekauft, der mir so gefallen hatte, bevor ich Maren traf – noch so eine Koinzidenz) mit meinen Klamotten in eine Ecke, hängte meine Jacke auf und fuhr den Computer hoch. In Windeseile ging ich noch einmal die bereits redigierten Seiten über Ibiza durch und rief dann die restlichen 142 Seiten auf, die ich zum Glück bereits aus den Reiseführern abgeschrieben und einigermaßen strukturiert im Computer hatte und von denen niemand etwas ahnte, selbst Moritz nicht.

Es gab Momente, da bewunderte ich mich aufrichtig für meine Durchtriebenheit. Ich las also:

*Mallorca – Naturwunder im Dutzend*
*Wer zum ersten Mal die »Insel des ewigen Frühlings« besucht, erwartet zumeist sonnige Strandtage, dazu eine perfekte touristische Infrastruktur, rechnet vielleicht aber auch mit Bettenburgen und Massenandrang. Umso größer ist dann die Überraschung, dass nur wenige Kilometer abseits der touristischen Zentren eine weitgehend intakte Naturlandschaft zu finden ist. (Quelle: Polyglott)*

Nicht schlecht als Einstieg, dachte ich und schrieb:

*Mallorca – so ursprünglich und wild*
*Wenn die allein reisende Frau zum ersten Mal die »Insel des ewigen Frühlings« besucht, erhofft sie sich viele sonnige Strandtage, dazu eine perfekte touristische Infrastruktur, rechnet vielleicht aber auch mit Bettenburgen und Massenandrang. Da ist die Überraschung groß, wenn sie nur ein paar Kilometer abseits der touristischen Zentren auf eine größtenteils noch intakte Naturlandschaft stößt.*

O ja, der Einstieg war gut. Ich schrieb weiter:

> *Das Erstaunlichste an der Lieblingsinsel der Deutschen ist aber deren Flirtfaktor.* Hier versuchte ich, auf Meisingers Wünsche einzugehen. *Von passionierten Fellow Travellern eher unterschätzt, ist sie die Insel der unbegrenzten Möglichkeiten. In Insider-Kreisen ist Mallorca DIE Insel des »Lolita-Tourismus« – junge Frauen können hier ihren persönlichen Sky Dumont finden und die Nacht auf einer Yacht verbringen, von der selbst Demi Moore in ›Ein unmoralisches Angebot‹ nur träumen konnte …*

»Großartig!«, sagte ich laut und klatschte in die Hände. Das war einfach wunderbar. Ob es stimmte oder nicht, war letztlich egal. Aber der Ton (ich dachte an Moritz und musste grinsen) war gut, und wenn eine Frau nach Lektüre meines Reiseführers auf Malle keinen Sky Dumont traf, dann lag es, sorry, eher an ihren hohen Ansprüchen als an meinem mangelnden Einfühlungsvermögen.

Ich fand mich gut, richtig gut. Nach knapp zwei Stunden standen die ersten zwanzig Seiten Mallorca und auch mit Formentera kam ich ziemlich schnell zu Potte – hier setzte ich den Schwerpunkt auf innere Einkehr und die Reifungs- und Reinigungsprozesse der Seele, empfahl sie Frauen, die sich nach »landschaftlicher Weite, magischen Orten und spiritueller Erleuchtung« sehnten und nicht nach der Vergänglichkeit eines flüchtigen erotischen Abenteuers.

Ich war begeistert, vor allem von meinem psychologischen Feingefühl, und dachte zum ersten Mal, dass so ein emotionsgeladener Frauenreiseführer ja vielleicht doch eine bessere Sache war, als ich anfangs vermutet hatte. Würde ich ihn nicht gerade schreiben, riefe ich noch heute bei Travel Fun oder einem seiner Mitkonkurrenten an, um dessen stellvertretende Geschäftsleitung von diesem verkaufsträchtigen Projekt zu überzeugen. Meine Finger flogen nur so über die Tastatur, und – man glaubt es kaum – um Viertel nach drei konnte ich den Computer herunterfahren: Die kompletten fünfzig Seiten Ibiza sowie je fünfzehn Seiten zu den anderen beiden Inseln lagen ausgedruckt neben dem bereits beschrifteten Umschlag für Travel Fun.

Zufrieden lehnte ich mich in meinem Stuhl zurück. Da ich die letzten sechsundzwanzig Stunden ohnehin im Delirium verbracht hatte, wird es niemanden wundern, dass ich die Rezensionen in sämtlichen großen Reisemagazinen Deutschlands – Babettes ›Worldseeing‹ inbegriffen – schon vor mir sah:

**FRISCH, WITZIG UND VOLLER PEP**

Die sensationelle neue Reiseführerschiene von Travel Fun

(ar) In heutiger Zeit im Segment Reisen noch ein neues Produkt zu launchen, ist ein gewagtes Unterfangen. Travel Fun ist dieses Risiko eingegangen und die Käufer dürfen es dem Verlag danken. Zumal man mit der Hamburger Topjournalistin Thelse Simon keine geeignetere Autorin für diesen ersten Band hätte finden können, der so frivol, flott und frech daherkommt. Und dabei überaus ortskundig ist: Gerade was Szenelokale, Wellnessadressen und Geheimtipps angeht, ist der Guide akribisch recherchiert und weitaus informativer als viele der herkömmlichen Reiseführer aus traditionsreichen Häusern. Dank Thelse Simon weht ein frischer Wind auf den Balearen. Respekt, Frau Kollegin. Glückwunsch, Travel Fun!

Nachdem ich mir etwa fünf ähnlich klingende Artikel im Geiste vorgelesen hatte, stellte ich mir vor, wie Meisinger mir nach der Präsentation (das ›Hamburger Abendblatt‹ würde später von 150 Gästen sprechen, einschließlich des Hamburger Oberbürgermeisters und Peter Rühmkorf, den ich in sentimentaler Erinnerung an studentische Literaturzirkel persönlich mit auf die Gästeliste gesetzt hatte; Günther Grass musste leider absagen) auf die Schulter klopfen (ich hatte ihm den anfänglichen Ärger gnädig verziehen) und mich fragen würde, worüber ich als Nächstes schreiben wolle. Ich überlegte einen

Moment. Ich wollte schon immer mal nach Costa Rica. Oder auf die Kapverdischen Inseln. Aber da sprachen sie Portugiesisch. Egal, bei einem Honorar von 17.000 Euro (so viel müsste Meisinger nun schon springen lassen) wäre vielleicht auch noch ein Sprachkurs drin. O ja, Kapverden, das hörte sich gut an. Wie viele Reiseführer es dazu wohl schon gab?

Um kurz nach vier schrieb ich eine SMS an Babette: »Muss dir was erzähl. Die letzten Tg. waren ungl. schlimm und traumh. Bin im Stress. Morgen tel.? :-), Th.« Bevor ich sie abschickte, las ich mir den Text noch einmal durch und musste grinsen. War ein abgehackter Schreibstil vererbbar? Ich legte das Handy neben den Computer, spielte eine Partie »Free Cell« und kramte dann die fünf Weihnachtskarten hervor, die ich neulich aus einer Laune heraus einfach gekauft hatte. Ich schreibe sonst nie Weihnachtskarten. Ich schreibe auch nie Geburtstags-, geschweige denn Oster- oder Namenstagskarten. Wie ich es mit dem Muttertag hielt, hatte ich ja auch schon erzählt. Neulich war mir jedoch durch den Kopf gegangen, dass ein strukturiertes Leben mit strukturierten Verhaltensweisen begann. Und Weihnachtskarten zu schreiben war eine eminent strukturierte Verhaltensweise. Früher hätte ich gesagt, eine zwanghafte. Heute aber fand ich, dass nicht alles spießig war, nur weil es die Eltern auch so machten. Und schließlich kam es ja auch auf das Motiv an. Ich hatte mich zweimal für Sonnenblumen und je einmal für ein Stillleben mit Wein und Käse, für den Hamburger Hafen in sommerlicher Abendstimmung und für einen besoffenen Weihnachtsmann entschieden, den die Rentiere allein im Wald zurückgelassen hatten. Ich sah mir die Karten an und überlegte, wer welche kriegen sollte.

Mein Handy vibrierte: »O.k. Hoffe, es war nicht zu schlimm?? Melde dich, B. SJJ hat einen Kopf!« Ach, Babette. Nein, es war nicht *zu* schlimm gewesen. Mein Vater wäre nur fast gestorben … Und außerdem: Was dachte sie denn, was Sweet Jamie Jane hatte, einen Rüssel?

Wer also sollte nun welche Karte kriegen? Besser gesagt: Wer sollte überhaupt eine kriegen? Wenn ich gewusst hätte, dass mir schon fünf Weihnachtskarten meine schöne Hochstimmung verdarben, hätte ich sie wirklich nicht gekauft. Dass ich keine Freunde hatte, wusste ich auch vorher schon. Ich machte also kurzen Prozess.

Eine Sonnenblume ging an Babette. Die andere an Maren. Ich sah sie zwar morgen, aber was machte das schon? War doch eine nette Überraschung an Heiligabend. Und sie konnte Sonnenblumen sicher gut gebrauchen. Den Hamburger Hafen schickte ich meinen Eltern, nachdem ich länger darüber nachgegrübelt hatte, ob sie es vielleicht als Einladung missverstehen könnten. Aber nun hatte ich die Karte schon mal, und ich konnte ihnen ja schlecht den besoffenen Weihnachtsmann schicken. Das Stillleben wollte ich meiner Schwester nach Italien schicken. Wenn sie am 6. Januar nach Rom zurückflog, würde sie sich sicher freuen, gleich Post von mir zu haben. Und der Weihnachtsmann? Der einzige Mensch in meinem näheren Umfeld, den ich in den nächsten vier Tagen nicht treffen würde, war Tim. So gesehen machte seine Karte am meisten Sinn. Andererseits aber schreckte ich innerlich auch am meisten davor zurück. Weihnachtskarten zu verschicken mochte eine strukturierte Verhaltensweise sein, ganz sicher aber war sie das endgültige Aus für eine Beziehung. Auch wenn sie schon längst nicht mehr existierte.

Ich zögerte und spielte eine weitere Partie »Free Cell«. Dann sah ich auf die Uhr, fünf vor fünf. Um halb sechs wurde der Kasten am Michel geleert. Ich hatte also noch etwas Zeit. Ich klopfte mit dem Kuli auf den Tisch, stand auf, rauchte eine Zigarette, drehte den Kuli in der Hand hin und her, legte ihn weg, nahm ihn wieder auf – und schrieb Tims Adresse auf die Karte. Entweder ich ließ mir jetzt auch noch einen Text einfallen oder der Euro war umsonst ausgegeben. Ich holte die

Briefmarken hervor und klebte die erste auf Tims Karte. Mit Druck konnte ich einfach besser arbeiten und jetzt würde ich schon 1,55 Euro in den Müll werfen. Ich drehte die Karte um neunzig Grad und schrieb: *L ...* Mist, dachte ich, vielleicht hätte ich lieber *Hallo* schreiben sollen, aber jetzt konnte ich aus dem L kein H mehr machen, ohne mich zu verraten. Also schrieb ich weiter.

*Lieber Tim,*
*hoffe, dein Weihnachtsfest steht unter einem bedeutenden literarischen Stern. Vielleicht erblickt ja in diesen Tagen ein wundersames Kulturzentrum das Licht der Welt!? Ich wünsche es dir von Herzen, denn ich bewundere deinen Elan in dieser Sache. Mir geht es gut. Ich freue mich auf Formentera. Am 28. geht's los. Schieß Silvester eine Rakete für mich in die Luft.*
*Ich denke an dich, herzlich,*

*Thelse*

Ich las mir den Text etwa siebenundzwanzigmal durch. Ich fand ihn teilweise etwas betulich-pathetisch (Satz 1+2), dann wieder zu tanten- und gönnerhaft (Satz 3). Der vierte Satz hingegen gefiel mir – kurz, knapp, präzise, Satz 5 und 6 ebenfalls. Satz 7 war mir tendenziell etwas zu anhänglich-melancholisch. Die Grußformel hingegen kam mir dann wieder passend vor: distanziert, aber freundlich-verbindlich. Also gut, dachte ich, dann soll es das jetzt sein, denn auf meiner Uhr war es 17.22 Uhr und ich musste dringend los, um die Post einzuwerfen. Ohne weiteres Zaudern packte ich den Umschlag für Travel Fun und die Karten in eine Tasche und rannte los. Zum Glück war der Michel Luftlinie nur etwa eine Minute entfernt. Beschwingt warf ich die Postkarten ein – und zuckte vor Schreck zusammen.

Menschen, die häufiger mal nach Feierabend Geschäftspost einwerfen, werden wissen, wie sich das Geräusch anhört, wenn man seine Ladung in einen relativ oft frequentierten

Briefkasten wirft: Es hört sich an wie ein dumpfes Wischen. Manchmal kann ein Briefkasten sogar schon so voll sein, dass man gar kein Geräusch mehr hört und betet, dass die eigenen Briefe noch reinpassen. Wenn man aber seine Post einwirft und nur ein hohles Klatschen vernimmt, und das in einem großen, in einem Stehbriefkasten und nicht in einem der kleinen, an die Wand montierten, dann weiß man definitiv, dass etwas nicht stimmt. Nun, als ich meine Karten einwarf, hörte ich besagtes hohles Klatschen. Den Umschlag von Travel Fun eng an mich gedrückt, heftete ich den Blick vorsichtig auf die Leerungszeiten. Da stand: Mo–Fr 8.00, 13.00, 16.45. Den nächsten Briefkasten mit Spätleerung um 18.30 Uhr finden Sie in der Detlev-Bremer-Straße.

O nein, dachte ich, o nein. Ich drückte meine Stirn gegen den kühlen Stein der Mauer vor dem Michel. Ich vertrödelte meine im Überfluss vorhandene Zeit mit Computerspielen und blödsinnigen Weihnachtsgrüßen, um dann festzustellen, dass ich mir leider die falsche Zeit für die letzte Leerung gemerkt hatte.

Ich rechnete nach. Sicher, ich könnte jetzt schnell in die Detlev-Bremer-Straße laufen und den Umschlag dort einstecken. Wer aber garantierte mir, dass er dann am Montag wirklich bei Travel Fun ankam? Ich traute zwar durchaus der letzten 17.30-Uhr-Leerung, eine letzte Leerung um 18.30 Uhr hingegen machte mich skeptisch. Das war zwar nicht logisch, aber so funktionierte ich nun mal. Fünf Minuten überlegte ich hin und her, bis ich zu dem Entschluss kam, die Kapitel einfach direkt zu Travel Fun zu bringen und sie beim Pförtner abzugeben. Damit wäre ich auf der sicheren Seite. Ich lief wieder nach Hause, schnappte mir mein Rad und fuhr auf Schleichwegen durch die vorweihnachtliche City Richtung Verlagshaus.

Zum x-ten Mal, seit ich mich von ihm verabschiedet hatte, dachte ich dabei wieder an die vergangenen Stunden mit Moritz. Beseelt grinste ich vor mich hin und spürte, wie mir ein

Schauer über den Rücken und durch den Bauch lief; selbst mein Kopf schien von einer warmen Welle durchspült zu sein. Es war wie ein Traum gewesen. Und zwar einer von der Sorte wie in ›E-Mail für dich‹ mit Meg Ryan. Oder in ›Ein unmoralisches Angebot‹. Die große Liebe, die watteweiche, zärtliche Leidenschaft, die eine Chaotin plötzlich mit einem harten Kerl mit weichem Kern verband. Man wusste, dass es nur ein Film war, der deswegen so viel Geld einspielte, weil er die Sehnsüchte von Millionen Menschen wie mir bediente, und doch beharrte man halsstarrig darauf, dass sich solche Drehbücher auch niemand ausdenken konnte, wenn er nicht genau wüsste, dass sie zuweilen in Erfüllung gehen konnten. Träume, die das Leben schrieb. Nun, bei mir jedenfalls hatte sich gezeigt, dass alles möglich war, auch das große Glück – und wehe, es hält mich noch mal einer für eine unverbesserliche Romantikerin: Dem hätte ich jetzt aber was entgegenzusetzen, aber hallo!

Ich stellte mir vor, wie Moritz und ich künftig sonntagmorgens zusammen durch die Parkanlagen Planten un Blomen joggen würden (warum ich mir gerade das vorstellte, wusste ich auch nicht, ich ging *nie* joggen); wie ich in meiner Rede bei der Präsentation des Reiseführers speziell ihm danken würde, der Blick verschleiert aus lauter Liebe; wie wir einer alten Dame beim Bäcker begegneten, die uns drei Monate später noch in verklärter Erinnerung hätte, weil wir ein so tolles Paar waren; wie Moritz mir beibrachte, mit Öl auf Leinwand zu malen; wie wir uns in der Badewanne abwechselnd aus einem Buch vorlasen, bevor wir … Solche Sachen.

Als ich bei Travel Fun ankam, taten mir vor lauter seligem Grinsen schon die Mundwinkel weh, und um nicht vor Glück zu platzen oder einem überraschten Passanten unvermutet um den Hals zu fallen, holte ich mein Handy aus der Tasche und schrieb Moritz eine SMS: »Kann 21 Uhr kaum erwarten. Bin so glücklich. Kuss, Thelse.«

Vielleicht hätte ich das nicht tun sollen. Vielleicht wäre alles anders gekommen, wenn ich nicht diese fünfundzwanzig Sekunden mit der SMS vertrödelt hätte. Vielleicht wären der Abend und damit mein Leben anders verlaufen, wenn das Schloss von meinem Fahrrad nicht geklemmt hätte und die Schnürsenkel meines linken Schuhs nicht aufgegangen wären. Vielleicht wäre ich dann zwei Minuten früher bei Travel Fun rein und auch zwei wieder früher raus und alles wäre gut gegangen. Vielleicht. Doch das Schicksal hatte anderes mit mir vor. Um exakt 18.04 Uhr betrat ich das Foyer von Travel Fun und kam für mein Glück damit um exakt zwei Minuten zu spät.

Freudestrahlend ging ich auf den Pförtner zu. »Guten Abend. Wie geht es Ihnen?«

Verblüfft betrachtete mich der Mann mit dem schütteren Haar, der sich vermutlich schon seit Stunden auf sein Feierabendbierchen freute. Er wirkte eher irritiert als erfreut. Die Menschen sind komisch.

»'n Abend. Danke. Was kann ich für Sie tun?«

»Ich hätte da ein Manuskript für Herrn Meisinger. Darf ich Ihnen das geben?«

»Dürfen Sie, aber ...«, er sah an meiner rechten Schulter vorbei nach hinten, »... Sie können es ihm eigentlich auch gleich selbst überreichen. Er kommt nämlich gerade die Treppe herunter.«

Verdammter Mist! Das war das Letzte, was ich jetzt gebrauchen konnte: dass sich mein Weg mit Meisingers kreuzte. Zwar hatte Moritz behauptet, er habe sich wieder beruhigt, aber was war, wenn nicht? In welcher Stimmung würde er mich dann begrüßen? Und was, wenn er mit skeptisch gerunzelter Stirn den Umschlag gleich aufmachen und wieder einen cholerischen Anfall bekommen würde? Was genau hatte Moritz ihm erzählt? Ich hätte wirklich besser nachfragen sollen. Moritz – wo bist du? Ich brauche dich!

Mit hochrotem Kopf stand ich wie versteinert vor dem Pförtner, der seinen Job für erledigt hielt und mich auffordernd ansah.

»Äh ... nun ... also ...«, doch bevor ich noch ein »Also-eigentlich-muss-ich-ganz-ganz-dringend-weg« stammeln konnte, wurde der engagierte Mitarbeiter aktiv.

»Herr Meisinger? Hier ist eine junge Dame für Sie!«

Was soll ich tun? Was soll ich bloß tun?, dachte ich und

drehte mich dabei wie in Zeitlupe 180 Grad um die eigene Achse.

Ich wagte kaum aufzublicken, fixierte nur seine in braunen Lederschuhen steckenden, für einen Mann in seiner Position viel zu kleinen Füße, die auf der drittletzten Stufe stehen geblieben waren und sich nun eilig in Bewegung setzten, bis sie schließlich vor mir Halt machten. Da erst sah ich hoch – und blickte in das freudestrahlende Gesicht Manfred Meisingers, der mit ausgebreiteten Armen vor mir stand.

»Frau Simon, wie schön, Sie zu sehen! Ich wollte Sie schon längst einmal anrufen, aber Sie und Herr Göhrken kommen, wie ich höre, auch ohne mich wunderbar zurecht. Hach, ich habe es von Anfang an gewusst, Ihr Balearenführer wird der absolute Knüller! Bei Ihrer Schreibe! Glückwunsch!«

Ich stand noch immer, oder schon wieder, wie versteinert da und wusste nun erst recht nicht mehr, was ich sagen sollte. Was war denn das? Ein cholerisches »Freude schöner Götterfunken«? Genau sieben Sekunden – in denen Meisinger mich so fest umarmte, dass ich nicht umhinkam, neben seinem Eau de Cologne auch seinen Schweiß zu inhalieren – hatte ich Zeit, mich von meinem Schock zu erholen. *Ihr Balearenführer wird der absolute Knüller! Bei Ihrer Schreibe!* Ich dachte, er fand es grauenhaft! Moritz hatte doch gesagt ...

Ich schluckte. Nein, das konnte nicht sein. Das *durfte* einfach nicht sein. In den letzten drei Sekunden schoss mir durch den Kopf, wie hastig Moritz mir damals davon abgeraten hatte, ihn im Verlag zu treffen; wie ausweichend er auf meine Frage reagiert hatte, was Meisinger denn konkret an meinem Probekapitel störe; wie sehr er heute Morgen betont hatte, Privates von Beruflichem trennen zu wollen (ha, ha, gerade *er* musste das sagen, dachte ich morgens noch, wer wollte denn seine Autorin unbedingt wiedersehen?), ... und wie ehrlich und aufrichtig er mir von Anfang an vorgekommen und ich nun schon zweimal eines Besseren belehrt worden war. Hatte er so viel schauspielerisches Talent?

Als Meisinger mich losgelassen hatte, sah er mich erwartungsvoll an. Jetzt *musste* ich reagieren.

»Ich ... äh ... also ich wollte nur kurz die Überarbeitung vorbeibringen und ein bisschen mehr Stoff, die anderen Inseln, wissen Sie, so zum Reinschnuppern, dachte ich, und ...«

Meisinger sperrte Mund und Augen auf. »Was denn für eine Überarbeitung?«

Das gab mir den Rest. Es stimmte also. Moritz hatte gelogen. Sofern Meisinger nicht unter Schizophrenie litt, hatte er mich schon wieder auf hinterhältigste Art und Weise belogen.

»Nun, ich dachte ... finden Sie nicht, der Text könnte noch etwas spritziger sein?«

»Spritziger?« Meisinger kratzte sich den Hinterkopf. »Also, nein, ich fand Ihr Probekapitel eigentlich genau richtig. Haben Sie denn viel geändert?« Voller Besorgnis sah er mich an.

Wenigstens diese Frage konnte ich ruhigen Gewissens beantworten: Ich hatte natürlich *nicht* viel geändert. »Nein, nein, Sie werden es am Ende gar nicht merken, aber Sie wissen ja, so als Autorin fällt einem doch immer noch mal das eine oder andere auf. Man ist ja nie zufrieden mit dem, was man gemacht hat. Und ich habe noch ein paar brandneue Adressen recherchiert. Der Reiseführer soll schließlich topaktuell sein, nicht?« Ich lächelte ihn so offen und souverän an, wie es mir in diesem Augenblick nur möglich war, besser gesagt: Ich gab mir alle Mühe, die Tränen zu unterdrücken.

Zufrieden klopfte mir Meisinger auf die Schulter. »Ach ja, die Kreativen, ich sag's ja, immer noch einen obendrauf. Ich bin Frau Bertram wirklich dankbar, dass sie Sie mir empfohlen hat.«

Ich nickte und hielt ihm wortlos den Umschlag hin. Wortlos, weil ich nun wirklich keinen Ton mehr herausbrachte. Ich hoffte inständig, Herr Meisinger würde den Glanz in meinen Augen als Dankbarkeit fehlinterpretieren.

»Vielen Dank«, sagte Meisinger, der gottlob der Meinung war, mich überschwänglich genug gelobt zu haben. »Ich nehme es gleich mit nach Hause. Sie fahren doch bald nach Spanien, war dem nicht so?«

Ich nickte.

»Na dann: Frohe Weihnachten und ... viel Spaß!« Er sagte das augenzwinkernd und beinahe so schlüpfrig, als hätte ich ein Blind Date mit dem Weihnachtsmann.

Ich nickte noch einmal und reichte ihm die Hand. »Auch Ihnen frohe Weihnachten«, sollte das heißen. Er verstand und ließ mich in dem plötzlich gigantisch groß wirkenden Foyer stehen.

Was sollte ich jetzt tun? Ich könnte gekränkt nach Hause fahren und schmollen. Oder Moritz gleich ein für allemal aus meinem Leben verbannen. Letzteres gefiel mir jedoch nicht wirklich gut. Zumal diese Reaktion auch nicht besonders erwachsen wäre. Vielleicht sollte ich zur Abwechslung mal etwas wirklich Vernünftiges tun? Ich sah mich um. Wenn ich schon einmal hier war, könnte ich doch gleich nach oben laufen und Moritz die Möglichkeit geben, ein Geständnis abzulegen, oder? Ein erleichtertes Grinsen ging über mein Gesicht. Wenn alles gut lief, lagen wir uns vielleicht schon in fünf Minuten erlöst in den Armen. Und hatten vielleicht Sex auf seinem Schreibtisch. Mein Grinsen wurde bei dem Gedanken noch breiter, und nachdem ich den Pförtner höflich um die Wegbeschreibung gebeten und mich artig dafür bedankt hatte, flog ich auch schon förmlich die Stufen in den zweiten Stock hoch, bog um die erste Ecke, eilte einen langen Flur entlang, bog um eine weitere Ecke und erblickte am Ende des nächsten Flurs sein mit einer großen Glasscheibe versehenes Büro. Er hatte mir den Rücken zugewandt. Abrupt blieb ich stehen: Der Marketingleiter war nicht allein. Ihm schräg gegenüber stand eine dunkelhaarige, schlanke Frau, die Moritz – *meinen* Moritz! – gerade mit einem entzückenden Augenaufschlag anstrahlte, während sie ganz betört an der langstieligen dunkelroten Rose roch, die sie in der Hand hielt.

Ich konnte mich nicht von der Stelle rühren. Eiskalte Schauer liefen mir den Rücken hinunter, die von wiederholten Fieberschüben unterbrochen wurden, während ich wie in Trance zusah, wie Moritz nun ganz langsam auf die Dunkelhaarige – war *das* etwa Julia? – zuging, den rechten Arm in Richtung ihres Nackens hob …

Neiiiiiiiin!, schrie es in mir auf. Wie ferngesteuert drehte ich mich auf dem Absatz um, rannte blind den Weg zurück, den ich gekommen war, und stürmte grußlos am Pförtner vorbei nach draußen zu meinem Fahrrad, das ich an der Ecke abgestellt hatte. Direkt vor einer Litfaßsäule, auf der in Altrosa der riesengroße Schriftzug »Sag's mit *Rosen*« vor einem Meer roter Rosen prangte, das für ich weiß nicht was warb. *Kitsch as kitsch can.* Das Bild verschwamm vor meinen Augen. Kraftlos und aschfahl lehnte ich mich dagegen. Ich hatte Recht behalten! Von Anfang an hatte ich es geahnt. Ich hätte auf meine Intuition hören sollen. Er hatte mich getäuscht. Mich sowohl beruflich als auch privat hintergangen! Moritz war ein hundsgemeiner Lügner! Und ein egoistischer Don Juan noch dazu, der gleich mehrere Geschichten am Laufen hatte!

Das Leben war wirklich ein Film. Allerdings keiner, in dem ich so eine Hauptrolle wie Meg Ryan bekam. Oder Demi Moore.

Als ich mich wenige Minuten später so weit gefangen hatte, dass ich mit zittrigen Händen mein Fahrrad aufschließen konnte, merkte ich, dass Moritz mir zurückgesimst hatte: »Freue mich auch auf dich. Sehr sogar. Küsse dich, Moritz.« Die Nachricht kam mir so heuchlerisch, so verschlagen vor, dass es mich fast davor ekelte, sie zu löschen. Am liebsten hätte ich gleich das ganze Handy in den Müll geschmissen. Aber ich war ein pragmatischer Mensch und wusste, was der Kauf eines neuen Handys einem für Laufereien bescherte.

Die Geschäfte hatten noch offen. Natürlich, es war ja erst kurz nach halb sieben. Ich betrat den nächsten Supermarkt und kaufte mir zwei Flaschen Wein, anderthalb für die nächsten zweieinhalb Stunden und der Rest für … mal sehen.

Mechanisch verstaute ich Portemonnaie und Wein in meiner Umhängetasche, mechanisch bestieg ich mein Fahrrad, mechanisch hielt ich vor roten Ampeln und fuhr bei Grün weiter, mechanisch schloss ich die Wohnungstür auf, schleppte mich in die Küche, griff, ohne Licht zu machen, nach dem Öffner in der Besteckschublade, angelte mir ein ungespültes Glas aus der Spülmaschine, öffnete die erste Flasche, legte die Grönemeyer-CD ein, setzte mich im Dunkeln vor die Heizung – und wartete.

Ich wollte Moritz nie mehr wiedersehen. Ich war mir bewusst, dass er mich nach Strich und Faden belog und betrog. Ich wusste, dass ich ihm um neun nie und nimmer die Tür aufmachen oder ans Telefon gehen würde – und doch saß ich im Schein der Straßenlaterne auf dem Fußboden und konnte es kaum erwarten, dass es endlich so weit wäre. Ich wartete also.

Auf ein Wunder.

Das ich nicht reinlassen würde.

Der Mensch ist wirklich komisch.

Während ich bei jedem Wagen, der vorbeifuhr, aufhorchte, versuchte ich mir einen Reim auf seine gemeinen Lügen zu machen. War er neidisch darauf, dass ich schreiben konnte, weil es bei ihm noch nicht mal zum Galeristen gereicht hatte? Machte es ihm Spaß, seinen Mitmenschen ein X für ein U vorzumachen? Ein falsches Spiel mit ihnen zu treiben? Hatte er Mickey Rourke zu oft dabei beobachtet, wie er in ›Neuneinhalb Wochen‹ bei Kim Basinger die Grenzen ihres Vertrauens auslotet und sie jeden Tag ein bisschen mehr demütigt?

Meine Hand tastete im Dunkeln nach meinem Handy. Ich drückte auf die erste Speicherwahlnummer. Sofort sprang die Mailbox an. »Hallo, Babette Bertram und Sweet Jamie Jane sind im Moment leider nicht zu sprechen. Bitte hinterlassen Sie Ihre Nachricht nach dem Beep.«

Beeeeeep.

»Babette, deine Ansage ist unterirdisch. Nimm sofort das Kind vom Band. Und ruf mich gleich an. Mir geht es scheiße! Ruf mich bitte, bitte noch vor neun an. Danach bin ich sturzbetrunken. Oder tot. Oder beides.«

Ich legte auf. Ich sollte wirklich einmal ein ernstes Wort mit Babette reden. Ich fand es ja schon schlimm, wenn junge Eltern ihre Sprösslinge auf dem Band erwähnten, kaum dass sie geboren waren. Aber einen Elf-Millimeter-Embryo-mit-Kopf schon in das Netz moderner Telekommunikation einzuspeisen, war doch entschieden zu viel der Mutterliebe.

Kurz vor acht. Ich könnte den Fernseher einschalten und mir die Nachrichten ansehen. Aber wenn Moritz nun doch schon früher kam und von draußen das Flimmern sah?

Vielleicht sollte ich den Fernseher *gerade* deshalb anmachen und alle Lichter anknipsen. Und wenn Moritz dann um neun käme und ihm niemand aufmachte, würde er sich Sorgen machen. Und er würde sich noch mehr Sorgen machen, wenn er mich auch telefonisch nicht erreichte. Vielleicht hatte er sogar schon von meiner Begegnung mit Meisinger gehört, man weiß ja, wie geschwätzig Pförtner manchmal sein können: »Da hat eine junge Frau nach Ihnen gefragt, dann ist sie hoch in den zweiten Stock, aber kurz darauf wieder an mir vorbeigezischt, als wäre der Teufel hinter ihr her!« Vor meiner Tür würde es ihm dann dämmern und er würde es mit der Angst zu tun bekommen, weil er denkt, ich hätte mir was angetan. Und wahnsinnige Schuldgefühle würden ihn peinigen! Und er würde die Polizei rufen! Und die würden meine Tür aufbrechen. Und dann würden sie mich betrunken in der Wohnung finden. Nein, lieber nicht, das wäre mir zu peinlich.

Keine Lichter. Kein Fernseher. Dafür noch einmal Grönemeyer. Nein. Auch keinen Grönemeyer mehr. Hatte ich schon gesagt, dass mir dessen neue CD langsam zu den Ohren rauskam?

Das Handy klingelte. Teilnehmer unbekannt. Ich nahm ab. Es war Maren. Wollte fragen, ob es dabei bleibe, am nächsten Tag um 15 Uhr im Café Wien. Natürlich blieb es dabei. Maren konnte ja nichts dafür, dass ich mich in einen notorischen Frauenhelden verliebt hatte. Wegen eines Mannes ließ ich doch eine gute Freundin nicht hängen! Ich war doch keine Frau, die in Selbstmitleid und Liebeskummer versank. Keine, die auf Wunder wartete und deswegen das Haus nicht verließ. Keine, die sich ausmalte, wie berauschend und ausufernd eine Versöhnungsnacht wäre, wenn sich alle Verdächtigungen in Luft auflösten, weshalb man dann den Kaffee mit der guten Freundin um drei Uhr nachmittags verpasst. Ich doch nicht!

»Ich denke, das geht klar. Sollte etwas dazwischenkommen, rufe ich dich kurz an, okay?«

»Okay. Aber ist bei dir alles in Ordnung? Du hörst dich so komisch an.«

Nicht böse sein, Papa. »Nein, alles paletti. Bin nur etwas durch den Wind, weil mein Vater am Sonntag einen Schlaganfall hatte. Aber es geht ihm schon besser.«

»Oh, das tut mir Leid …«

»Ist schon gut, Maren. Mach dir keine Sorgen. Wir sehen uns morgen.«

*Mach dir keine Sorgen.* Ich hatte echt gut reden!

Ich saß also da und wartete. Irgendwo hatte ich mal gelesen, dass man die Hälfte seines Lebens mit Warten verbrachte. Mir kam das damals zwar sehr viel vor, aber wenn ich mir jetzt überlegte, dass ich eigentlich *ständig* irgendwo auf irgendwas wartete – an der Kasse, auf Babette, am Bahnhof, beim Bäcker, auf den Klempner, auf den ›Tatort‹, beim Gemüsehändler, vor dem Telefon oder der Tür –, schien es mir doch sehr wahrscheinlich. Bedachte man zudem, dass man auch die Hälfte (die andere?) seines Lebens verschlief … wie viel Zeit zu leben blieb einem eigentlich dann noch übrig? Ich nahm mir vor, mein Leben gleich nach Weihnachten, das heißt auf Formentera zu ändern. Ich durfte es nicht mehr länger mit Warten vertrödeln. Ich musste eine neue Einstellung zu meinem Leben gewinnen, begreifen, dass es kostbar war und jede Sekunde zählte.

Viertel vor neun, eine SMS von Moritz.

Eine SMS von Moritz, um viertel vor neun.

Moritz-SMS-20.45 Uhr.

Eine SMS. *Short message service.* Auf meinem Handy. Ich sollte zum Arzt gehen. Mir zitterten in letzter Zeit zu oft die Hände.

»Komme zehn Minuten später. Habe eine Überraschung für dich. Kuss, M.«

Ach, sag bloß. Darauf wäre ich jetzt aber nicht gekommen. Wenn du damit meinst, dass du von 18.35–20.42 Uhr Julia gevögelt hast: *Darüber* bin ich schon längst im Bilde. Danke.

Ich drückte mich enger an die Heizung. Was sollte ich bloß tun? Wie reagieren, wenn es gleich klingelte?

Mir fiel plötzlich ein, dass ich gegen 18.27 Uhr ans Erwachsenwerden gedacht hatte. Wohin mich das geführt hatte, sah man ja. Ich fixierte die Flasche Wein: noch mehr als die Hälfte drin. Was das betraf, war ich also noch im grünen Bereich. Na dann, auf in den Kampf!

So schnell ich konnte, machte ich in der Wohnung sämtliche Lichter an, raste dann in mein fensterloses und schon langsam Schimmel ansetzendes Bad, um mich zu schminken, anschließend ins viel zu kleine Schlafzimmer, um in meine Lieblingsjeans und hochhackige Pumps zu schlüpfen und ein weißes T-Shirt überzuziehen, und blieb erst wieder, nach Atem ringend, vor dem Spiegel im Flur stehen, wo ich meine Haare zurechtzupfte und alles mit Haarspray fixierte. Das Endresultat gefiel mir: weiblich-leger. Ich atmete tief durch. Als zwei Minuten später, um Punkt 21.11 Uhr, Handy und Haustürklingel gleichzeitig zu vernehmen waren, wusste ich zwar immer noch nicht, wie ich gleich reagieren würde, aber ich wusste zumindest, dass ich die richtige Entscheidung getroffen hatte. Das Handy war Babette. Ich drückte sie weg. Dann drückte ich auf den Türöffner. Wer sagte denn, dass man Niederlagen allein wegzustecken hatte?

Noch bevor ich ihn sah, stieg mir schon der Duft seines Parfüms in die Nase. O nee, warum durchlief es mich heiß und kalt, wenn ich diesen Mann nur roch …? Ich atmete dreimal tief durch und nahm mir fest vor, mich in meinem neuen Leben nach Formentera nicht mehr von so banalen Dingen beeinflussen zu lassen. Irgendwie mussten die verdammten Hormone doch auszutricksen sein.

Und dann stand er vor mir. Strahlend, verführerisch, mit entwaffnendem tiefen Blick. Das, was er mir da in Papier gewickelt entgegenstreckte, waren wohl Blumen für mich. Meine Knie wurden weich wie Butter.

»Hallo Thel«, sagte er. Hauchte er. Und lächelte.

»Hallo.« Ich stand da wie ein Fels in der Brandung. Rückte keinen Millimeter zur Seite. War stark und eiskalt. Verzog keine Miene. War der steinerne Gast, der von dem lästerlichen Don Juan Rechenschaft forderte. Wie gut, dass es Türrahmen gab, an denen man sich festhalten konnte. Zur Sicherheit hatte ich ja auch noch eine Hand an der geöffneten Tür.

Das Lächeln verschwand jäh aus seinem Gesicht. Er legte den Kopf schief. Musterte mich.

»Ist irgendwas? Willst du mich nicht reinlassen?«

In der letzten mir verbleibenden Sekunde versuchte ich, irgendetwas an seinem Gesicht ablesen zu können. Eine Spur seiner Verlogenheit. Seiner Verschlagenheit. Seines Verrats. Doch ich entdeckte nichts dergleichen. Allenfalls Irritation. Verunsicherung. Schuldgefühle?

»Warum hast du mich angelogen?«

»Wie bitte?«

»*Warum* hast du mich angelogen?«

Moritz' Augen verengten sich zu schmalen Schlitzen, als ob er so besser in meine Gedankenwelt eindringen könnte. »Was meinst du? Ich verstehe dich nicht.«

Vielleicht wollte ich ihn auf die Folter spannen, jedenfalls sagte ich: »Ich habe in diesem Jahr zum ersten Mal Weihnachtskarten geschrieben, weißt du?«

Das Licht im Treppenhaus ging aus. Moritz machte es wieder an. Sein Blick war jetzt ein wenig besorgt. »Thelse, was ist los mit dir? Lass mich doch erst mal rein ...«

»Nein«, sagte ich barsch. »Ich wollte die Karten zusammen mit dem *überarbeiteten* Manuskript zum Briefkasten bringen, aber ...«

Prüfend sah er mich an. Schwante ihm etwas? Versuchte er herauszufinden, wie viel ich wusste? Kannste haben, mein Lieber.

»... aber kaum hatte ich die Karten eingeworfen, merkte ich, dass der Kasten schon geleert worden war. Egal, dachte ich, da bringe ich das Manuskript einfach schnell persönlich bei Travel Fun vorbei, um kurz nach sechs wird der Pförtner ja noch da sein. Tja, *shit happens.* Ich kam, Meisinger ging.« Ich wusste, dass ich mich hart und entschieden anhörte. Man hörte sich immer hart und entschieden an, wenn die Stimmbänder die einzigen Muskeln waren, die einen noch auf den Beinen hielten. Das war verdammt anstrengend.

»Weißt du, Moritz, unter anderen Umständen hätten mich Meisingers herzliche Begrüßung und sein überschwängliches Lob sicher unheimlich gefreut. Schade nur, dass die Umstände nicht danach waren ... Aber egal, ich habe mich zum Glück nicht verplappert und in dem Moment dachte ich noch, ich kläre das mit dir, vielleicht war es ja wirklich nur ein großes Missverständnis. Am Freitag, den 20. September, um 18.21 Uhr mitteleuropäischer Zeit, war das allerdings der entscheidende Fehler. Ich lief nämlich hoch zu deinem Büro ...«

Das Licht ging aus. Moritz drückte wieder auf den Knopf.

»Ja, und?« Verständnislos sah er mich an, bis ihm offensichtlich ein Licht aufging. Er pfiff durch die Zähne. »Ach, daher weht der Wind! Thelse, kann ich nicht vielleicht doch endlich rein?«

»Nein, kannst du nicht!«, zischte ich. »Ich will hier auf der Stelle wissen, warum du mich dauernd anlügst. Und dann auch noch hintergehst!«

Moritz' gleichmäßig behaarte, durchtrainierte Arme hingen ihm jetzt ebenso schlaff von den Schultern herab wie seine Beine kraftlos Halt auf dem gebohnerten Treppenparkett suchten.

»Du wirst es mir sowieso nicht glauben«, sagte er ganz vorsichtig.

»Natürlich werde ich es dir nicht glauben! So einem Scheißkerl wie dir glaube ich gar nichts mehr! Aber wissen will ich es!«, brüllte ich nun so laut, dass sich ein Stockwerk über mir Wladimirs Tür öffnete: »Fräulein Thelse, du brauchen Hilfe? Ich kommen!«

Das Licht ging schon wieder aus. Wütend machte ich es wieder an. »Ja, brauche ich«, schrie ich nach oben. »Könnten Sie mir vielleicht eine Kettensäge leihen? Eine Kalaschnikow würde es auch tun.«

»Moment!« Ach herrje, der Kerl nahm mich auch noch ernst. Aber ich konnte Moritz doch nicht wegen eines zu allem entschlossenen Russenmafioso hereinbitten.

Ersterer hatte mir derweil den eingewickelten Strauß Blumen so nah unter die Nase gehalten, dass es kitzelte.

»Die brauchen Wasser«, sagte er. »Und ich könnte nach dem Schreck auch einen Schluck vertragen.«

Unschlüssig sah ich ihn an. »Na gut«, sagte ich schließlich. »Aber rühr dich ja nicht vom Fleck.« Ich nahm die Blumen – ich wollte nicht wissen, was für welche es waren, ich wollte es wirklich nicht wissen, langstielige dunkelrote Rosen waren es jedenfalls nicht –, knallte sie ins Spülbecken und ließ Wasser reinlaufen. Dann packte ich die angebrochene Flasche Wein, zwei Gläser und zwei Kissen und lief damit zurück zur Tür, wo Moritz tatsächlich noch immer aufrecht und mit ernster Miene im Hausflur stand. Ich pfefferte ihm sein Kissen hin, ließ das zweite auf mein Linoleum fallen, stellte die Weinflasche und die Gläser zwischen uns auf die Schwelle und setzte mich.

»Willst du das jetzt wirklich zwischen Tür und Angel klären?«

»Entweder hier oder gar nicht.«

»Findest du das nicht ein bisschen kindisch?«

»Nein, finde ich nicht!« Das war doch ein großartiger Satz. So schön sachlich. Und analytisch.

Seufzend legte er das Kissen vor meine Fußmatte und ließ sich darauf nieder.

»Okay, ich geb's zu, ich habe ein bisschen geflunkert. Besser gesagt: Ich habe etwas übertrieben. Meisinger war schon ein wenig skeptisch, aber ich wusste, dass man das nicht so ernst zu nehmen braucht, weil er anfangs eigentlich immer so reagiert.«

Moritz strich sich eine widerspenstige Locke aus dem Gesicht. Wie gern hätte ich das für ihn getan! Ihn so nahe zu haben und dabei hart zu bleiben, war wirklich kein Zuckerschlecken. »Als er also bei mir im Büro stand und wie üblich seine Zweifel äußerte, kam mir auf einmal die zündende Idee, wie ich dich zu einem Wiedersehen bewegen könnte …«

Auf den Satz war ich vorbereitet! Ohhhhhhh, und wie ich vorbereitet war!

»Sicher. Du wolltest mich unbedingt wiedersehen«, fiel ich ihm ins Wort, »zuerst wolltest du mich wiedersehen, um dich für die Schramme an deinem Auto zu bedanken. Anrufen kommt für dich nicht in Frage, also grübelst du tagelang darüber nach, wie du es anstellen sollst. Aber es gibt ja Julia in deinem Leben. Was für ein Glück aber auch! Sensibel wie du Frauen gegenüber nun mal bist, hast du ihr natürlich von deinem Herzenswunsch erzählt. Und da keine Frau es lange erträgt, wenn ein Mann nur von einer anderen redet, während er eigentlich mit ihr verabredet ist, kommt sie auf die tolle Idee, ein Stelldichein mit mir zu arrangieren, damit sie dich endlich loswird. Nun, wir sehen uns also wieder, aber irgendwie läuft es nicht so, wie du es dir vorgestellt hast. Also willst du mich erneut wiedersehen. Und inszenierst deshalb die Meisinger-Nummer. Bei dieser Gelegenheit entspricht die Szenerie endlich deinen Vorstellungen. Du dramatisierst das Ganze ein bisschen und trittst dann als selbstloser Retter in der Not auf. Und wirst natürlich für dein Heldentum belohnt! Wie schön! Dumm nur, dass es am nächsten Tag meine Wenigkeit ist, die es vor lauter Sehnsucht kaum erwarten kann, *dich* wiederzusehen, und deshalb Zeugin wird, wie der Rosenkavalier…«

Tränen schossen mir ungewollt in die Augen, so dass ich nur verschwommen wahrnahm, dass Wladimir in diesem Moment die Treppe herunterkam, in der Hand so etwas wie einen Schlagstock. Instinktiv richtete ich mich auf, griff nach der Weinflasche und zerrte Moritz am Arm in den Flur. Bevor ich die Tür zuknallte, brüllte ich noch ins Treppenhaus: »Es ist alles in Ordnung, wirklich. Das war nur ein Spaß. Mit diesem Kerl werde ich auch alleine fertig!«

Drinnen hatte Moritz sich mir gegenübergesetzt und packte mich jetzt bei den Schultern. »Erstens, Thelse, war das nicht Julia. Wie kommst du bloß auf so 'nen Quatsch? Das war Meike, unsere Assistentin aus der Grafikabteilung, und ich habe mit ihr auf ihre erste große Werbekampagne angestoßen. Wir machen nämlich auch andere ausgefallene Führer, wenn du es genau wissen willst, und Meike hat eine wirklich grandiose Litfaßsäulenwerbung zu unserem Rosenführer gestaltet, der mit seinen Adressen zu historischen Rosengärten, Rosenmuseen, Rosenhotels, Läden mit Rosenaccessoires und Restaurants, in denen es ›rosige Gerichte‹ gibt, ein absolutes Novum auf dem Markt darstellt. Und zweitens…«

Ich sah ihn groß an. »Das war gar nicht Julia?«

Moritz schüttelte den Kopf. »Nein, das war sie nicht! Und ich bin noch nicht fertig! Denn zweitens, meine Liebe, und das ist jetzt wesentlich wichtiger, habe ich dir den Bären mit Meisingers Tobsuchtsanfall nur aufgebunden, weil du so zugeknöpft, so unnahbar bist, dass man sich die merkwürdigsten Dinge ausdenken muss, um sich bei dir länger als zehn Minuten Gehör zu verschaffen.«

»Du hältst mich also für unnahbar? *Mich?* Ich bin der zugänglichste Mensch, den man sich nur vorstellen kann!«

Moritz nickte. »Siehst du, du *merkst* es ja noch nicht einmal. Du spazierst durch deine kleine Welt und fühlst dich dabei von niemandem beachtet. Doch wehe, es wagt jemand, sich dir zu nähern und die magische Grenzlinie zu überschreiten, ab der man kein Megaphon mehr braucht. Dem trittst du dann voll gegen das Schienbein und freust dich auch noch, wie toll du dich mal wieder gewehrt hast. Dabei wollte der andere dir doch einzig und allein sagen, wie süß er dein Lächeln findet ... Weißt du, was du gemacht hättest, wenn ich nach unserem ersten Treffen im Verlag den Fleurop-Blumendienst damit beauftragt hätte, dir einen Kaktus mit einem Kärtchen zu schicken, auf dem ich dich ins Gewächshaus des Alten Botanischen Gartens von Planten un Blomen einlade?«

Ich dachte einen Moment nach. Ich hätte die Idee originell, aber etwas daneben gefunden und Babette davon erzählt. Ich hätte darüber gelacht, wäre aber hingegangen, um ...

»Du hättest die Idee originell, aber etwas daneben gefunden und es deiner besten Freundin erzählt. Und du hättest darüber gelacht, wärst aber hingegangen, um dir, natürlich schön versteckt hinter einem Riesenkaktus, den todesmutigen Idioten heimlich anzusehen, wie er da nervös auf- und abtigert. Und du hättest deiner Freundin dann hinterher erzählt, was für ein Idiot dieser Göhrken doch sei. So eine bist du nämlich. Du hast eine solche Angst vor Leuten, die dich wiedersehen wollen, weil sie dich spannend und attraktiv finden, dass du ihnen nicht den Hauch einer Chance gibst. Dich aus der Reserve zu locken ist … ist …«

Ich war aus vielerlei Gründen rot geworden. Und aus vielerlei Gründen verstummt. Der schwerwiegendste war, dass ich mich ertappt fühlte.

»Ist …?«

»Das weißt du selbst doch am besten«, sagte er. »Ich könnte dir jetzt was von Dornröschen erzählen, um deren Schloss eine Dornenhecke wuchs, in deren Dornen alle Königssöhne, die zu ihr hineinwollten, hängen blieben und eines jämmerlichen Todes starben. Aber Rosen fand ich schon immer sterbenslangweilig, und für eine Märchenstunde sind wir schon ein bisschen zu alt. Zumal man, um zu dir vorzudringen, auch eher einen Holzhammer braucht. Ein Schlag reicht da nicht, dir muss man schon öfter auf den Kopf hauen. Erst wenn man dir wehtut, reagierst du, kommt man dir nah. Meine stille Hoffnung war, dir so nah zu kommen, dass ich den Hammer ganz schnell zur Seite legen kann. Gut, die Rechnung ging nicht auf. Ich habe versagt: Ich weiß einfach nicht, was man noch anstellen muss, damit du einem vertraust.« Moritz zuckte die Schultern. »Ich habe keine Ahnung.«

Der Mann, den ich in diesem Moment mehr begehrte denn je, den ich am liebsten umarmen, küssen, festhalten und nie wieder ziehen lassen wollte, dieser Mann erhob sich mit steifen Gliedern, ohne dass ich es hätte ändern können. Ich saß da mit meinen erschöpften Stimmbändern und wusste nicht, was mich jetzt noch aufrecht halten sollte. »Willst du gehen?«, fragte ich hilflos.

»Es ist doch alles gesagt, oder? Du wolltest wissen, warum ich dich angelogen und angeblich betrogen habe. Jetzt weißt du es. Ich bin müde, Thelse. Und du solltest auch schlafen gehen. Es war eine anstrengende Woche für dich.«

Ich nickte. War es nötig zu bemerken, dass er sich *auch jetzt noch* um mich kümmerte?

»Soll ich dir ein Taxi rufen?«

»Nein, danke. Ich brauche frische Luft.«

Ich stand ebenfalls auf. Es ging. Meine Beine gaben nicht nach. Ich sah Moritz an. Erst jetzt fiel mir auf, dass in seine grüne Iris kleine schwarze Punkte eingestreut waren. Punkte wie winzige Sommersprossen. Wie gern hätte ich ihn geküsst, aber ich traute mich nicht, die fünf Zentimeter zwischen uns zu überwinden.

Moritz fuhr mir mit dem Daumen über Stirn und Wange.

»Frohe Weihnachten, Thelse. Und grüß deine Eltern von mir.« Er lächelte. »Unbekannterweise.«

Ich schluckte. »Moritz, ich ... ich ... ich fahr' am 28. nach Formentera.« Was hätte ich sonst sagen sollen? Ich wollte einfach nicht, dass wir uns so unverbindlich trennten. Ich wollte uns eine Brücke bauen, etwas, das mir noch einen Funken Hoffnung gab, dass ein wie auch immer geartetes Morgen mit ihm möglich war.

»Ich weiß«, sagte er nur, »ich weiß«, öffnete die Tür und verschwand im dunklen Treppenhaus.

Die nächsten Tage und Nächte versanken in Einheitsgrau. Blass und verheult hatte ich am Samstagnachmittag Maren getroffen, die die Geschichte nicht annähernd so verfahren fand wie ich. Sie war der Ansicht, ich solle erst einmal in aller Ruhe Urlaub machen und dann würde sich der Rest schon von selbst ergeben. In aller Ruhe: Sicher! Ich hatte gerade das Casting für die Hauptrolle der Buchladenbesitzerin Kathleen alias Meg Ryan im Remake vergeigt. Da fuhr es sich natürlich locker *in aller Ruhe* in Urlaub! Als sie mir dann aber behutsam beizubringen versuchte, dass Harald ihr einen Heiratsantrag gemacht hatte (was ich bei ihrem Gesundheitszustand doppelt romantisch fand), mussten wir das Lokal verlassen, weil ich mit dem Heulen gar nicht mehr aufhören konnte. Zum Abschied erzählte ich ihr dann noch schniefend von meiner Weihnachtskarte.

Babette, die ich gleich anschließend anrief, brauchte etwa eine viertel Stunde, um die Zusammenhänge von »Papa-hatte-einen-Schlaganfall-mit-Moritz-geschlafen-Meisinger-getroffen-mit-Julia-erwischt-die-nicht-Julia-ist-von-Moritz-verlassen-bin-am-Ende« zu durchschauen. Kurzerhand kam sie vorbei, um sich die Tragödie noch einmal anzuhören, während sie die zwanzig Lilien (es waren Lilien, weiße Lilien, meine absoluten Lieblingsblumen! Woher wusste er das?), die bis dahin achtlos in der Spüle gelegen hatten, auf zwei Vasen und einen Putzeimer verteilte. Dann drehte sie sich zu mir um, die ich noch immer schluchzend auf dem Beistelltischchen hockte, und meinte nur: »Ruf ihn an! Sofort! Er wartet drauf!«

Doch ich schüttelte energisch den Kopf. Da unterschätzte Babette seine Prinzipien. Hundert Pro! Nicht dass *ich* sie gekannt hätte, aber ich war mir sicher, dass ich im Moment absolut nichts ausrichten konnte – warum auch immer. Woraufhin Babette nur meinte: »Bei dir ist Hopfen und Malz verloren!«, seufzend in ihre Jacke schlüpfte, da sie merkte, dass ich mit meinem Liebeskummer einen romantischen Abend zu zweit geplant hatte, und mir ein in rotes Glanzpapier eingewickeltes und mit goldenen Schleifen dekoriertes weiches Paket in die Hand drückte. Siedend heiß fiel mir ein, dass ich mein Geschenk für sie völlig vergessen hatte. Dabei hätte ich ihr so gern jetzt den Babybonsai überreicht, den ich ihr hatte schenken wollen. Somit endete auch diese Begegnung in haltlosem Schluchzen und der Ankündigung meiner Weihnachtskarte.

Nicht nur Maren, auch meine beste Freundin nahm mein Problem nicht so ernst, wie mein Problem es verdient hätte, dachte ich trübselig, als ich dann endlich allein war. Draußen war es inzwischen Nacht geworden und es hatte zu schneien begonnen. Abwechselnd starrte ich auf mein Handy und dann wieder auf das Post-it mit Moritz' Nummer. Irgendwie glaubt man irrationalerweise immer, dass der andere quasi gar nicht an einem vorbeikommt, wenn die Konturen der Außenwelt in der Dunkelheit verschwimmen. Aber Moritz schien mich prima aus seinem Gedächtnis gestrichen zu haben. Jedenfalls blieb das Telefon stumm. Und mir fiel einmal mehr auf, dass es wohl wirklich nicht das Kommunikationsmedium war, das Moritz und mich verband. Kurz überlegte ich, ob ich mir einen Heißluftballon mieten und mich damit über seinem Haus abseilen sollte, bereit, mich aus dem Korb zu stürzen, wenn er mein Werben vor seinem Fenster nicht erhören wollte. Da ich aber nicht wusste, ob er noch in Hamburg war oder schon unterwegs zu seiner Mutter, schienen mir die Investition und das Risiko zu hoch.

Am Sonntag schließlich kam ich auf die Idee, dass eigentlich ich es war, die gute Gründe hatte, um richtig, richtig wütend zu sein. Ich meine, *wer* hatte denn eigentlich *wen* ausgetrickst? Ich tat ja gerade so, als hätte *ich* mich danebenbenommen.

Montag früh gestand ich mir schließlich ein, dass mich diese Gedanken auch nicht weiterbrachten. Ich wollte Moritz zurückhaben und hatte keinen blassen Schimmer, wie ich das anstellen sollte.

Montagnachmittag stand ich dann heulend an eben jenem Gleis, an dem ich nur wenige Tage zuvor ein paar Minuten zu früh angekommen war. Das war's! Die Zeit war schuld! Sie hatte sich gegen mich verschworen! Zuerst kam ich ein paar Minuten zu früh, dann zwei zu spät. Reumütig sah ich mich nach dem Junkie um, dem man neulich angeblich das Portemonnaie geklaut hatte. Gern hätte ich ihm heute einen Euro zugesteckt, entdeckte ihn jedoch nirgends. Zum letzten Mal in diesem Jahr dachte ich auch an Tim. Er hatte an diesem Tag wahrscheinlich meine Weihnachtskarte bekommen. Der endgültige Schlussstrich unter eine seit gut einem Jahr nicht mehr existierende Beziehung. Wenigstens das hatte ich hingekriegt. Irgendwann musste man hoffnungslosen Verbindungen ein Ende machen.

Hatte Moritz sich das auch gedacht, als er ging? War das zwischen uns für ihn so aussichtslos, dass er das Handtuch geworfen hatte? War ich wirklich so unnahbar, so schwer zu fassen? Ich konnte es mir nicht vorstellen, aber ich versuchte ja auch nicht, mich selbst kennen zu lernen. Vielleicht sollte ich langsam mal damit anfangen.

Vielleicht auf Formentera.

Meine Furcht, ein stilles, von Krankheit überschattetes Zuhause vorzufinden, war unbegründet. Siemke war mit Giorgio und ihren beiden Töchtern, Gloria und Emma, schon angereist, und obwohl mein Vater mit seinen Enkelinnen nicht so toben konnte, wie er und sie das gern gehabt hätten, krabbelten sie ihm in seinem Sessel doch schon wieder auf dem Schoß herum. Er stotterte beim Reden noch immer ein wenig, aber wenn man nicht darauf achtete, fiel es kaum auf.

Ich glaube bis heute, dass er der Einzige war, der sofort merkte, dass etwas nicht stimmte. Er sprach mich nicht darauf an, aber für einen Vater, der genau wusste, dass seine Tochter Weinbrandpralinen nicht ausstehen konnte, war es doch ungewöhnlich, dass er mir die Packung »Asbach Uralt« bis zur Bescherung am nächsten Tag mindestens siebenmal unter die Nase hielt und mir dabei tief in die Augen sah. Doch ich brachte kein Wort heraus.

Am Montagabend saß ich lange mit meiner Schwester im Wohnzimmer und ließ mir von Rom erzählen, von ihrer Wohnung, in die sie sich ein neues Bad hatten einbauen lassen, von Emma, der Kleineren, die seit neuestem Neurodermitis hatte, weshalb sie und Giorgio schon in Erwägung zogen, über kurz oder lang aufs Land zu ziehen.

»Und, wie geht es dir?«, fragte Siemke dann nach einer Weile.

Ich überlegte einen Moment, was ich ihr darauf antworten sollte. Wir hatten uns seit einem Jahr nicht mehr gesehen. Vor zwölf Monaten, dachte ich, hatte ich noch in Celle gewohnt, als mittelmäßige Journalistin für die ›Niedersächsische Umschau‹ gearbeitet und Tim hinterhergetrauert.

Inzwischen wohnte ich in Hamburg, schrieb für einen renommierten Verlag an einem Balearenführer, hatte Tim abgehakt, neue Freundschaften geknüpft (na ja, eine zumindest, auch wenn Maren nicht in Hamburg lebte) und ließ mir nicht mehr alles gefallen. In meinem Leben hatte sich im Grunde alles zum Positiven entwickelt. Sah man einmal von Moritz ab.

»Gut geht's mir. Ich fahre am 28. nach Formentera.«

Der Heiligabend war, wie Heiligabende bei uns schon immer gewesen waren: hektisch und ein kleines bisschen rührselig. Die beiden Mädchen waren schon am frühen Morgen so aufgeregt, dass sie ihr Gedicht, das sie wie jedes Jahr zur Bescherung zum Besten geben sollten, schon vor dem Mittagessen lautstark aufsagten. In die Kirche wollte außer meiner Mutter und Giorgio niemand. Meine Schwester hatte ihre neuen Schuhe in Rom vergessen und kein passendes Ersatzpaar zu ihrem dunkelblauen Rock dabei. Die Gesangshefte von Tchibo lagen griffbereit neben dem guten Geschirr. Das Abendessen war zu spät fertig, aber trotzdem lecker. Mein Vater schickte die Mädels mit den gleichen Sprüchen wie letztes und vorletztes Jahr nach oben, während wir abwuschen und den Gabentisch vorbereiteten. Ich wusste wie jedes Jahr nicht, wo ich meine Geschenke hinlegen sollte. Die Kuhglocke wurde geläutet, die Kinder kamen herunter. Es wurde lange und falsch ›Kling Glöckchen klingeling‹, ›Alle Jahre wieder‹ sowie ›Stille Nacht, heilige Nacht‹ gesungen, wobei ich wie alle Jahre wieder eine Gänsehaut bekam. Vor Grauen, versteht sich, nicht aus Ergriffenheit. Die Mädels verhaspelten sich bei ihren Gedichten. Meine Mutter war dennoch zu Tränen gerührt (»Ach, habt ihr das wieder fein gemacht!«). Man wünschte sich fröhliche Weihnachten und nun hatten alle, außer den Kindern, Tränen in den Augen. Geschenke wurden ausgepackt, »Ahhs« und »Ohhs« machten die Runde (von Babette hatte ich eine superschöne Kaschmirjacke bekommen), man bedankte sich, die Kinder wurden ins Bett geschickt, mein Vater bekam einen Jägermeister, und dann wollte meine Mutter von uns allen noch hören, was für eine tolle Familie wir doch waren. Nachdem unsere Eltern meiner Schwester und mir versichert hatten, dass sie stolz auf uns seien, gingen auch sie zu Bett. Ich saß noch eine Weile mit Siemke und Giorgio zusammen, und dann wünschten auch wir uns eine gute Nacht. *The same procedure as every year.*

Um halb eins spielte ich ein letztes Mal mit dem Gedanken,

Moritz eine SMS zu schicken. Und setzte ihn nach 450 vorangegangenen (einen pro Minute in den letzten siebeneinhalb Stunden) endlich auch in die Tat um. »Frohe Weihnachten, Thelse.«

Mit einer Antwort rechnete ich sowieso nicht.

Am ersten Feiertag ließ ich mir – ebenfalls wie jedes Jahr – die Gänsekeulen noch schmecken (ich war keine, die sich Weihnachten so richtig mästete, aber ein gutes Essen war ein gutes Essen!) und begann dann, meine Sachen zusammenzupacken. Wie immer fand meine Mutter das viel zu früh.

»Warum bleibst du nicht noch eine Nacht, Thelse? Die Familie ist so selten zusammen. Dich treibt doch nichts.«

Beides stimmte. Fast …

»Ich fliege am 28. doch nach Formentera, Mutti.«

»Ach! Machst du Urlaub? Das hast du mir noch gar nicht erzählt. Kannst du dir das denn leisten?«

»Mutti! Ich schreibe einen Frauenreiseführer über die Balearen. Ich *muss* dahin. Das ist eine Dienstreise.«

»Die Balearen? Ist das nicht ziemlich weit? Warum fährst du nicht lieber nach Mallorca? Drostes waren auch erst zehn Tage dort und fanden es sehr schön. Bisschen voll, aber schön. Und die zahlen dir das?«

Ich verdrehte die Augen und gab es auf. »Ja, Mutti, die zahlen mir das. Toll, oder?«

»Unsere Thelse!«, sagte meine Mutter nun ungläubig. »Hast du denn auch einen Koffer? Nicht dass du mir wieder mit Plastiktüten verreist. Papa!« Sie drehte sich zu meinem Vater um, der mal wieder in seinem Fernsehsessel eingenickt war.

»Ist schon gut«, beruhigte ich sie. »Ich habe einen Koffer.«

Unter Beschwörungs- und Abschiedsformeln: »Mutti, ich muss los, mein Zug geht gleich. Alles klar, macht's gut. Pass auf Papa auf. Ich schreib' euch«, bahnte ich mir den Weg nach draußen zu Siemke, die mich zum Bahnhof fuhr.

Wieder ein Interregio, sogar der gleiche. Wieder ein Gleis. Wieder kein Moritz in Hamburg. Konnte nicht alles noch einmal von vorn losgehen? Konnte ich die Zeiger der Uhr, dieser Scheißuhr, nicht einfach noch einmal fünf Minuten vor- und dann sieben Tage und eine Minute zurückdrehen?

Nein, konnte ich nicht.

Kein Junkie, keine Taube, keine zerfetzte Plastiktüte. Und kein Moritz. Ich setzte mich in die U-Bahn.

Weitere anderthalb Tage Einheitsgrau. Und am 27. lag keine Weihnachtskarte im Briefkasten. Ich hätte mir selbst eine schreiben sollen. Ich stellte meinen Laptop neben die Wohnungstür und packte dann den Koffer, zweiundzwanzig Reiseführer und die Unterhosen zuunterst. Der Rest war Luxus.

Am Samstagmorgen saß ich dann um sechs mit verquollenen Augen auf meinem Koffer in der Schlange vor dem Abfertigungsschalter am Hamburger Flughafen und wartete darauf, dass ich an die Reihe kam. Wie schafften es andere Leute nur, um diese Uhrzeit *keine* geschwollenen Finger, *keine* kraftlos herunterhängenden Haare und *kein* zerknittertes Gesicht zu haben?!

Okay, er würde sich nicht melden. Nie mehr. Okay, noch vor einer Woche und einem Tag hatte ich mir den Abflug euphorischer vorgestellt. Schluss. Aus. Vorbei? Nichtsdestotrotz saß ich hier nun buchstäblich auf meinen gepackten Koffern und vor mir lagen vier Wochen Sonne und Meer. In meinem von Pinien gesäumten Luxus-Royal-Spa-Hotel würde ich die Zeit nutzen, um die endgültige Abnabelung von Tim zu feiern und mich auf künftige Begegnungen mit Z3 fahrenden (Alp-)Traumprinzen vorzubereiten. Ich würde in meinen Reiseführer einen sozialkritischen Exkurs über die durch den Tourismus bedingte temporäre Wasserknappheit einbauen, meinen morgendlichen *café con leche* genießen und die abendlichen *copas de vino tinto* schätzen. Ich würde drei Kilo abnehmen, weil ich mich gesund ernähren und jeden Tag joggen gehen würde, ich würde meine Höhenangst verlieren, vielleicht einen anderen Hotelgast kennen lernen – und ob ich mit ihm nun glücklich wurde oder nicht, ich wäre beschäftigt und …

»Ihr Ticket bitte!«, wurde ich von der strahlend lächelnden Hapag-Lloyd-Mitarbeiterin aufgefordert.

»Ach, bin ich schon dran? Wenn möglich, würde ich gern am Gang sitzen.«

Die Dame – Frau Gómez-Schneider, wie mich ihr Schildchen aufklärte – nickte, musste mir dann aber eine Minute später betrübt mitteilen, dass sie nur noch einen Fensterplatz für mich hatte.

Ich sah mich nach der Schlange um, die noch hinter mir stand. »Sind Sie sicher?«, hakte ich nach. »Ich habe schreckliche Flugangst, müssen Sie wissen.«

Sie lächelte milde. »Unsere Maschinen sind absolut sicher. Es kann Ihnen nichts passieren.«

»Ich HABE aber schreckliche Flugangst. Haben Sie wirklich keinen Platz am Gang mehr frei?«

»Nein, ich bedauere.« Ende der Durchsage.

Das fing ja gut an. Ich checkte also ein, ging zu einer Bar in der Nähe meines Gates und bestellte mir einen Kaffee und einen Cognac. Nun denn, dann landete ich eben schon besoffen auf Formentera. Wenn ich überhaupt ankäme.

Zu meiner Überraschung bestiegen wir das Flugzeug pünktlich, und zu meiner Freude nahmen weder die spitznasige Blondine mit dem Kosmetikköfferchen noch der arrogant-alternative Kameramann neben mir Platz. Ich gurtete mich fest, legte mir ein Tuch über die Augen und versuchte mich irgendwie darauf einzustellen, was mir in den kommenden Stunden bevorstand: ein ewig langer Flug in 10.000 Meter Höhe über Land (Probleme mit dem Triebwerk zwingen zur Notlandung im nebelverhangenen Hannover, wobei die Maschine mit einem startenden Flugzeug kollidiert und in Flammen aufgeht), Gebirge (nach dem Ausfall der Steuerung zerschellt die Boeing in den Französischen Alpen; Überlebenschance gleich null) sowie dem Wasser (beim Landeanflug stürzt die Maschine etwa zweihundert Meter vor der Küste ins Mittelmeer; alle 130 Insassen kommen ums Leben).

Damit es endlich dazu käme, müsste sich die Maschine allerdings langsam mal in Bewegung setzen. Meiner inneren Uhr zufolge waren wir seit mindestens zwanzig Minuten abflugbereit. Ich nahm das Tuch von den Augen. Hatten wir es eventuell schon jetzt mit einem Triebwerksschaden zu tun? Ich sah mich nach den Stewardessen um. Ach, sieh an, Frau Gómez-Schneider war auch an Bord. Sie wirkte ganz entspannt und lief hin und her, um die Gepäckablagen zu schließen, dem kleinen Mädchen in der dritten Reihe einen Teddy zu bringen, der genervten Mutter eines quäkenden Babys ein Kissen in den Rücken zu stopfen und dergleichen mehr. Als sie zum dritten Mal an mir vorbeischwebte, bekam ich sie zu fassen.

»Entschuldigung, aber warum fliegen wir denn nicht endlich los?«

»Wir warten noch auf einen Fluggast«, bekam ich freundlich zur Antwort, bevor sie mich musterte und ein Lächeln über ihr Gesicht ging. »Na, sehen Sie, der Sitz neben Ihnen ist ja doch noch frei. Sobald wir in der Luft sind, können Sie auf den am Gang wechseln.«

Ich sah mich um. Die Maschine war fast ausgebucht, aber den einen oder anderen freien Platz gab es schon noch. Wieso sollte ich warten, bis wir in der Luft waren? Hatte Frau Gómez-Schneider denn noch nie davon gehört, dass Passagiere mit Flugangst beim Starten und Landen besonders litten?

Verstohlen blickte ich nach rechts und links, löste dann blitzschnell meinen Gurt, rutschte einen Platz weiter, tat, als sei nichts gewesen, legte mir erneut das Tuch über den Kopf und versuchte, die Wärme in der Kabine nicht mit einem sich ankündigenden Luftdruckabfall in Verbindung zu bringen.

»Entschuldigung! Entschuldigung!«

Jemand entschuldigte sich permanent. Mein Gott, wie lästig.

»Entschuldigung!«

Ich glaube, ich war ein wenig eingedöst.

»Entschuldigung!«

Waren wir schon in der Luft? Ich nahm das Tuch vom Gesicht. Und schrie laut auf. In einer Entfernung, die das normale Abstandsbedürfnis zweier Menschen um mindestens zwanzig Zentimeter unterschritt, starrte ich mitten in das runde, schwabbelige Gesicht eines Mannes, der mich aus seinen wasserblauen Augen treuherzig ansah.

»Entschuldigen Sie, aber das ist mein Platz«, sagte der Mann, dessen Körperfülle die Grenze von dick zu fett eindeutig überschritt.

Mit dem Taschentuch wischte er sich über die feuchte Stirn.

Vielleicht war es nicht sonderlich nett von mir, aber mein Blick verriet eindeutig, was ich von ihm hielt. Wortlos rutschte ich wieder auf den ungeliebten Fensterplatz und presste mich eng an die Kabinenwand, weil ein derart beleibter Mensch sicher nicht bequem in die viel zu engen Sitze der Charter-Airline passte. Und siehe da: Kaum hatte er Platz genommen, quoll das Fleisch auch schon oberhalb und unterhalb der Armlehne in meine Richtung. Um mir das nicht weiter ansehen zu müssen, legte ich mir erneut das Tuch über die Augen ... Doch wenn jemand glaubte, dass das Maurermeister Kuno Sonders davon abgehalten hätte, zwei Stunden und fünfzig Minuten permanent auf mich einzureden, so irrte er sich gründlich. Als ich endlich mit von seinen Donuts übersäuertem Magen an der Gepäckausgabe am Flughafen von Ibiza stand und auf meine Koffer wartete, wusste ich so ziemlich alles über ihn, seine drei Kinder, seine Frau und seine Schwiegermutter, die letztes Jahr gestorben sei und seiner Familie so viel Geld vererbt habe, dass sie sich auf Formentera ein Häuschen kaufen konnten, das er nun für ihren Ruhestand herrichtete. Der einzige Vorteil dieser denkwürdigen Reisebegleitung war, dass ich keine Gelegenheit mehr hatte, mich meiner Flugangst zu widmen.

Es dauerte ewig, bis sich das Kofferband in Bewegung setzte, und es dauerte ewig, bis endlich auch mein Koffer als einer der letzten – logisch! – angekreiselt kam. Auf dem Weg zum Ausgang schaltete ich mein Handy an, das Stunden nach einem Empfang suchte, ging durch den Zoll, nicht ohne den beiden einheimischen Beamten ein perfekt akzentuiertes

»*¡Buenos días!*« zuzuwerfen, hörte draußen nach der Schranke das bekannte Piepsen, das mir eine SMS ankündigte, stellte meine Tasche mitten in der Ankunftshalle auf den Boden und fixierte den geschlossenen Briefumschlag.

Natürlich hatte ich längst darüber nachgedacht, ob sich Moritz nicht endlich doch dazu herablassen konnte, ein Lebenszeichen von sich zu geben. Nervös drückte ich auf den Umschlag. Mit klopfendem Herzen stand oben im Display »Moritz«. Er hatte also wirklich ...!

»Willkommen auf Ibiza!«

Ich starrte auf mein Handy. Seit wann konnte das denn sprechen? Ich las: »Willkommen auf Ibiza.« Ich schüttelte das Gerät.

»Hallo Thelse.«

Und da sah ich endlich auf – und direkt in das verlegen lächelnde Gesicht des Mannes, dessen gesprenkelte grüne Augen mir von Anfang an so gut gefallen hatten. Mit einer weißen Lilie, zwei Gläsern und einer Flasche Champagner stand er vor mir.

»Moritz!! Was machst du denn hier?!« Ich war sprachlos. Ich war fassungslos, Stufe Meg Ryan. Und er grinste nur, der Hund, er grinste einfach.

»Urlaub.«

»Wie bitte?«

»Ich mache Urlaub«, sagte er genüsslich. »Ich hab' mir sagen lassen, dass die Balearen über Silvester bei allein reisenden Frauen sehr beliebt sein sollen.«

Zum ersten Mal konnte nun auch ich etwas entspannter lächeln. »Und du bildest dir ein, mich mit *der* Masche endlich zu knacken?« Ich zeigte auf den Champagner und die Lilie.

Er zuckte mit den Achseln. »Ich denke schon. Schließlich habe ich Erfahrung mit Frauen, die auf jedes romantische Klischee hereinfallen.« Bevor ich noch lautstark protestieren konnte, fuhr er auch schon fort: »Ich hatte dir doch gesagt, dass ich eine Überraschung für dich habe.« Er gab mir einen

Kuss auf den Mund. »Aber du wolltest mich ja nicht ausreden lassen.«

»Aber ... aber ...«, stammelte ich atemlos, weil Wellen eines unbeschreiblichen Glücksgefühls über mich hinwegbrandeten und sämtliche Mauern zum Einsturz brachten.

»Wie schön, dich endlich einmal sprachlos zu sehen.« Mit sanftem Druck bugsierte er mich, das Gepäck und alles, was er sonst noch so in der Hand hatte, Richtung Ausgang. »Ich schlage vor, wir fahren jetzt ganz schnell mit dem Taxi zum Fährhafen und nehmen dann gleich das nächste Tragflächenboot hinüber nach Formentera. Du hast doch ein Doppelzimmer gebucht, oder?«

Ich hatte natürlich kein Doppelzimmer gebucht, aber was machte das schon? Zärtlicher als Meg Ryan es je gekonnt hätte, schmiegte ich mich an ihn.

»Und wenn wir zurück sind, suchen wir dir eine Wohnung. Ende März ist eine gute Zeit zum Umziehen, findest du nicht?«

Auf das glückliche Ende folgt der Schluss, und der ist der Autorin wichtig:

Mein Dank gilt allen voran Jürgen, der das Entstehen dieses Buches wie kein Zweiter mit bewundernswerter Engelsgeduld bis nach Spanien begleitet hat. Danke, Süßer, ich würde mit dir gern auch mal über *dein* zweites Kapitel hinauskommen!

Georg, ich würde dich sofort als wunderbaren Agenten weiterempfehlen. Ich finde nur, du müsstest noch mal an deinen Manieren arbeiten!

Ganz wichtig zu erwähnen sind mir auch Annett, Antje, Nicole, Tania und Vera. Ihr wisst warum.

Und dir, Karsten, danke ich dafür, dass du erst nach Thelse in mein Leben getreten bist. Dieses Buch konnte nämlich nur ohne dich entstehen.